AUS EINER STADT AM MEER

NORMAN
LEVINE

AUS EINER STADT AM MEER

ROMAN

Aus dem Englischen von
Thomas Löschner

mitteldeutscher verlag

Für Margaret

~ 1 ~

Als ein Freund aus Kindertagen Emily zum ersten Mal traf, nahm er mich zur Seite und sagte: »Such das Weite. Sie zieht dich nur runter.«

Ich sagte nichts.

Zu dieser Zeit waren wir vier Jahre verheiratet und ich konnte mich noch ärgern über einige Dinge, die sie tat. Sie ließ Tassen und Untertassen – auf dem Tisch, in der Küche, auf dem Abtropfbrett, oder Gläser im Schrank – halb über den Rand stehen, sodass sie runterfielen. Sie ließ Schraubgläser offen oder drehte die Deckel nicht richtig zu. Ich war stets hinter ihr her und schob die Sachen von der Kante weg. Ich weiß nicht, warum sie so war. Vielleicht lag es an ihrer schüchternen Art. Am Telefon* sagte sie ständig »bitte«, es sei denn, es war jemand dran, den sie kannte. Und wie alle schüchternen Personen konnte sie nicht unverbindlich plaudern und offenbarte wahre, aber peinliche Dinge. Abergläubisch war sie auch. Wenn sie eine Elster sah, versuchte sie, eine weitere zu entdecken. Wenn ein Regenbogen erschien, sagte sie, man dürfe nicht mit dem Finger auf ihn zeigen. Sie warf sich verschüttetes Salz über die Schulter, klopfte auf Holz, machte den Vollmond dafür verantwortlich, wenn sie rollig war. Ihr fehlt die innere Haltung, dachte ich, als ich die weiße Verschlusskappe auf die *Maclean's*-Zahnpastatube schraubte. Doch wenn sie durch die Straße ging, würde einem als Erstes die anmutige Art auffallen, mit der sie sich fortbewegte.

** Sie hat diese Kleinmädchenstimme. Wenn Fremde anriefen und sie abnahm, sagten sie immer zu ihr: »Kann ich mal deine Mutter sprechen?«*

»Nun«, sagte sie, »wir sehen uns ein wenig zu oft, wie ich finde.«

»Mag sein. Aber ich bin lieber bei dir als bei irgendwem sonst in dieser Stadt.«

Wir waren gerade von einer kleinen Party zurückgekommen. Es war seit einem Jahr die erste Party, zu der man uns eingeladen hatte. Ich tanzte mit der Gastgeberin (einer verbitterten Frau, die spät im Leben geheiratet hatte), dann hörte ich dem Besitzer eines Trödelladens zu, der mir anvertraute, wie unglücklich er sei, seit seine Frau ihn verlassen hatte. Ich sah, dass der Stuhl neben Emily frei war. Ich eiste mich von dem Trödler los und setzte mich neben sie.

»Ich finde, du bist der Hingucker hier«, sagte ich.

Sie lächelte.

Wir saßen in unserem Wohnzimmer – am Kaminfeuer, die Glut war aufgehäuft und heizte gut –, die Sonntagszeitungen zu unseren Füßen auf dem Teppich.

»Mir war langweilig auf der Party«, sagte ich. »Hat man's mir angesehen?«

»Die anderen nicht, aber ich hab's geahnt.« Sie legte den Teil einer Zeitung ab. »Auf der Party ist was Seltsames passiert. Ich musste nach oben gehen und habe die Tür nicht verriegelt. Ich hatte vergessen, dass wir nicht zu Hause sind. Dann kam dieser Mann rein. Gerade als ich aufstand. Ich glaube nicht, dass er irgendwas gesehen hat. Aber ich konnte ihm den ganzen Abend nicht ins Gesicht schauen.«

Sie errötete, während sie das erzählte.

Ich stellte mir die Szene vor. Und fing an, sie mir anders auszumalen.

Emily erhob sich. »Magst du einen Tee oder Kaffee?«

»Nein, lass uns ins Bett gehen.«

»Was macht dich auf einmal so scharf?«

»Du«, sagte ich.

Sie ging in die Küche, deckte den Tisch für das morgige Frühstück. Ich stellte zwei leere Milchflaschen nach draußen und verriegelte die Haustür. Sie deckte das Feuer im Küchenofen mit Asche ab, holte die

Katzenkiste herein. Ich setzte unsere Jüngste, Rebecca, im Halbschlaf aufs Klo. Dann wartete ich im Bett.

Nach zwölf Jahren Ehe kannten wir unsere Positionen im Bett, wie wir unsere Plätze am Küchentisch kannten.

Ich glitt aus ihr heraus.

»Wo ist das Handtuch?«, sagte sie.

Ich langte nach dem Handtuch. Sie rieb sich zwischen den Beinen damit ab. Dann gab sie mir das Handtuch. Ich versuchte, die feuchte Stelle auf dem Bettlaken trocken zu reiben. Schließlich zogen wir das Laken ab, sodass keiner von uns beiden die feuchte Stelle hatte.

»Das war gut«, sagte sie.

Sie lag an meiner Seite, ihr Kopf auf meinem Arm. Dann wurde es unbequem.

»Soll ich mich umdrehen?«, fragte sie.

Sie drehte sich von mir weg auf ihre Seite, und ich rückte von hinten dicht an sie heran, sodass wir dalagen wie zwei ineinander gestapelte Stühle.

»Gute Nacht, Schatz«, sagte sie.

Morgens wurden zuerst die Kinder wach. Sie stand auf, machte ihnen Frühstück und brachte sie zur Tür. Ich wartete, bis ich »Auf Wiedersehen, Papa« hörte, dann begann ich mich anzuziehen.

In der Schule schrieb Rebecca an diesem Morgen in ihr Mitteilungsheft:

> »8. Oktober. Mein Papa ist nach London gefahren. Er bringt mir ein Rupert-der-Bär-Buch mit, ein Malbuch für Ella und auch etwas für Martha.«

Ich mache diese Ausflüge nach London, sooft ich kann. Manchmal geschäftehalber. Aber häufiger, weil ich mal von hier wegmuss. Und nach vier oder fünf Tagen komme ich wieder, den Segeltuchrucksack voll mit mehreren Laiben Roggenbrot (helles wie dunkles), Salami, Hotdogs, Rahmkäse, Hering, Oliven, ein paar Pfund Kichererbsen.

Ich ziehe meinen Mantel aus. Emily bringt mir Kaffee. Ich zeige ihr die Delikatessen.

»Lass uns nach oben gehen.«

Sie kommt mit, aber etwas widerstrebend.

Im Schlafzimmer zieht sie den Vorhang zu, den das Tageslicht blassgelb macht.

»Was treibst du in London, dass du jedes Mal so bist, wenn du zurückkommst?«, sagte sie, während sie den Reißverschluss auf dem Rücken ihres Kleides öffnete.

»Das liegt an den ganzen hübschen Mädchen«, sage ich. Oder: »Das macht die Zugfahrt.«

~ 2 ~

In London wohne ich bei Albert. Er hat eine Erdgeschosswohnung in Kensington. Seinen Eltern hatte das ganze Haus gehört. Jetzt sind sie tot. Und Albert bekam diese Wohnung und die Haushälterin.

»Heißen Sie Olga?«, fragte ich sie.

»Ich bin keine Russin«, sagte sie.

Sie hört nicht so gut und scheint manchmal kein Englisch zu verstehen. Sie ist Tschechin. Eine kleine, energiegeladene Frau mit Sommersprossen und grauem Haar. Sie war seinen Eltern zu Diensten und jetzt kümmert sie sich um ihn. Aber er ist kaum da. Er hat sich in ein paar Zimmer in Soho über einem Lebensmittelgeschäft eingemietet, wo er sich in einem heillosen Durcheinander (»Erzähl's bloß keinem!«) angeblich dem Schreiben widmet. Was er schreibt, weiß ich nicht. Es wird noch dasselbe sein wie vor elf Jahren, als ich ihn kennenlernte und er mir erzählte, dass er schreibt.

»Sir«, sagte Olga. »Er macht ständig Notizen. Sonntag. Er besucht das Grab von seinem Vater. Wir gehen los. Er hält an. Macht Notizen. Er sitzt am Steuer vom Wagen – wir fahren irgendwohin –, plötzlich hält er an, macht Notizen. Er hält an mitten auf der Straße und macht Notizen. Er macht immer Notizen, aber nie ein Buch. Er hatte dieses kleine Mädchen.« (Und an dieser Stelle erwähnte Olga den Namen einer Frau, die heute eine bekannte Romanschriftstellerin ist.) »Ist gewesen im Krieg. Sie hatte nicht viel zu essen. Sie kam her und tippte ab seine Notizen, immer. Ich habe etwas zu essen für sie gemacht, immer. Dann bringt sie heraus ein Buch. Er fragt sie, wie schreibt man ein Buch? Sie sagt, du fängst an irgendwo und machst weiter von da. Aber er macht nur Notizen.«

Es stimmt. Wir können mitten in einer Unterhaltung sein und plötzlich hört er auf zu reden, um irgendetwas aufzuschreiben. Aber die einzigen Veröffentlichungen, die ich von ihm gesehen habe, waren Leserbriefe, in denen es um Juden ging. Albert hat so einen Spleen mit dem Jüdischsein. Olga erzählte mir: »Seine Mutter hat gewollt, dass er heiratet ein jüdisches Mädchen. Albert, sagt sie zu ihm, gibt viele hübsche Mädchen. Heirate eine. Gründe eine Familie. Wir helfen mit Geld. Und wenn er nicht zu Hause ist, ruft sie an viele Familien mit Töchtern. Aber dann fragen alle, was macht Albert denn? Albert hat gemocht dieses Mädchen hier.« (Sie zeigt auf ein Foto auf dem Kaminsims.) »Sie war keine Jüdin. Sein Vater hat nicht gewollt, dass er sie heiratet. Sie hat geheiratet einen anderen.« (Ein weiteres Bild von demselben Mädchen im weißen Hochzeitskleid und einem Mann im Cutaway, wie sie aus einer Kirche treten.) »Ungefähr einen Monat nach der Hochzeit hat es gegeben einen Brand und sie war tot. Ich weiß nicht, warum er geht so oft auf den Friedhof. Er und sein Vater haben immer Streit. Seine Mutter hat er geliebt, aber mit seinem Vater hatte er Streit. Jetzt geht er jede Woche auf den Friedhof.«

Ich schlafe auf einer Couch, die im Wohnzimmer in einer Ecke steht. Tagsüber ist die Couch mit einer lilafarbenen Satindecke abgedeckt. Der Raum ist ungefähr zwanzig Meter lang und sechs Meter hoch. Die hintere Wand hat große Fenster, fast vom Fußboden bis zur Decke. Und vor den Fenstern hängen schwere Vorhänge, die man, wie auch die Fenster, öffnet und schließt, indem man an Schnüren zieht. Aber man kann in dem Zimmer kaum treten, denn es ist mit Möbeln zugestellt, größtenteils Tische und Stühle. Man sieht, dass die Möbel nicht alle auf einmal gekauft wurden. Auch standen sie nicht so, dass sich jemand hätte hinsetzen können. Und wohin man auch blickte, stapelweise Bücher und Zeitschriften: auf den Tischen, der Anrichte, aufgetürmt an den Wänden.

»Keiner«, sagte Olga, die im Zimmer Staub wischte, »darf was anfassen.«

Die drei Schreibmaschinen, das Tonbandgerät, der Plattenspieler, das Schreibmaschinenpapier, Büroklammern, Stifte, Briefumschläge, die Straßenkarten von Europa.

»Er weiß nicht, was er hat«, sagte Olga. »Er kauft selbes Buch zweimal.«

Und die Überfülle, das planlose Durcheinander (blitzblank geputzt) verstärkten nur das Gefühl, dass irgendetwas fehlte. Als würde das Sammelsurium all der Jahre auf irgendetwas warten, das hinzukäme und dem Ganzen einen Sinn verleiht.

Dann waren da noch die Fotografien. Verschiedene von seinem Vater und seiner Mutter auf dem Klavier und auf dem Kaminsims. Von früher, nicht so, wie ich die beiden in Erinnerung habe, adrett gekleidete, alte Leutchen, denen ich eines Abends einmal kurz begegnet bin auf dem Weg ins *Paris-Pullman*, um einen französischen Film zu sehen. Albert stellte mich vor. »Das ist Joseph Grand, er ist Schriftsteller.« – »Leben Sie davon?«, fragte sein Vater. Damals wusste ich noch nicht, dass Albert sich sein ganzes Leben lang von ihm hat aushalten lassen. Auch von Albert gab es allerhand Fotografien. Mit einer Gruppe Soldaten in Uniform, mit einem Patronengurt um den Hals; mit einer Gruppe anderer Soldaten auf einer Bühne; mit seinen Brüdern und Schwestern und deren Kindern an einem Strand in Devon; in Frankreich mit einem Bauern und dessen Frau und deren Tochter. Es war, als würde er Beweise zusammentragen, um zu zeigen, dass er, so wie andere Leute auch, eine Familie besaß, Freunde hatte.

»Er ist ganz wirr im Kopf«, sagte Olga traurig.

Dann ist da diese Geschichte mit Lily. Ich war ein paar Monate lang nicht mehr in London gewesen, und als ich wieder da war, erzählt er mir zuallererst von Lily. Sie hat die Souterrainwohnung unter ihm. Sie ist geschieden. Und er ist ganz begeistert von ihr. Wir drei gehen zusammen ins Theater und hinterher auf einen Drink. Albert kann nicht genug für sie tun. Als ich das nächste Mal nach London komme, haben sie sich zerstritten.

»Was ist passiert?«

»Oh«, sagte er, »sie hatte diese Nichte bei sich wohnen und ich habe Lily vorgeworfen, sie wäre lesbisch. Jetzt quält sie mich. Bringt nachts Männer mit. Und ich kann jedes Mal hören, wenn das Bett quietscht. Ich kann nicht schlafen. Ich lausche. Oder aber ich werde wütend und mache Krach. Ich singe. Drehe die Wanne auf – lasse alle Wasserhähne laufen. Du wirst doch nicht mit ihr reden?«

»Nein«, sagte ich.

Er überließ mir die Wohnung für drei Wochen im Juli, während er mit dem Auto durch Europa und Nordafrika reiste. Er schickte mir Ansichtskarten. Aus Frankreich: »Vergiss nicht, dienstags den Müll rauszustellen.« Aus Spanien: »Rede nicht mit Lily.« Noch eine aus Spanien: »Deine Freunde sind willkommen, bring sie mit – aber wenn jemand nach mir fragen sollte, dann lass sie nicht rein.«

In all der Zeit, die ich ihn jetzt kenne, ist mir klargeworden, dass ich sein ältester Freund bin. Und ich sehe ihn nur, wenn ich nach London komme. Die Leute nutzen ihn aus. Sie quartieren sich bei ihm zu Hause ein. Sie leihen sich kleine Geldbeträge. Wie Albert gehören sie der Generation der Kriegs- und der frühen Nachkriegszeit an. Ich vielleicht auch. Obwohl ich nicht so sehr in dieser Zeit verwurzelt bin wie er. Ich war drei Jahre bei der Luftwaffe. Während Albert fünf bei der Armee war, wo er Lastwagen gefahren und im Soldatenkabarett Sketche aufgeführt hat.

Jetzt soll er ein Geschäft führen, das sein Vater ihm hinterlassen hat. Ein Laden für Herrenmode in der Shaftesbury Avenue. Aber er ist kaum da. Wenn sie anrufen. Es ist an mir, den Schein zu wahren.

»Albert ist nicht da – er ist unterwegs – er ruft später zurück.«

Derweil ist Albert für einige Tage nach Frankreich gereist.

Ein anderes Mal, als ich bei ihm wohnte, sagte er: »Ich fliege nach Edinburgh. Heute Morgen. Es gibt da dieses Mädchen von der israelischen Botschaft, sie geht zurück nach Israel. Sie hat gesagt, sie würde gern Schottland sehen.«

Er zog sich elegante Freizeitkleidung an. Doch anstatt adrett und sportlich auszusehen, wirkte die Aufmachung auf rührende Weise lächerlich. Ein Mann mittleren Alters, der Sachen für junge Männer trug.

Als ich am selben Abend in die Wohnung zurückkehrte, standen seine Koffer in der Diele und ich hörte das Badewasser laufen.

»Albert?«

»Ja.«

»Was ist passiert?«

»Erzähle ich dir gleich, alter Knabe.«

Er kam heraus, in seinem Bademantel, ohne seine Brille sah er bedripst aus. »Wir sind in den Flieger gestiegen. Ich war ganz aufgeregt. Aber sie wollte sich nicht unterhalten. Die ganze Zeit, die wir im Flugzeug saßen, hat sie nur in der *Times* gelesen. Als wir in Edinburgh ankamen, regnete es. Ich hatte die Nase voll. Habe den Mietwagen storniert. Ihr ein bisschen Schmuck gekauft, als Geschenk – ich muss verrückt sein –, und bin zurückgeflogen.«

Albert lernte ich kennen, kurz nachdem Emily und ich geheiratet hatten. Wir hielten Ausschau nach einer Bleibe in London. Albert war zu Ohren gekommen, dass wir auf Wohnungssuche waren, und er sagte, er würde uns helfen. Bis heute nimmt er sich mit Begeisterung der Probleme anderer Leute an. Wir liefen am Hyde Park Corner vorbei. Es war Abend. Und in einer Schlange an der Bushaltestelle stand ein großgewachsenes, täppisches Mädchen mit einem Stativ und einer Kamera. Albert ging zu ihr und sagte, mit der ganzen Ausrüstung könne sie unmöglich im Bus fahren. Er werde ihr ein Taxi rufen. Aber zuerst lud er sie in seine Wohnung ein. Er gab ihr etwas zu trinken. Sie hatte die Angewohnheit, mit dem linken Auge zu blinzeln, und ich bin sicher, sie hielt es für verführerisch. Sie hatte rote Haare und braune Augenbrauen, die unecht aussahen. Sie sagte, sie käme aus Putney und wohne bei ihren Eltern. Albert war voller Ideen. Er würde ihre Aufnahmen in der *Sunday Times* unterbringen, im *Observer*. Sie erwiderte, dass sie bisher lediglich in der Dunkelkammer gearbeitet habe. Am Ende lieh er ihr ein Buch mit Vermittlungsagenturen für Fotografen, gab ihr ein Pfund fürs Taxi und sah sie nie wieder.

»Hallo, alter Knabe – du hast dich kein bisschen verändert!«, ist das Erste, was er sagt, wenn er mich sieht. Doch als ich dieses Mal ankam, sagte er: »Ich werde wohl langsam alt. Es ist etwa einen Monat her, dass ich eine Frau hatte.«

Später gingen wir in eines dieser dunklen Restaurants in der Brompton Road. Neben uns saßen ein Mädchen und ein Junge. Albert fing ein Gespräch mit ihnen an und erfuhr, dass sie nach Kanada auswandern wollten. Und so plauderten wir alle, während wir aßen.

Als wir wieder in der Wohnung waren, sagte er: »Ich bin eifersüchtig auf dich. Das Mädchen mochte dich. Sie will keinen alten Mann.«

Am Morgen darauf stand er nach dem Frühstück in dunklem Anzug, dunklem Mantel und mit einem dunklen Homburg auf dem Kopf in der Türöffnung, in der Hand hielt er eine Aktentasche aus braunem Leder. »Ich geh' mal eben in den Laden. Ich sehe aus wie ein echter Biedermann, nicht?«

Eine Stunde später klingelte das Telefon.

»Hallo, alter Knabe.« Er klang außer Atem. »Irgendwelche Anrufe für mich?«

»Nein«, sagte ich. Und mir war klar, dass der Laden auf der Strecke geblieben war.

Ich weiß nicht, was von dem, was er tut, in seinem Leben Bedeutung hat, nur dass er versucht, es sich schwerer zu machen. Jetzt hat er beschlossen, Nachforschungen über seine Vorfahren anzustellen. Er hat diese grüne Landkarte von Polen. Ich kann hören, wie er sich darüber am Telefon mit seinem Bruder unterhält, dem eine BH-Fabrik gehört.

»Ja, Monty, sie liegt hier vor mir. Was meinst du mit *Längengrad*?«

Er legte den Hörer ab und starrte auf die Karte. Zwei Namen nördlich und westlich von Warschau wurden eingekringelt.

»Ist schon ein komisches Gefühl, auf die Karte zu schauen«, sagte er. »Der Gedanke, dass mein Vater hier sein Leben begonnen hat.« Und er verschwand aus dem Zimmer.

Nach ein paar Minuten rief ich.

»Albert, darf ich reinkommen?«

»Ja, alter Knabe. Ich brauche nur eine Minute.«

Ich sah ihn, in dem anderen Zimmer, ganz darin vertieft, etwas aufzuschreiben.

Olga erzählte mir: »Ich weiß nicht, woran ich bin bei ihm. Erst heißt es, wir machen Urlaub in Polen und reisen mit dem Flugzeug. Dann mit dem Auto. Dann mit dem Bus. Sir, ich bin zu alt für Fahren mit dem Bus.«

»Weißt du«, sagte Albert in dem Durcheinander der beiden Zimmer in Soho leise zu mir, »ich fahre nach Polen. Aber ich komme durch Deutschland. Es gibt da eine kleine Stadt –« Er brach ab. »Lach nicht. Ich will zu diesem Nazi, der davongekommen ist. An seine Tür klopfen. Manchmal frage ich mich, ob ich mich selbst noch kenne.«

~ 3 ~

Obwohl ich bei Albert wohne, ist es Charles, den ich am nächsten Morgen anrufe.

»Ich habe gerade an dich gedacht«, sagte er. »Wann bist du angekommen?«

»Gestern Abend.«

»Kannst du vorbeikommen?«

Ich mag diesen Stadtteil von London. Die Old Brompton Road entlang. Die dunkelroten Ziegelsteine, vor den Fenstern die Blumenkästen mit Geranien, auf den Steintreppen liegen rosafarbene und rote Blütenblätter. Ein Bus der Linie 207 A donnert auf seinem Weg nach South Kensington an der Zweigbibliothek vorüber. Ich gehe an dem Gemüsehändler an der Ecke vorbei, wo Emily immer eingekauft hat. Überquere die Queen's Gate. Hier hat Emily unter den Bäumen den Kinderwagen über den Bürgersteig in die Kensington Gardens geschoben, und ich saß parterre in dem großen Wohnzimmer unserer Mietwohnung und schrieb Reiseartikel für die *Vogue* und *Harper's Bazaar*. Der Feinkostladen mit Selbstbedienung, die kleine Milchhandlung, das angenehme Dunkel des Schaufensters voller Harfen. Ich biege in eine Sackgasse ein und laufe über Kopfsteinpflaster.

Charles' Haustür ist in einem matten Rot gestrichen. Es gibt keinen Türgriff, nur einen Klingelknopf und einige lädierte Stellen, die von alten Schlössern stammen. Oben unter dem Dach befinden sich zwei Fenster mit Vorhängen aus Sackleinen.

Ich klingele.

Die Tür geht gerade so weit auf, dass Charles sichtbar wird, der seitlich dahintersteht. Er ist in Strümpfen heruntergekommen.

»Wie schön, dich zu sehen.«

Wir gehen die Treppe hinauf. Sie ist steil. Ich halte mich an dem dicken Seil an der Seite fest. Oben, an einer Zwischenwand, große, ungrundierte Malerleinwände. Rechts ein kleiner Raum, die Tür steht offen, es ist sein Atelier.

»Wie geht es Emily und den Kindern?«

»Gut. Sie lässt dich grüßen.«

Wir gehen nach links, in die Küche. Ein Gasofen, an der Wand ein schlichter Holztisch, ein paar Holzstühle. Am anderen Ende eine Badewanne mit einer Personenwaage daneben.

»Wie lange ist es her, dass du hier warst?«

»Fast vier Monate. Eines Tages bringe ich uns da weg.«

Wir sitzen an dem Holztisch. Er reicht mir eine *Gauloise* und wir beide stecken uns eine an. Dann setzt er Kaffeewasser auf.

»Was macht die Arbeit«, sagte ich.

»Eigentlich wie immer. Schreibst du an einem neuen Buch?«

»Ja.«

»Das letzte hat mir nicht gefallen.«

»Mir auch nicht. Ich hab die Lust verloren, Reiseberichte zu schreiben. Hast du eine Ausstellung in Aussicht?«

»Im November. In New York.«

»Fliegst du rüber?«

»Die Galerie hätte es gern. Aber ich denke nicht.«

Mir fielen die Worte seines Kunsthändlers ein, ehemals ein deutscher Flüchtling: »Charles, jetzt wo du mehr verdienst als der Premierminister und der Erzbischof von Canterbury zusammen, wieso besuchst du nicht einfach mal die Vereinigten Staaten?« – »Meine Welt liegt in der anderen Richtung«, erwiderte Charles und meinte Europa.

»Ich war auf der Geburtstagfeier zu Connollys sechzigstem«, sagte er. »Ich glaube, sie hat sich über ein paar Tage hingezogen. Bevor ich hingegangen bin, habe ich noch *Das ruhelose Grab* gelesen und mir ein paar Stellen eingeprägt in der Hoffnung, sie ihm vortragen zu können. Aber als ich dort ankam, hatte ich alles wieder vergessen. Hast du Lust auf Mittagessen?«

»Ja«, sagte ich.

Mit Charles kam damals auch ein wenig Glanz in unser Leben. Zu jener Zeit war er noch nicht so bekannt wie heute. Doch lief man mit ihm die Straße hinunter, war es schon damals so, als ginge man mit einem berühmten Filmstar spazieren. Einmal, als wir im *Lyons Steak House* in der Brompton Road zu Mittag aßen, waren ein junges Mädchen und ein älterer Mann gerade auf dem Weg nach draußen. An unserem Tisch blieb das Mädchen stehen.

»Charles Crater?«

Charles lächelte, hob den Kopf und sagte: »Ja.«

»Sie werden sich wahrscheinlich nicht daran erinnern«, sagte das Mädchen, »aber wir sind uns vor einem Jahr auf einer Party begegnet.«

Charles behält sein Lächeln bei, wie er es immer tut, wenn er nervös ist.

Ich erkenne das Mädchen. Eine Darstellerin aus dem Kinderfernsehen. Sie singt und spielt Gitarre. Kaum waren sie gegangen, sagte Charles mit gedämpfter Stimme: »Wer ist sie?«

Ich sagte es ihm und was das Mädchen machte.

»Ist sie gut?«

Das war seit jeher eines seiner wichtigsten Kriterien bei der Beurteilung von Menschen: Sind sie gut in dem, was immer sie tun. Seine Bilder verkaufen sich inzwischen für zweitausend Pfund und mehr, und doch lebt er nach wie vor in seiner kleinen Dreiraumwohnung mit sehr wenigen Möbeln. In dem anderen Zimmer steht lediglich ein großes Bett mit einer knallbunten Tagesdecke – eine dicke Wolldecke, die er aus Tanger mitgebracht hat. Ein Nachttisch, darauf ein kleiner Plattenspieler, einige Schallplatten (Piaf, Brecht/Weill) und

Bücher (*König Lear*, Proust, eine Taschenbuchausgabe von Nietzsche), ein großer Glasaschenbecher. Es gibt ein Sofa, und vis-à-vis einen Tisch. Auf dem Tisch ein Fernsehapparat.

»Der ist neu«, sagte ich.

»Ein Versuch, abends zu Hause zu bleiben. Ist gescheitert.«

Ansonsten besitzt er wenig. Charles hat etwas gegen Besitz. Und verschenkt ständig Sachen. Er hat mir die *Tagebücher der Brüder Goncourt*, *Die Briefe van Goghs*, Painters Proust-Biografie und *Diese Freuden* von Colette geschenkt.

»Woran arbeitest du gerade?«

»Ich mache ein paar Porträts, aber ich kann dir gar nichts zeigen. Die Galerie hat sie gestern abgeholt.«

Ich gehe nach oben in den kleinen Raum rechts von der Treppe. Eine Mischung aus Unordnung (»Aber ich weiß, wo alles ist!«) und Sauberkeit. Auf eine weiße Wand sind Mitteilungen gepinselt. Namen und Telefonnummern. Eine als bezahlt markierte Zahnarztrechnung ist angepinnt. In mehreren leeren Blechdosen (gewöhnliche Fruchtkonservendosen, auf denen noch die Etiketten und die leuchtenden Bilder von Birnen und Pfirsichen kleben) stecken fein säuberlich seine Pinsel. Dahinter, an der Wand, ist ein ovaler Spiegel, und um den Spiegel herum ist die Wand voller Pinselstriche. Auf einer anderen Wand (gegenüber der mit den Mitteilungen) befinden sich aus Zeitschriften herausgeschnittene Kunstdrucke einiger seiner Bilder. Ein nackter sitzender Mann, eine liegende Gestalt, verschiedene Porträts. Erst als ich die Porträts von Charles gesehen hatte, fielen mir die Farben in Gesichtern auf – die hellen Grüntöne, das Rosa, das Weiß. Einmal fragte ich ihn, weshalb er beim Malen die nackte Haut so betonte. »Weil ich die Farben mag.« Beschreibt daraufhin aber, wie er eine teuer gekleidete Frau im *Harrods* an der Fleischabteilung hat vorbeigehen sehen. Und welchen Zusammenhang das für ihn hat. An der Wand stehen, die Rückseite nach vorn, ein paar Leinwände. In der Mitte, mit dicken Farbklumpen überkrustet, seine Staffelei. Und auf dem Boden stapeln sich in heillosem Durcheinander alle möglichen Illustrierten – aus Deutschland*, Frankreich, Italien, Amerika, England – mit herausgerissenen Seiten. Charles blättert andauernd in Illustrierten und sieht sich die Fotografien an.

Während ich noch eine Tasse Kaffee trank und eine zweite *Gauloise* rauchte, rasierte er sich. Er hat ein recht großes Gesicht und kleine, hellgraue Augen. Das große Gesicht ist schuld, dass seine Augen so klein aussehen. Wenn er dich zum ersten Mal sieht, oder nach langer Zeit, dann lächelt er und blickt dir ins Gesicht, als gäbe es niemanden auf der Welt, den er lieber gesehen hätte. Das ist so seine Art. Er begeistert sich an Menschen und überträgt diese Begeisterung auf dich. Er kann in eine Küche hereinkommen, in der ein kleines Chaos herrschen mag, die Kinder toben herum, der Frühstückstisch ist nicht abgeräumt, und sich hinsetzen und erzählen und dich deine Umgebung vergessen lassen. Während er erzählt, verändert sich sein Gesichtsausdruck ständig. »Man geht durchs Leben«, sagte er einmal zu mir, »in der Hoffnung, auf Menschen zu treffen, die einem Klarheit verschaffen.« Aber diese charmante, wohlwollende Art ist nur eine Seite von ihm. Ich erinnere mich an ein anderes Mal, als er uns in Carnbray besuchen kam. Ich holte ihn in seinem Hotelzimmer ab. Wir waren beide zum Abendessen bei den Middletons eingeladen. Das Hotelzimmer hatte Ausblick auf einen Sandstrand. Er trat ans Fenster und sah hinunter zu den Leuten am Strand. Und er war voller Verachtung für die Menschen, die da unten ihrem Nestbautrieb nachkamen, für die Ehe als eine künstlich geschaffene Institution.

»Ich wette, sie gaffen her«, sagte er, als er bei offenem Fenster in den Spiegel sah, um einige Haarsträhnen in Form zu bringen, damit sie richtig fielen, »und sagen, sieh dir diesen Schwulen an, wie er sein Haar schniegelt. Manchmal frage ich mich, warum ich mir die Mühe

* *»In den Zwanzigern nahm mein Onkel mich mit nach Berlin. Es war sehr freizügig. Alles war erlaubt.« – »War es wie das Berlin bei Isherwood?«, fragte ich. »Seine Sicht war die eines englischen Schuljungen. Die Wirklichkeit war viel krasser.«*

mache. Es ist nichts als Eitelkeit. Ich bin ganz grau. Würde ich mir die Haare nicht färben, könntest du es sehen. Wie spät ist es?«

»Zehn vor zwölf. Trägst du keine Uhr?«

»Ich hatte schon viele. Aber ich kann nicht drauf aufpassen. Sie kommen immer weg.«

Wir nehmen uns ein Taxi und gehen ins *Wheelers*, essen Austern und frischen Lachs und trinken Wein. Und Charles bezahlt mit einem Scheck.

Manchmal verabreden wir uns irgendwo und er taucht nicht auf. Als es das erste Mal passierte, sagte er, wir würden uns um fünf bei ihm zu Hause treffen. Ich wartete draußen vor der Tür, aber er kam nicht. Am nächsten Morgen schaute ich bei ihm vorbei. Als er aufmachte, sagte er, er habe einen Kater. Und setzte sich schnell eine dunkle Brille auf. Bei einem Kaffee erzählte er mir, die Leute, mit denen er gestern getrunken habe, wären gerade erst raus.

»Ich bin froh, dass sie gegangen sind, sonst hätte ich mich noch mal mit ihnen betrinken müssen. Das geht mir auf die Nerven. Tut mir leid wegen gestern. Aber ich habe einfach angefangen zu trinken. Es gibt da einen Laden um die Ecke der Shaftesbury Avenue. Ich kam mit diesen beiden zusammen. Sie wussten, dass ich ihnen Dinge geben konnte, die sie sonst nicht kriegen können. Deswegen gehen sie da hin. Aber jetzt muss ich mich an die Arbeit machen.«

In seiner Gesellschaft habe ich Bekanntschaft mit einem Tiefseetaucher gemacht, mit einem reichen Bauern, einem schwarzen Rechtsanwalt, einem Schauspieler, einem Lehrer, einem Fotografen, einigen Malern, aber zumeist mit Männern aus der Arbeiterklasse.

»Ich mag Leute, die hart im Nehmen sind, körperlich und geistig«, sagte er. »Ich glaube nicht, dass ich körperlich besonders hart im Nehmen bin. Aber geistig bin ich es.«

Einmal sagte er zu Emily: »Was mag man an den Leuten? Ihre Jugend. Die Ambitionen, die sie haben.«

Er hat einen großen Bekanntenkreis. »Ich sehe Cameron nicht mehr oft«, sagte er, »obwohl wir mal gute Freunde waren. Er behauptet, ich hätte gehässige Dinge über ihn gesagt. Vielleicht hab ich das. Aber über wen darf man dann gehässige Dinge sagen, wenn nicht über seine Freunde?«

Wenn er herunter nach Carnbray kommt, dann um London zu entfliehen, und dem Leben, das er führt. Aber für uns ist seine Anwesenheit ein Höhepunkt in unserem Leben. Leute, die ich das ganze Jahr über nicht sehe, rufen an und fragen, ob Charles da sei. Er führt Emily und mich in ein gutes Restaurant aus. Fährt dann allein mit dem Bus über die Heide. Oder trinkt in einem billigen überfüllten Café einen Tee mit allerhand Leuten um sich herum.

Einmal, als er runterkam, sah er unsere Nachbarin, Miss Benson, ein altes Fräulein, ihre Vortreppe putzen. Er wünschte ihr guten Tag. Ein paar Häuser weiter erzählte ich ihm, wie wir Miss Benson am ersten Weihnachtsfeiertag immer auf ein Schlückchen zu uns ins Haus bitten. Sie ist strenggläubige Methodistin und trinkt das ganze Jahr über nicht, außer an diesem Tag, an dem sie sich einen Sherry genehmigt. Als Emily zu ihr ging, um sie zu holen, saß Miss Benson in ihrer Küche am Tisch vor ihrem Weihnachtsessen, Eier mit Speck, und sah ganz unglücklich aus. Sie wartete auf ein Weihnachtspäckchen von einer Freundin aus Kanada. Und es war nicht angekommen.

»Ich war Weihnachten allein«, sagte Charles mit seiner leisen, ausdruckslosen Stimme.

Ein andermal war er mit im Zimmer, als ich den Kindern eine Gutenachtgeschichte vorlas. »Glück, sagte die böse Fee –«

»Was weiß eine Fee schon vom Glück«, rief Charles dazwischen.

Er kam mit mir, um mich am Bahnhof Paddington zu verabschieden. Auf dem Bahnsteig warteten auch an die zwanzig oder dreißig junge Soldaten. Sie waren gerade aus einem Zug gestiegen.

»Was machst du nachher?«, fragte ich.

»Ich hätte nichts dagegen, mit einem von ihnen zu verschwinden. Aber ich mache keinen an – erst wenn ich betrunken bin.«

Kurz bevor der Zug anfuhr, holte er ein paar Pfundnoten hervor und steckte sie mir in die Hand. »Für die Kinder«, sagte er und lächelte.

~ 4 ~

In London besuche ich Albert und Charles. Aber hier in Carnbray habe ich nur Jimmy Middleton. Wir rufen uns an, wir treffen uns in einem Pub, trinken und reden. Die meisten Leute, denen ich hier unten begegnet bin, stammen nicht von hier – Jimmy schon. Nicht nur er wurde hier geboren, sondern auch sein Vater (von ihm hat er 50 000 Pfund geerbt) und sein Großvater und sein Urgroßvater. Ich half Jimmy beim Umzug in das schönste Haus von Carnbray, das ich kenne. Ein holzverkleidetes Haus am Hang oberhalb des Hafens. Er hat einen Tennisplatz, große Bäume – seine Kinder haben Häuser darin gebaut. Und einige Gewächshäuser, in denen seine Frau Esther – eine kleine Blondine, die sehr verschlossen wirkt – exotische Pflanzen zieht. Jimmy ist Meeresbiologe und an einer meeresbiologischen Station etwa dreißig Meilen die Küste rauf beschäftigt. Einmal fuhr ich mit ihm dort hin und er führte mich durch sein Labor. Vor der Küste ließ er einen Schwimmbagger arbeiten, der Proben vom Meeresboden hochholte. Dann versuchte er, »meine kleinen Biester« zu finden. (Durch sein Mikroskop sah ich irgendetwas Durchsichtiges, wie ein Seepferdchen.) Und wertete ihre Bewegungen aus, um zu sehen, ob sie in ausreichender Dichte für eine neue Proteinquelle vorkamen. Jimmy ist zweiundvierzig. Er hat eine dunkle Gesichtsfarbe, eine hohe Stirn und schwarzes Haar mit grauen Strähnen, das er zu einem Seitenscheitel kämmt. Er hat breite Schultern. Er ist bei guter Gesundheit und sehr kräftig. Jimmy hat etwas an sich, das ich auf all die Gemälde seiner Vorfahren an den Wänden zurückführe. Er ist in mehreren Ausschüssen, Mitglied in Clubs. Seine Rechnungen bezahlt er sofort. Er ist Christ, ein gläubiger Mensch. Und er ist absolut zuverlässig. Wenn er sagt, dass er zu einer bestimmten Zeit an einem bestimmten Ort sein wird, dann ist er da. Und er erwartet, dass auch du da bist. Er liest nicht viel. Ich gebe ihm Ausgaben der Zeitschriften mit meinen Reiseartikeln darin. Aber ich erinnere mich an nur eine einzige Bemerkung über Literatur von ihm. Er hielt *Lolita* für ein sehr tiefsinniges und trauriges Buch. Wenn er bei uns klingelt, dann meist mit einer Blume oder etwas aus ihren Gärten für Emily. Er mag Emily. Aber ziemlich am Anfang sagte er zu mir: »Jemand in deiner Position hätte besser Geld heiraten sollen.« Auch Esther entstammt einer soliden gutbürgerlichen Familie. Sie hat Jimmy auf einem Golfplatz kennengelernt. Im Haus zeigte sie mir eine Radierung an der Wand, einer ihrer Vorfahren in der Schlacht mit General Wolfe auf der Abraham-Ebene.

Vielleicht ist dieses Abgesichertsein der Grund, weshalb Jimmy bewusst Risiken eingeht. Er fährt ein schnelles Auto. Und entflieht etwa drei, vier Mal im Jahr Esther und den Kindern und dem großen Haus. Angeblich auf wissenschaftliche Tagungen, die er besucht, und Vortragsreisen ins Ausland. Aber er nutzt sie als Gelegenheiten für sexuelle Begegnungen. Vielleicht, weil der Sex erst spät Einzug in sein Leben gehalten zu haben scheint. Wenn er zurückkommt, erzählt er mir als Erstes von seiner neuesten Eroberung. Der schwedischen Dolmetscherin, mit der er drei Tage lang in einem Skiurlaubsort festsaß, er zeigte mir die Stoffpuppe (»unser Baby«), die sie ihm bei seiner Abreise geschenkt hat; von Huguette, der Frau eines französischen Beamten, die er in Amsterdam kennenlernte; von der Frau eines Zahnarztes in Brüssel. Wir erörtern ein paar neue Stellungsvarianten. Und die Wirkung von Brandy, Eiscreme oder Rasierseife auf der Möse. Einmal, als ich zum Mittagessen zu ihm nach Hause gekommen war und wir beide zu viel getrunken hatten und auf dem Rasen auf Stühlen an einem rauen Holztisch saßen. Er erzählte mir von seiner letzten Reise nach Italien. Er fuhr in ein Dorf in den Bergen, um sich irgendetwas über Abwasser anzusehen. »Da war dieses Bauernmädchen. Sie hatte eine Ziege dabei. Das Mädchen hat darauf bestanden, dass ich es zuerst mit der Ziege treibe. Die Ziege ging runter auf ihre Vorderbeine. Sie hat es die ganze Zeit über genossen – ihr Kopf rollte dabei von einer Seite auf die andere. Dann habe ich es mit dem Mädchen getrieben.«

Manchmal glaube ich, dass er seine ganzen Erfolge übertreibt.

Wir beobachteten Esther, wie sie von einem der Gewächshäuser über den gepflegten Rasen zum Haus ging.

»Irgendwann erwischt sie mich«, sagte Jimmy.

~ 5 ~

So sind die letzten fünf Jahre ins Land gegangen. Leben in Carnbray, auf kurze Reisen gehen, um die Reiseartikel zu schreiben. Alle zwei Jahre die Berichte zu einem Buch zusammenstellen. Und nach London kommen, wann immer ich das Bedürfnis habe, aus der Lethargie zu erwachen, in die ich hier unten versinke.

Dann geschah etwas Unerwartetes. Eine Zeitschrift, bei der ich immer mit der Abnahme von einem Artikel pro Monat rechnen konnte, ging pleite, und ich verlor sichere 960 Pfund pro Jahr und noch mal dreihundert aus Nachdruckrechten. Sechs Wochen später war ein brauner Umschlag von der Bank in der Morgenpost mit meinen eingelösten Schecks und einem Auszug, der auswies, dass mein Guthaben auf 5 Pfund, 8 Schilling und 6 Pence geschrumpft war.

Ich versuchte es bei Zeitschriften, die ich noch nie angeschrieben hatte. Dann sah ich dem Postboten entgegen, was er brachte. Der ganze Tag drehte sich darum, wann der Postbote kam. Ich stand in aller Frühe auf und wartete sehnsüchtig, bis ich ihn in der Straße gegenüber erblickte. Dann stand ich am Fenster, seitlich, sodass er mich nicht sah. Ich beobachtete ihn, wie er die andere Straßenseite abarbeitete, bevor er herüberkam. Und hielt mich versteckt, bis ich das Zuklappen des Briefkastenschlitzes hörte. Ich lernte alle Gewohnheiten der Postboten kennen. Wer flink war. Wer trödelte. Wer einen Schwatz hielt. Und wenn kein Geld kam, musste ich rausgehen und mir überlegen, was ich zum Mittagessen machen könnte, wenn die Kinder aus der Schule kamen.

Ich versuchte, Emily zu überreden, zum Co-op zu gehen, mit dem Leiter zu reden, ihm zu sagen, dass ich nächste Woche bezahlen würde, ob sie anschreiben lassen könne? Aber sie wollte nicht. Wir hatten dort 26 Pfund Schulden. Am Schluss ging ich wieder hin. Er sagte, ich könne noch einmal Lebensmittel im Wert von einem Pfund bekommen, aber das sei das letzte Mal. Ich lief herum und nahm Dinge aus den Regalen. Es war wichtig, so etwas wie eine Dose Lachs, eine Dose Pfirsiche zu haben, für unsere Moral. Und ich kam zurück und trug die Lebensmittel in der Reisetasche, die ich auf den Fahrten nach London benutzte. Die Kinder standen am Vorderfenster. Sie kamen aus dem Haus gerannt. Erst später, durch die dauerhafte Untätigkeit, wurde mir bewusst, wie viel Nervenkraft diese Einsätze gekostet hatten.

In dieser Lebenslage bekam Emily eine Halbtagsstelle als Lehrerin in der Dorfschule nicht weit von hier angeboten und sie nahm sie an. Und die Dinge begannen sich zu ändern.

Sie stand nun um sieben Uhr auf und lief, nachdem sie den Kindern Frühstück gemacht hatte, die zwei Meilen zur Schule. Halb eins kam sie zurück. Das hieß, ich kümmerte mich um das Mittagessen für die Kinder.

Nachmittags wusch sie die Wäsche, machte die Betten, räumte das Haus auf. Und während sie herumhantierte, waren die Kinder nicht mehr so leise wie früher, wenn ich hier oben an der Schreibmaschine saß. Wir warteten auf ihren monatlichen Scheck über etwa zwanzig Pfund. Und lebten davon. Und vom gelegentlichen Wiederabdruck alter Artikel von mir – indem wir die Miete nicht zahlten, die Zahlung für den Strom hinauszögerten, fürs Gas, bis man uns mit Abschaltung drohte. Und dafür, dass wir uns in dieser Lebenslage befanden, bestrafte sie mich auf ihre eigene Art. Sie wollte nicht vögeln.

Nachts kam ich ins Bett und fühlte die Wärmflasche an meinen Füßen und ihre Füße darauf. Ich legte meine Beine über ihre, dann meine Hand auf ihre Brust. Keine Reaktion. Nur das gedämpfte Geräusch des in ein Handtuch eingewickelten Weckers vom Fußboden. Ich küsste sanft ihre Wangen, ihre Lippen. Keine Reaktion. Ich küsste ihre Augen, manches Mal waren sie feucht. Ich legte mich auf sie. Doch ihr Kopf drehte sich weg, die Beine eng geschlossen.

»Du hast dir die Zähne nicht geputzt«, sagte sie.

Wütend stieg ich aus dem Bett, schnappte meine Sachen, zog sie an, ging nach unten. Fest entschlossen, dass ich morgen das Haus verlassen würde.

Doch am nächsten Tag versuchte ich, ihr eine Freude zu machen, indem ich eine Halbpfundschachtel Schokolade für sie kaufte. (Ich weiß, es war von dem Geld, das sie verdiente.) Und an diesem Abend, nachdem alle Kinder im Bett waren, und wir auf dem Sofa saßen und fernsahen, legte ich meine Hand auf ihren Oberschenkel und fühlte etwas – einen Strumpfbandhalter. Ich fange an zu streicheln. Und ich denke, die Sache läuft. Ich schlage vor, dass wir zeitig schlafen gehen. Ich sage, dass ich mich ums Feuer kümmere. Damit sie zuerst im Bett sein kann. Und sich ein bisschen aufwärmen. (Sie hat keine Lust, wenn ihr kalt ist.) Ich stehe im Dunklen im Schlafzimmer, im Licht, das durch den Türspalt fällt – ziehe meine Unterhose aus, damit sie's kapiert. Aber es ist umsonst.

Die Vormittage vergehen recht schnell. Es gibt etwas zu tun. Den Kamin säubern. Die Asche entsorgen. Neues Feuer machen, Kohlen reinholen, aufräumen, nachdem das Frühstück weggeräumt ist. Mir eine Tasse Pulverkaffee aufbrühen. Die halbstündlichen Nachrichtenmeldungen im Kofferradio hören. Rasieren. Dann gegen halb zwölf alles für das Mittagessen der Kinder vorbereiten. Um viertel nach zwölf alles vorbereiten für das von Emily. Den Tisch decken. Wasser in den Kessel füllen (in den kleinen Kochtopf für ihr gekochtes Ei), Brot und Butter rausstellen. Um halb eins das Gas anzünden.

Ich höre die Haustür. Sie kommt herein und fragt: »Irgendwelche Post?«

»Nur eine Postkarte für Martha, auf der steht, dass sie an die vier Leute schreiben soll, deren Namen auf der Karte stehen, und sie bekommt in zwanzig Tagen zweihundertfünfzig Postkarten zurück.«

Und damit hat sich die Unterhaltung nahezu erschöpft.

Sie trinkt ihren Tee, isst ihr Ei und etwas Butterbrot dazu. So wie ich auch, oder einen Bückling, wenn wir haben. Ich lausche dem Geräusch ihrer Atemzüge, während sie isst. Aus irgendeinem Grund macht es mich ärgerlich. Ich verziehe mich nach oben in dieses Zimmer. Und hier muss ich den Nachmittag rumbringen. Es ist schlimmer, wenn Emily sieht, wie ich nichts tue. Ich gehe in dieses Zimmer und schließe die Tür und tippe. Ich mache eine Liste, wo ich überall Artikel eingereicht habe. Wann ich sie abgeschickt habe. Wann ich ihnen eine Erinnerung gesendet habe. Welche Zahlungseingänge ich erwarte. Und für Emily bedeutete der Klang der Schreibmaschine, dass ich arbeitete. Ich versuchte es. Während wir darauf warteten, dass die Tage vergehen und sie den monatlichen Scheck erhält.

Wenn die Kinder die gebackenen Bohnen, die Sardinen, die Makkaroni und den Käse, das Hackfleisch nicht essen wollten – sagte sie:

»Was glaubt ihr, warum ich arbeiten gehe? Wenn ich nicht arbeiten würde, dann hättet ihr überhaupt nichts zu essen.«

Und ich stand auf und verließ den Tisch.

Oder sie kam hier herauf und fragte: »Kann ich ein bisschen Geld haben?«

»Warum schaust du nicht mal in dein Portemonnaie? Ich habe dir eine Pfundnote und etwas Kleingeld dringelassen.«

»Ich werde jeden Penny davon für mich ausgeben«, sagte sie spitz.

Sie ging die Treppe hinunter und schlug die Tür hinter sich zu. Sie schlägt immer die Türen zu, wenn sie wütend auf mich ist. Es ist ihre Art, dagegen zu protestieren, dass sie in einem gemieteten Haus lebt, das sie nicht mag, an einem Ort, den sie nicht mag.

Wenn es regnete und uns die dreieinhalb Schilling für ein Taxi fehlten, musste sie durch den Regen laufen. Sie steckte sich Pappkarton in die Schuhe. Aber wenn sie zurückkam, waren ihre Füße nass.

Die Schulleiterin dachte, dass Emily eine Berufung in sich fühlte und deshalb wieder unterrichtete. »Wie kann ich ihr sagen, dass ich es nur des Geldes wegen tue? Und welches Geld denn? Ein Babysitter in London bekommt mehr als ich.«

Wenn etwas schiefging. Etwa als Ella stürzte und ich sie ins Krankenhaus bringen musste, um ihr Handgelenk röntgen zu lassen. Emily sagte: »Wenn ich zu Hause gewesen wäre, wäre das nicht passiert.« Oder als die Katze starb. »Wenn ich zu Hause gewesen wäre, hätte ich den Tierarzt gerufen.«

Abends redeten wir kaum miteinander, obwohl wir im selben Raum waren. Wir liehen uns Bücher in der Bücherei aus, aber wir brachten sie ungelesen zurück. Ich versuchte mir die Zeit zu vertreiben, indem ich auf dem Esstisch Solitär spielte. Sie sah fern. Ich schloss zusätzliche Wetten mit mir selbst ab. Wenn ich dieses Spiel gewinne, nehmen sie einen Artikel von mir an. Diese Woche. Diesen Monat. Fahre ich nach London. Fahre ich woanders hin. Will Emily heute Abend vögeln. Die nächste Frau, die ich heirate, wird eine drei Meter fünfzig große Amazone sein. Ein ein Meter großer Zwerg?

»Worum hast du heute Abend gewettet?«, fragte sie.

»Ob ich genug Geld verdiene, um uns hier wegzubringen«, sagte ich.

»Aber du bist gerne arm«, sagte sie.

Hatte sie recht? Vielleicht bin ich das. Vielleicht ist das ja eins der Dinge, die uns zusammengehalten haben.

Ich spielte weiter Solitär.

Manchmal blieb ich unten und ging nicht vor Mitternacht nach oben.

»Warum kommst du so spät?«, sagte sie, als ich ins Zimmer kam.

»Ich dachte, du schläfst schon.«

»Ich kann nicht einschlafen.«

Ich zog mich aus und legte mich neben sie ins Bett. Sie nahm meine Hand in ihre, als würden wir spazieren gehen, und in wenigen Minuten war sie eingeschlafen.

Und wenn etwas kam. Etwa ein Scheck für einen alten Reisebericht über Carnbray, der als Nachdruck in einer deutschen Zeitschrift erschienen war, dann besorgte Emily ein Huhn vom Fleischer. Und sie würde in dieser Nacht vögeln. Und ich würde mich an die anderen Nächte erinnern und schwören, dass ich uns nie wieder in eine solche Lage bringen werde.

Am Nachmittag bat ich sie, nach oben zu kommen.

Sie kam.

Ich putzte mir die Zähne. Sie putzte ihre. Sex musste mit Zähneputzen beginnen – das war ein Spleen von ihr –, unsere Münder mussten nach Zahnpasta riechen.

»Du kannst froh sein«, sagte sie und öffnete ihren BH. »Hättest du Arbeit, dann könntest du das nicht tun. Nicht viele Leute haben nachmittags dafür Zeit.«

Hinterher sah ich, wie sie ihren dunklen Strumpfhalter hochzog. Ich langte mit der Hand danach, doch sie wich zur Seite und zog in nach oben.

»Warum bist du nur so eine Puritanerin?«

»Weil ich so schreckliche Unterwäsche habe«, sagte sie. »Dumme Frage, dumme Antwort.«

Aber eine Woche später war das Geld aufgebraucht und wir wieder in den alten Trott zurückgefallen.

»Ich habe keine Lust mehr zu spielen«, sagte Emily. »Plötzlich hast du alles satt. Du willst ein anderes Spiel. Ich meine nicht *dich*. Ich meine das Leben.«

Dann hasste ich es, hier raufzukommen, am Schreibtisch zu sitzen, mir die Listen anzusehen, wo ich meine Artikel eingereicht hatte, auf welche Einnahmen ich hoffte, und mir zu überlegen, worüber ich schreiben könnte, um zu Geld zu kommen.*

Als Reiseschriftsteller habe ich mich schon immer auf Äußerlichkeiten verlassen. Lass mich allein an einem Ort zurück, besonders an einem, der keine Assoziationen an früher weckt, und ich kann in die Vollen gehen. Ich brauche den Kitzel des Unbekannten, des Unter-

** Emily gab die halbe Stelle als Lehrerin wegen einer Augeninfektion auf. Bis das Auge sich erholt hatte, musste deshalb das Licht ausbleiben in dem Zimmer, wo sie war. Ich las ihr aus den Zeitungen vor, bis es zu dunkel wurde und wir ins Bett gingen.*

wegsseins, um zu funktionieren. Und ich habe dabei stets meinem Blick vertraut. Immerhin steckt in einem Schriftsteller auch etwas von einem *Voyeur*. Und nichts kommt dem mehr entgegen als ein Badeort. Vielleicht war es ja das, was mich anfangs an Carnbray so angezogen hat.

Aber der Ort hat schon lange seinen Reiz für mich verloren. Und seit das Geld ausgegangen ist und wir hier festsitzen, bin ich gezwungen, gegen meine Befangenheit anzuschreiben. (Früher bin ich stets nach draußen gegangen, um meinen Stoff zu finden. Niemals musste ich mich bei mir selbst bedienen.) Daher diese Bekenntnisse. Ich begann eines Morgens im April aus Verzweiflung damit, als draußen der Regen fiel und die Stadt grau und verlassen war wie das Meer. Emily hat gefragt: »Wie kommt es, dass jemand, der so intelligent ist wie du, sich in eine solche Lage gebracht hat? Gestrandet in einer gottverlassenen Stadt am Meer. Wieso hast du es zugelassen?«

Und ich wusste nicht, was ich antworten sollte.

~ 6 ~

Von Zeit zu Zeit kam es vor, dass Herausgeber mich um eine kleine Kurzbiografie baten. Meistens schicke ich ihnen dann etwas in der Art: »Joseph Grand. Geboren 1926 in Polen. Kam nach Kanada, als die Eltern 1929 auswanderten. 1944 Eintritt in die Royal Canadian Air Force. Flog Einsätze von Luftwaffenstützpunkten in England über Europa. Nach dem Krieg Rückkehr nach England. Verheiratet mit einer Engländerin. Reiseschriftsteller.«

Natürlich ändere ich die Details, je nachdem, wer die Biografie bekommt. Aber so vieles bleibt unerwähnt.

Erstens weiß ich nicht, wann ich geboren wurde. In der Familie haben wir Geburtstage nie gefeiert. Ich glaube, meiner war im September oder Oktober, genau kann ich es nicht sagen. Das Problem ist, mit zwei Kalendern leben zu müssen. Als ich zur Armee ging, beschloss ich, einen Tag festzulegen und ihn beizubehalten. Ich entschied mich für den 2. November. Und für eine Weile hatte ich das Gefühl, jemand anderes zu sein, so wie die Leute, die ihren Namen ändern. Aber ich mache mir nichts vor. Wenn ich in einer Zeitschrift auf ein Horoskop stoße, dann lese ich beide, Skorpion und Waage. Und dann dieser Ort in Polen, der in meinem Pass steht. Rakow. Ich habe keinerlei Erinnerung daran.

»Wir hatten ein sehr schönes Haus«, sagte Mutter. »Und es gehörte uns. Ich weiß nicht, was daraus geworden ist, da wir es nie verkauft haben. Es war wunderschön. Und wir hatten ein Dienstmädchen. Als wir nach Kanada gingen, wollte sie, dass ich sie mitnehme. Ich hätte sie hier schon gut brauchen können.«

Der Samowar* im Esszimmer auf dem Büfett ... die großen Silbermünzen mit den beiden Köpfen auf der einen Seite und dem Doppeladler auf der anderen ...

»Warum seid ihr fortgegangen?«

»Schlafenszeit für dich«, sagte sie.

Jahre später fragte ich erneut.

»Wegen der hohen Steuern«, sagte sie. »Sie haben die Bauern auf dem Feld beschossen.«

Das ist die einzige Antwort, die sie mir gab.

Wie gesagt, ich habe keinerlei Erinnerung an die ersten drei Jahre. Aber 1953 wohnten wir in London, ganz in der Nähe der Gloucester Road. Da gab es einen kleinen polnischen Feinkostladen an der U-Bahn-Station Gloucester Road (heute ist er nicht mehr dort). Emily hatte mich losgeschickt, um ein Roggenbrot zu holen. Aber kaum war ich drin, erblickte ich die Süßigkeiten. Sie waren in Papier in hellem Kuhbraun eingewickelt. Ich fragte den Mann hinter der Theke.

»Sind diese Süßigkeiten aus Polen?«

»Ja«, sagte er.

Ich kaufte ein paar und ging hinaus. Das Brot hatte ich vergessen. Kaum hatte ich die Tür hinter mir geschlossen, wickelte ich eine Süßigkeit aus. Das rote Neonlicht von dem italienischen Restaurant auf der anderen Straßenseite flackerte in einer Regenpfütze, während der zarte Karamellbonbon im Mund zerschmolz. Und der Geschmack rief die Erinnerungen wach an ein weißes Haus mit grünen Türen. Ich schaue als Kind aus einem oberen Fenster heraus. Es ist Herbst. Draußen steht eine Gruppe von Männern. Einer von ihnen raucht eine Zigarre und trägt andere Kleidung als die übrigen. Ich

* *Gestern Abend hörte ich im Fernsehen* Garachi Bublitschki *– nur die Melodie, ohne Text. Sie spielten es langsam. Und sie zeigten einen Arzt in irgendeinem russischen Provinzort, der darauf wartete, dass die Züge wieder in Betrieb genommen wurden. Sie spielten es langsam und es klang traurig. In Ottawa habe ich die Schallplatte immer mit größerer Geschwindigkeit abgespielt, damit es schneller lief,* Garachi Bublitschki *... das klang sehr lustig.*

frage Mutter nach diesem Mann. »Er hat früher hier gewohnt«, sagte sie. »Jetzt lebt er in Amerika. Er ist zu Besuch hier.«

Wir gingen nach Ottawa, weil Mutters Onkel Saul bereits dort war. In Polen hatte Saul Dekors an die Decken der großen Häuser gemalt. In Ottawa betrieb er einen Großhandel für Bananen. Das erfuhr ich, als ich das letzte Mal in Ottawa war, um einen Reisebericht zu schreiben, und Sauls einzigen Sohn Carleton traf, der die Geschäfte führt. Carleton fuhr mich zum Abendessen zu seinem Haus, in einem neuen schwarzen Cadillac mit schwarzen Ledersitzen, und erzählte mir von der Ankunft meines Vaters.

»Wir durften lange aufbleiben. Unser Cousin aus Europa kam. Mein Vater erwartete jemanden, der recht jung war – schließlich war deine Mutter Anfang zwanzig. Und jemand, der grobe Arbeit verrichten konnte. Stattdessen erschien am Union-Bahnhof dieser Dandy mit einem silberbesetzten Stock. Er war klein und kahlköpfig und in den Vierzigern. Wir haben versucht, ihn für das Bananengeschäft zu begeistern. Aber er konnte oder wollte die Sprache nicht lernen. Er ging zu einem der Arbeiter, zeigte auf einen Haufen Bananen und sagte *Shnite.*«

Ich fand es paradox. Vaters Probleme begannen, weil er kein Englisch lernen konnte. Und ich sitze nun hier und versuche, meinen Lebensunterhalt damit zu verdienen.

»Das Beste, was ihm hätte passieren können«, sagte Carleton, »wäre gewesen, wieder zurück nach Polen zu gehen. Mit dem nächsten Schiff.«

Ich dachte an Konzentrationslager, Gaskammern.

Es würde zu sehr ausufern, wenn ich in diesen Bekenntnissen jeden Schritt, der mich von Ottawa bis in diese untergehende Stadt am Meer im Süden Englands führte, notieren würde.

Ich verließ die Schule bei der ersten Gelegenheit, fing im *Modern Goods* an zu arbeiten, einem der billigen Kleiderläden im By-Ward-Markt. Mr. Mimico, der Ladenbesitzer, brachte mir bei, wie man schlecht geschnittene »Bekleidungsartikel« (wie er sie nannte) an die Bauern aus den Randgebieten von Ottawa und an die armen Franzosen aus Lower Town verkauft. Er war ein kleiner, stämmiger Mann mit dickem Bauch und einem schwarzen Schnurrbart. Aus irgendeinem Grund mochte er den Buchstaben M. Seine Kinder hießen Maynard und Mildred. Und wenn wir nichts zu tun hatten, stand er an der Tür und beobachtete den Verkehr.

»Metzgermarkt – wieder zwei mehr.« Oder: »Moses Bilsky ist gerade vorbeigegangen – damit sind es fünfzehn für heute.« Er hielt Ausschau nach Schildern, Reklame, nach allem, was mit dem Buchstaben M begann. Einmal versuchte er, einem frankokanadischen Bauern einen Anzug zu verkaufen. Sie waren nach draußen gegangen, um zu sehen, wie der Stoff bei Tageslicht aussah. Plötzlich rief Mr. Mimico.

»*Medjuk.*«

Der Bauer guckte verwirrt.

»Wo?«, sagte ich.

»Auf dem grünen Lieferwagen, der in die Dalhousie Street fährt.«

Geschäfte, so wie Familien, haben ihre eigene Sprache. Und das war unsere.

Ich arbeitete etwas mehr als ein Jahr bei Mr. Mimico, dann ging ich nach Montreal und fand eine Anstellung bei einem kleinen Tonstudio in der St. Catherine Street. Der Besitzer war ein beeindruckender Engländer namens Bonati Harris. (»Mein Vater war auf einem Schiff, das *Bonati* hieß, vor Gallipoli. Ein Torpedo kam auf sie zu. Alle anderen sind von Bord gesprungen, er aber blieb. Wahrscheinlich hatte er zu große Angst vorm Springen. Das Ding war ein Blindgänger. Darum wurde ich Bonati genannt.«) Harris glaubte, dass jeder eine Tonbandaufnahme von seiner eigenen Stimme haben möchte. »So wie die Leute ein Foto haben wollen.« Ich verbrachte die meiste Zeit damit, den Gesellschaftsteil vom *Star* und der *Gazette* danach zu durchforsten, wer eine Hochzeit, eine Konfirmation oder eine Bar-Mizwa feierte. Danach versuchte ich, sie am Telefon davon zu überzeugen, dass sie einen Mitschnitt von dem Ereignis brauchten. Außerdem führte ich in dem kleinen Studio auch Interviews mit Geschäftsreisenden, Kaufleuten, Seeleuten, Touristen ..., die Kopien davon kauften, um sie an Verwandte und Freunde zu schicken. Es sollte so klingen, als wären sie Prominente, die in Montreal in einer Radiosendung interviewt werden.

Ich bewohnte zwei Zimmer über einem Bestatter in der Sherbrooke East. Als die Leute das herausfanden, fragten mich einige, ob ich es einrichten könne, dass sie mal einen Leichnam sehen. Winterman, der Bestatter, war einverstanden. Im Nu fand diese Leichenschau immer mehr Publikum. Bis ich Gruppen von einem Dutzend oder mehr für fünfzig Cent pro Kopf herumführte. (Winterman nahm zwanzig Prozent.) Durch Winterman lernte ich die anderen Bestatter in Montreal kennen. Die Besichtigungen fanden an drei Abenden in der Woche statt. Wir gingen von einem Bestattungsunternehmen zum anderen. Wenn jemand Berühmtes gestorben war oder es einen Mord gegeben hatte – dann hatte ich bis zu fünf Besichtigungstouren in einer Nacht.

Mit achtzehn ging ich zur Air Force. Es war 1944. Die Air Force wollte Beweise für eine Vergangenheit. Ich kannte meine nicht. Und das, was ich davon kannte, gefiel mir nicht. Also fing ich an, Dinge zu ändern. (Einige Leute, mit denen ich aufgewachsen bin, änderten immer wieder ihre Namen.) Georgette, mit der ich ausging, ein frankokanadisches Mädchen aus Saint-Hyacinthe, das im selben Gebäude, in dem auch das Tonstudio war, als Schreibkraft arbeitete, erzählte ich, dass meine Mutter Frankokanadierin sei, mein Vater Ire, und dass sie in Quebec City lebten. Meine nächste Freundin, eine ältere Frau, eine Krankenschwester im Montreal General, war Engländerin. Ich erzählte ihr, dass meine Eltern aus Hampshire stammten und sich in Vancouver zur Ruhe gesetzt hätten. Beim Ball nach der Abschlussparade wurde mir die Begleitung einer Debütantin anvertraut, die in keiner Weise interessiert schien, bis ich ihr sagte, dass ich unehelich sei. Als ich nach Übersee ging, spann ich die Abwandlungen in meinen Lebenslauf weiter. Es kam ganz darauf an, mit wem ich zusammen war. Und als der Krieg vorbei war, kehrte ich nach Montreal zurück und stellte fest, dass die Regierung einen dafür bezahlte, an die Universität zu gehen. Der Registrator am McGill-College fragte mich nach meinen Abgangsnoten von der Highschool. Ich gab mir in allen Fächern durchschnittliche Zensuren, außer in Englisch und Geschichte. Danach war es schwer, das McGill ernst zu nehmen. Ich beförderte mich vom Fliegerleutnant zum Fliegerhauptmann. Den Hauptmännern, Majoren und Staffelkapitänen war es egal. Wir waren allesamt Studenten.

»Du siehst nicht aus wie ein Jude«, sagte einer der Majore. Er mochte keine Juden. Die anderen auch nicht. Ich ebenso wenig, aber aus anderen Gründen. Wenn mir auf dem Campus Juden begegneten, die immer zusammensteckten und in den Hillel-Club gingen, hatte ich nichts mit ihnen am Hut. Doch ich schlich mich allein in *Waxman's Restaurant* in der Park Avenue. Als ich beim Dekan der Christ-Church-Kathedrale sein großes Zimmer im Souterrain zur Miete bewohnte (etwas Anglikanischeres konnte man in Montreal nicht finden), ging ich alleine ins *Waxman's*, um gefilte Fisch, Helzel, Latkes zu essen und die anderen beim Essen zu beobachten. Noch heute gehe ich ins *Blooms* essen, wenn ich nach London komme, und es ist mit das Erste, was ich tue. Ich glaubte, durch die Ehe mit einer Engländerin hätte ich das Jüdische hinter mir gelassen. So wie ich glaubte, Kanada vergessen zu können, wenn ich nach England gehen würde, um dort zu leben. Aber ich greife vor.

In meinem letzten Jahr am McGill schrieb ich den Text für das Lied *Lilac Lou*. Das ist an sich nichts Besonderes, nur dass auf der anderen Seite der Schallplatte ein Titel war, der sich 1949 großer Beliebtheit erfreute. Ich bekam einen Anteil von fünftausend Dollar aus den Tantiemen. Und damit gesellte ich mich in den Kreis der Hauptmänner, Majore und Staffelkapitäne, die von ihrem Privatvermögen nach England zurückkehrten. Sehnsucht nach dem Krieg. Vielleicht? Ich mochte das England während des Krieges. Das Land war völlig offen. Und das Wiederkommen war auch angenehm. Die Hauptmänner, die Majore hatten Beziehungen.* Ihre Familien in Kanada kannten Familien in England. Ich wurde zu Wochenendfeiern auf ihre Landhäuser mitgenommen. Die Epstein-Büste am Fuß der Treppe in der Halle. Ewig lange Mahlzeiten mit zig Gängen und etlichen Weinen, und Mütter, die beklagten, dass England langweilig sei und die herrlichen Zeiten, die sie noch erleben durften, für ihre Töchter dahin. Die schottischen Volkstänze, die Bälle nach der Jagd, zu trinken nichts anderes als Champagner, während das Orchester die Harry-Lime-Melodie spielte.

Dann setzte sich allmählich das Nachkriegs-England durch. Die Warteschlangen, die kalten, verfallenden Häuser, die Kriegsschäden, der Butterwürfel einmal pro Woche, die zehn Zigaretten unterm Ladentisch. Was ich nicht erkannte, war, welche starke Anziehung dieses Elend ausübte. Den Majoren und den Hauptmännern gefiel das alles nicht. Im Frühjahr zogen sie nach Paris, Südfrankreich, Tanger. Ich ging mit einigen anderen nach Carnbray.

Carnbray war 1949 ein ganz anderer Ort. Die Touristen hatten es noch nicht für sich entdeckt. Die Reichen schon. Ich erinnere mich, dass ich Männer und Frauen in Abendkleidung gesehen habe, die an lauen Sommerabenden auf der wenig belebten Strandpromenade spazierten. Wahrscheinlich bin ich wegen dieses ersten Sommers Reiseschriftsteller geworden. Ich war direkt aus dem Großstadtleben von Montreal hierhergekommen. Und so unerwartet einer solchen vielfältigen Natur ausgesetzt zu sein, weckte in mir ein erhebendes Gefühl der persönlichen Freiheit. Ich verbrachte die meiste Zeit damit, einfach im Freien spazieren zu gehen und den Blick schweifen zu lassen. Vieles von dem, das ich sah, kannte ich überhaupt nicht. Die Namen der Vögel (von Möwe und Spatz mal abgesehen) kannte ich nicht. Ich kannte die Namen der Blumen nicht,

* *Damals habe ich mir noch ernsthaft Gedanken über meine Zukunft gemacht. Ich war noch ehrgeizig.*

wusste nicht, was Stechginster war oder Adlerfarn, Heidekraut oder Brombeeren, oder wie diese verkrüppelten englischen Bäume hießen. Die Fische, die ich jeden Morgen auf der Helling zur Versteigerung sah, mit ihren dicken menschlichen Lippen und kleinen Augen, waren mir fremd. Eine raue und neue Erscheinungswelt schien sich plötzlich vor mir aufgetan zu haben, und das in solch prächtigen Farben. Ich stand vor sechs Uhr morgens auf und ging nach draußen. Und spät in der Nacht saß ich am Fenster, damit ich bloß nichts verpasste.

Ich lernte Emily am Ende des Sommers kennen, als das Geld von *Lilac Lou* zur Neige ging. Sie lag am Strand im Sand, sonnte sich und las ein Buch. Ich war in Gesellschaft einiger reicher Kanadier, die ich vom McGill kannte und die Europa bereisten und Scott Fitzgerald lasen. Nächste Woche wollten sie nach Italien. Einer sagte: »Du solltest dir *Die Dame ist nicht fürs Feuer* ansehen. Christopher Fry ist viel besser als T. S. Eliot.« Ein anderer sagte: »Habe ich dir erzählt, dass ich mit einem Lord Tee getrunken habe?«

»Ich bin gleich wieder da«, sagte ich.

»Wo willst du denn hin?«

»Ich frage dieses Mädchen, ob sie einen Tee mit uns trinken mag.«

Ich lief über den feinen Muschelsand zu der Stelle, wo Emily lag.

»Möchten Sie vielleicht einen Tee trinken?«

Sie sah sehr attraktiv aus, schöne Wangenknochen, kleine Nase, kleiner Mund, helle Augen, blonde kurze Haare. Sie las *Der Herr aus San Francisco*.

»Sind das Ihre Freunde?«

»Ja«, sagte ich.

»Nein, danke.« Sie wandte sich wieder ihrem Buch zu.

Ich ging zurück zu den Kanadiern.

»Sie will nicht«, sagte ich.

Wir beobachteten die rauschende Brandung, die Schwimmer, die mit ihr an Land kamen, die kleinen Kinder, die ins flache Wasser hüpften. Dann meinten die Kanadier, es wäre an der Zeit, zurück ins Hotel zu gehen.

»Ich komme später nach«, sagte ich.

Als sie vom Strand verschwunden waren, lief ich zurück zu Emily.

»Wir könnten alleine Tee trinken.«

Wir bestellten Brötchen mit Cornish Cream und Marmelade im *Balmoral*, einem kleinen Café mit Blick aufs Meer, dort, wo die Strandpromenade am wenigsten belebt war. Wir saßen am Fenster und beobachteten die französischen Krabbenfischerboote, die mit gesetztem Besan in der Bucht vor Anker lagen. Sie nannte mir ihren Namen, sagte, dass sie im Urlaub sei auf einer Farm in der Nähe von Carnbray, wohin sie während des Krieges evakuiert worden war.

Ich erzählte ihr, dass ich ehemaliger Fliegerleutnant war, dass mein Vater in Holz mache, dass wir zwei Häuser in Ottawa besäßen, eins davon am See.

Erst später erfuhr ich, dass das nicht nötig gewesen wäre, dass ich ihr gegenüber jederzeit mit offenen Karten hätte spielen können.

~ 7 ~

Eine Reise nach London

Von mir geschriebene Erzählung über die ersten fünf Jahre unseres Ehelebens, in denen wir an verschiedenen Orten in und um London lebten

Gordon Rideau hatte die Augen geschlossen und konnte die Lastwagen draußen vor dem Fenster auf der Durchfahrtsstraße von London nach Guildford vorbeirauschen hören. Und dazwischen den Wecker auf dem Fußboden. Die Wärmflasche an seinen Füßen war kalt. Er schob sie an den Rand des Bettes. Dann schlug er die Augen auf und sah die Tapete: breite gelbe Streifen, die von dünnen schwarzen Linien abgetrennt wurden.

Seine Frau Coral hatte sich unter mehreren Decken vergraben, sodass nur ihr dunkles Haar herausschaute. Zwischen ihnen lag eine Orangensaftflasche vom National Health Service, eingewickelt in eine Windel, um die Milch darin warm zu halten, falls das Kleine in der Nacht aufwachte.

Er hörte, wie Kate die Treppe hinunterging. Das Licht in der Diele brannte. Die braunen Vorhänge im Schlafzimmer waren zugezogen. Im Zimmer war es kalt. In einer großen Emailleschüssel stand ein Emaillekrug, auf beide war eine rote Rose aufgemalt. Eine große Bettpfanne war mit einer alten Ausgabe der *Vogue* abgedeckt. Auf dem Sims des kleinen offenen Kamins, der mit Zeitungen, Pappe und zerrissenem bunten Krepppapier vollgestopft war, stand ein kleines Triptychon mit drei Engeln. All das hatte ihnen der Hausbesitzer überlassen. Ihre Habseligkeiten: ein Überseekoffer aus Stahl, der offen in der einen Ecke stand, und zwei kleinere in einer anderen Ecke. Darin waren durcheinandergewühlte Kleidungsstücke, die über den Rand quollen.

Coral schnellte hoch, schlug die Decken zurück und sah mit scharfem Blick an einem ihrer Beine hinunter. Über dem Knöchel erhaschte sie einen Floh und zerquetschte ihn sorgfältig zwischen den Fingern. Dann stieg sie aus dem Bett.

Gordon beobachtete sie. Ihre Bewegungen haben nichts Anmutiges, dachte er. Sie trug einen grauen Pullover und zog sich einen blauen Rock an. Sie nahm die Windel mit der behelfsmäßigen Milchflasche, den Wecker und ging nach unten.

Nun fühlte es sich im Bett wie ein kleiner Luxus an. Er war allein, er blieb liegen. Er zog die Knie an den Bauch, um sich warm zu halten. Von unten hörte er das Radio, aus dem Tanzmusik klang. Er lag da und fragte sich, ob sie ihm wohl eine Tasse Tee heraufbringen würde.

Unten ging eine Tür auf und Kate rief.

»Papa, Frühstück ist fertig.«

»Ich komme«, sagte er.

Und blieb im Bett liegen und wusste, dass sie in ein paar Minuten die Tür noch einmal aufmachen und wieder sagen würde:

»Papa, Frühstück ist fertig.«

Und er würde sagen:

»Ich ziehe mir gerade die Socken an.«

Aber er hatte sie die ganze Nacht anbehalten, wie auch sein Hemd und einen dicken schwarzen Pullover.

Das kleine Mädchen kam leichtfüßig die Treppe herauf. Sie war gerade vier geworden. Ein schüchternes, hübsches Kind mit blonden, glatten Haaren und feinen, zarten Zügen.

»Schon gut«, sagte Gordon, als sie ins Schlafzimmer trat. »Ich komme.«

»Post, Papa.«

Sie gab ihm einen braunen Umschlag.

Er machte ihn auf. Es war ein Brief von der Elektrizitätsgesellschaft, in dem stand, dass gestern ein Mann vorbeigekommen war, um den Strom abzuschalten, aber es war niemand da. Er wollte am Freitag um elf noch einmal kommen, es sei denn, sie könnten 12 Pfund, 5 Schilling und 2 Pence zahlen.

Das bedeutet eine Fahrt nach London, dachte Gordon. Und das reichte, um ihn aus den Federn zu holen.

Er zog sich an, ging zum Fenster und schob den braunen Vorhang zurück. Der Riss quer durch die Scheibe sah aus wie eine Narbe. Die Felder auf der anderen Seite der Straße matschig und trist. Die Bäume am Feldrand – krummgewachsen vom Efeu, der sie langsam tötete – sahen sehr schön aus. Er beobachtete, wie ein Motorrad Gas gab, Schlamm nach beiden Seiten verspritzte und eine matschige Heckwelle hinter sich herzog. Dann knipste er das Licht im Schlafzimmer aus und lief durch den schmalen Korridor. An der offenen Tür des Kinderzimmers: der Geruch von Urin, das Feldbett, der Becher mit Wasser, die Comic-Heftchen und Bücher auf einer umgedrehten Apfelsinenkiste. Er machte einen scharfen Schwenk. Die enge Treppe hinunter. Unten öffnete er eine Tür und spürte sofort die Wärme. Es war das einzige Zimmer, das warm war. Ein Kohlenfeuer brannte im Kamin. In der Ecke daneben stand ein Kinderbettchen.

Neben dem Bettchen stand Kate, in einem roten Pullover, den ihnen jemand geschenkt hatte, als die eigenen Kinder aus den Sachen herausgewachsen waren. Sie redete mit dem Baby. »Dutzi, dutzi, du, Rachel. Dutzi, dutzi, du.« Das Baby stand im Bettchen auf, hielt sich an den Holzstreben fest und gurgelte ein paar Vokale zurück. Es sah aus, als wäre es in einem Käfig gefangen.

»Guten Morgen«, sagte Gordon fröhlich zu den Kindern und ging in die Küche.

Coral stand am Herd. »Die höchste Stufe wechselt ständig«, sagte sie. »Ich weiß nicht, ob die Kochplatte an oder aus ist.«

»Nimm den Hauptschalter.«

Dann entschied er sich, es ihr lieber zu zeigen. »Aus«, sagte er und kippte den Schalter nach oben. »Ein«, und kippte ihn nach unten.

»Was möchtest du haben«, sagte sie. »Wir haben noch ein Stück Käse – ich könnte Toast machen.«

»Prima«, sagte er und ging ins andere Zimmer. Kate spielte mit einigen Papierschnipseln und einem Bleistift. Die Kleine krabbelte auf dem Fußboden zum Kohleneimer. Sie nahm ein paar Kohlestückchen und versuchte sie sich in den Mund zu stecken. Ihre Lippen waren schwarz. Gordon nahm den Eimer weg und stellte ihn hinter einen Stuhl. Das Kind krabbelte hinterher.

»Was war das für ein Brief?«, sagte Coral, als sie Toast und Käse hereinbrachte.

»Eine Mahnung vom Stromlieferanten.«

»Wann kommen sie?«

»Morgen.« Er versuchte gleichgültig zu erscheinen. »Ich werde wohl nach London fahren müssen.«

»Wo fährt Papa hin?«, sagte Kate schnell.

»Nach London – ich bringe dir was mit.«

»Ein Püppchen«, sagte das Kind aufgeregt.

»Was wirst du tun«, sagte Coral.

»Erst mal gehe ich zur Bank – ich finde schon einen Weg.«

»Du weißt, wie ich es hier hasse.«

»Ich weiß.«

Und er befürchtete, dass sie nun fortfuhr: Du kannst ja jederzeit weggehen, aber ich hänge hier fest ... mir sind die Hände gebunden ... Ich bin diejenige, die immer zurückbleibt. Stattdessen sagte sie: »Wenn du dort bist, könntest du dich ja mal umsehen.«

»Ich werde zu ein paar Maklern gehen.«

»Versuch was, wo ein Park in der Nähe ist.«

»Ich versuch's, Liebling.«

»Und das sagst du jetzt nicht nur so dahin, um mich zu besänftigen? Du wirst wirklich etwas unternehmen.«

»Ja«, sagte er leise.

»Uns bleiben nicht einmal mehr zwei Monate.«

»Du weißt doch, wie ich vorgehe.« Er wollte überzeugend klingen. »Ich warte immer bis zuletzt. Dann habe ich was.«

Sie antwortete nicht. Er hatte es fast geschafft, dachte er.

»Du vergisst es nicht.«

Jetzt fühlte er sich sicher.

»Ich tue, was ich kann, Liebling«, sagte er und stand auf. »Ich rasiere mich wohl besser.«

Im Kessel war noch heißes Wasser. Er goss es in eine Blechbackform, in der sie sonst Kuchen buk, ließ etwas kaltes Wasser aus dem Leitungshahn hinzu und rasierte sich vor dem Spiegel über dem Abwasch.

Er versuchte, seine Koteletten zu trimmen, und stellte fest, dass sein Gesicht seltsam aussah. Es waren die Augen. Das linke stand schief. Bei der Kleinen war es ihm auch aufgefallen. Um den kleinen Spiegel herum war das Küchenfenster, mit alten Spinnweben. Kerben im Schnee, die Skifahrer machen, wenn sie einen Hang seitwärts hinaufsteigen. Und für einen Augenblick fühlte er wieder die beißende Kälte auf seiner Stirn. Er saß mit Holly in einem Schlitten, vor ihnen das Hinterteil des Pferdes, das eingespannt in seinem engen Geschirr auf und ab wippte. Vorbei an weißen Feldern, aus denen die Telegrafenmasten gerade noch hervorragten. Ich habe es gespürt, sagte sie, als du meine Hand genommen hast, um mir den Mantel abzunehmen. Und Jasmine. Unaufhörlich schneite es an diesem Tag in Montreal. Nach der Vorlesung gingen wir ins *Berkeley* und tranken Brandy Alexander, bis es Zeit war zu gehen. Die düstere Pracht in der Wohnung ihrer Eltern. Dieses Ding, wie ein eingedrehtes Schilfrohr, das sie aus ihrem Haar zog. Und Lily. Wie schnell es mit ihr ging ... sie hatte ein eigenes Auto. Ihrem Vater gehörte eine ganze Kleinstadt im Norden von Ontario. Er fragte sich, was aus seinem Leben geworden wäre, hätte er eine von ihnen geschwängert.

»Vergiss nicht, den Eimer auszuleeren«, rief Coral von nebenan.

Er holte den Spaten aus dem Schuppen, lief über den kleinen Weg in den Garten hinterm Haus. Auf halber Strecke wählte er einen kahlen Flecken und begann zu graben. Er goss den fast vollen schwarzen Eimer in das ausgehobene Loch. Dann schaufelte er die Erde wieder in das Loch. Es spritzte etwas. Dann lief die Flüssigkeit über und verfärbte die Erde. Er kam zurück in die Küche. »Der Eimer ist leer«, sagte er zu Coral. Er wusch sich die Hände. »Gibt es noch was zu tun?«

Sie ging an den Schrank mit dem wenigen Geschirr und nahm von einer Untertasse mit Peter Hase darauf einen halben Penny und eine Dreipennybriefmarke. Er steckte den halben Penny in die Tasche. Dann ging er nach oben in sein Zimmer und zog sich sein einziges sauberes weißes Hemd an. Er nahm seine Hose vom Bügel, der an einem Haken in der Ecke hing. Es war die Hose seines letzten Anzugs. Er sah, wie ausgefranst die Säume waren. Er nahm die kleine Schere von seinem Schreibtisch und schnitt einige lose Fäden ab. Er stieg in die Hose, band sich die Krawatte um und zog das Jackett über. Und kam mit dem schwarzen Wintermantel, den er sich vor zehn Jahren gekauft hatte, als er noch die Universität besuchte, nach unten. Er zog ihn an. Coral bürstete ihn ab. Die Kinder drängten sich um ihn.

»Du siehst schmuck aus, Papa«, sagte Kate.

»Du wirst dich umsehen«, sagte Coral.

»Ja«, sagte er, dann lächelte er den Kindern zu. »Ich bringe euch was Schönes mit.«

»Ein Püppchen«, sagte Kate.

»Etwas zu essen.«

Coral nahm das Kleine hoch.

Er gab ihnen allen einen Abschiedskuss.

Sie brachten ihn bis zur Gartenpforte. Und sahen ihm nach, wie er sich auf der Straße von ihnen entfernte. Kate kletterte auf das hölzerne Tor und rief ein paarmal auf Wiedersehen. Und sie winkten einander zu.

Aus einer Entfernung von zehn Metern sah er noch immer attraktiv aus, dachte Coral, gepflegt und erfolgreich. Er strahlte Zuversicht aus, sein Gang war aufrecht. Er drehte sich um und winkte ihnen noch einmal zu. Aus etwa dreißig Metern sah er sogar noch besser aus, dachte sie. Er hätte ein leitender Angestellter sein können, der ins Büro geht, zur Arbeit.

Er spähte nach dem dunklen Schatten in der Frontscheibe. Anhand der Größe des Schattens, seines Umrisses (wie jene Umrisse, die zu erspähen man ihn geschult hatte, in einer Zehntel-, Zwanzigstel-, Fünfzigstelsekunde), konnte er sehr schnell erkennen, ob der Fahrer des sich nähernden Fahrzeugs allein im Wagen saß oder nicht. Waren es zwei, hob er gar nicht erst die Hand.

Von Piccadilly aus ging Gordon die Lower Regent Street hinunter und in die Bank hinein, über den hellen Marmorboden, hin zu dem kleinen Schalterbeamten mit dem italienisch klingenden Namen. Sie gaben sich die Hand und stellten einander Fragen wie zwei gute alte Bekannte.

»Ich bin nur für einen Tag in London«, sagte Gordon.

»Wie geht es der Familie?«

»Gut. Und Ihrer?«

»Bestens. Wir waren im Urlaub in Connemara.« Er lächelte und zog einige Fotografien hervor. »Es war traumhaft – der schönste Urlaub, den wir je hatten.«

Es waren Fotografien mit Kindern neben einem Pony, neben einem Landhaus. Und der Schalterbeamte in kurzen Hosen.

»Ich würde gern den Direktor sprechen.«

»Ich schaue nach, ob er abkömmlich ist.«

Er kam aus seinem Käfig und sah draußen noch kleiner aus, aber er hatte lange Arme.

Lächelnd kam er zurück. »Der Direktor ist beschäftigt. Aber unser stellvertretender Geschäftsführer, Mr. Henderson, wird sich um Sie kümmern.«

»Treten Sie ein, Mr. Rideau.«

Der stellvertretende Geschäftsführer sah viel älter aus als seine zweiundvierzig Jahre, ganz anders als die meisten Nordamerikaner.

Doch sein »Nehmen Sie Platz, Mr. Rideau. Zigarette?« war von professioneller Herzlichkeit. »Also, wo drückt der Schuh?«

»Ich habe eine Stromrechnung, etwas mehr als zwölf Pfund, die ich bis morgen bezahlen muss, sonst stellen sie uns den Strom ab. Könnte mir die Bank nicht einen Überziehungskredit von fünfzehn Pfund einräumen? Es wäre nur für kurze Zeit. Geld ist unterwegs.«

»Es tut mir leid. Das ist unmöglich«, sagte der stellvertretende Geschäftsführer. Er senkte die Stimme. »Ich kann Ihnen nicht mal ein Pfund geben. *Er* hat mir klare Anweisungen erteilt.« Und seine Augen wiesen auf die Milchglasscheibe des Büros nebenan.

»Aber ich bin seit sieben Jahren bei der Bank.«

»Er hält Sie für keinen lukrativen Kunden.«

Beide schwiegen. Der stellvertretende Geschäftsführer schien unangenehm berührt. »Sind Sie Veteran?«

»Ja«, sagte Gordon. »Ich war beim Heer.« Und ihm fiel ein Erlebnis in Montreal wieder ein, als er ein Mädchen nach Hause gebracht hatte, nach Mount-Royal. Hinterher hatte er ein Taxi herangewinkt und festgestellt, dass er nicht genug Geld für die Rückfahrt besaß. Er sagte es dem Fahrer. »Sind Sie Veteran?«, hatte der Fahrer gefragt.

»Ich war bei der Luftwaffe«, sagte der stellvertretende Geschäftsführer. Er drückte seine Zigarette in dem grünen Glasaschenbecher aus. Dann erhob er sich von seinem Schreibtisch und ging ein paar Schritte durchs Büro. Auch Gordon stand auf. Der stellvertretende Geschäftsführer schob die Hände in die Hosentaschen.

»Es tut mir leid, dass ich Ihnen das Geld nicht geben kann. Nehmen Sie das hier. Zahlen Sie's zurück, wenn es Ihnen passt. Bitte.«

»Ich danke Ihnen. Sie bekommen es wieder, sobald ich kann.«

»Es eilt nicht.«

Er war gespannt, ob der stellvertretende Geschäftsführer ihn nun noch ins Gebet nehmen würde. Aber sie reichten sich lediglich die Hand und sagten auf Wiedersehen.

Als Gordon draußen den Haymarket hinaufging, zog er den Geldschein aus der Tasche und sah, dass es eine Fünfpfundnote war. Er war entzückt. Man stelle sich vor, ein stellvertretender Bankdirektor, den ich noch nie gesehen habe, und er gibt mir Geld. Einen Augenblick später kam ihm jedoch der Gedanke, dass er wohl genau aus diesem Grund das Geld erhalten hatte, weil der stellvertretende Bankdirektor ihn nie zuvor zu Gesicht bekommen hatte.

An einem kleinen Kiosk kaufte er ein Päckchen *Gauloises* mit Filter, eine Schachtel Streichhölzer und einen *Evening Standard*. Dann lief er die Piccadilly hinunter zum *Lyons Corner House*. Er ging ins *Wimpy* auf der einen Seite, fand einen leeren Tisch an der Wand, bestellte zwei Hamburger und einen schwarzen Kaffee. An der Theke in der Mitte starrten Nordamerikaner andere Nordamerikaner an. Es hätte auch der Drugstore daheim sein können, nur dass sie sich hier anständig benahmen.

Obwohl Mr. Black heute nicht zur Arbeit gehen würde, weckte ihn und seine Frau um sieben Uhr der Wecker. Mr. Black ging sich rasieren. Und benutzte den Rasierschaum der Firma, deren zweiter Buchhalter er war. Dann setzte er sich in das Zimmer mit dem Van-Gogh-Druck an der Wand, dem Souveniraschenbecher aus Clovelly, den silbernen Serviettenringen und der Fotografie, die ihn selbst als Mitglied der *Home Guard* zeigte. In der Küche kochte Mrs. Black seinen Haferbrei und röstete zwei Scheiben Toast.

»Du darfst dich nicht aufregen«, sagte Mrs. Black, während sie ihre zweite Tasse Tee tranken.

»Nein, meine Liebe.«

»Sie könnte ihr altes Zimmer wiederhaben. Die Kinder könnten im Gästezimmer schlafen. Wir haben auch noch das Feldbett.«

Mr. Black zog das Jackett seines dunklen Anzugs an, setzte den Homburg auf, zog den schwarzen Mantel an. Er war ein gut aussehender, wenn auch streng anmutender Mann mit glattem, dunklem

Haar, einem schmalen Gesicht, das jedoch etwas verkrampft wirkte, die Folge eines lebenslangen Bronchialleidens.

»Möchtest du noch was zu lesen für die Zugfahrt mitnehmen?«, sagte Mrs. Black. Sie stand vor dem verglasten Bücherschrank, in dem ihre Mary-Webb-Romane, sein *Lord Jim*, James Agate, *Die Suche nach Corvo* und die Bücher über Buchhaltung standen.

»Ich hab die Zeitung.«

»Ich hoffe, es wird alles gut«, sagte Mrs. Black an der Tür.

»Zum Tee bin ich wieder da. Auf Wiedersehen, meine Liebe.«

Der Zug fuhr durch Eltham, Kidbrooke, Lewisham. Mr. Black wandte sich dem Kreuzworträtsel im *Telegraph* zu: »_ _ _ _ _ _ _ _ _ _ des Menschen Erbfeind jederzeit« (Shakespeare). Er versuchte es mit »Sterben«. Aber das war nicht lang genug. Ebenso »Begierde«. »Trostlosigkeit« wiederum zu lang.

In Charing Cross stieg er in die U-Bahn um, die ihn zum Victoria-Bahnhof brachte, und hier musste er weitere zehn Minuten auf einen Zug nach Horsham warten. In Horsham nahm er sich ein Taxi zu dem Häuschen. Es war 10.20 Uhr, als er das Gartentor öffnete, aber er ging nicht zur Haustür. Er lief um das Haus herum, wo er Coral überraschte, die gerade die Wäsche der Kinder auf die Leine hängte.

»Hallo«, sagte er leise.

Sie lächelten sich an, dann gaben sie sich einen Kuss. Und man konnte die Familienähnlichkeit erkennen.

Sie öffnete die Küchentür und führte ihn in das warme Zimmer, wo er seinen Mantel auszog.

»Wie geht es Mama?«

»Sie lässt dich grüßen.«

Er gab den Kindern Karamellbonbons.

»Gordon ist in London«, sagte sie. »Er musste geschäftlich hin.«

»Papa bringt mir ein Püppchen mit«, sagte Kate.

»Wir haben unsre Milch noch nicht bekommen«, sagte Coral. »Aber ich könnte Tee ohne machen.«

Mr. Black setzte sich in den abgewetzten roten Sessel. Sein Atem ging hörbar. »Es kann so nicht weitergehen«, sagte er leise.

Coral brachte die Kinder schnell ins Nebenzimmer und schloss die Tür hinter ihnen.

»Warum verlässt du ihn nicht«, sagte Mr. Black. »Ich werde schon dafür sorgen, dass es dir und den Kindern gut geht. Ich finde ein Haus für dich –«

Sie antwortete nicht.

»Er taugt zu nichts«, sagte er. »Er zieht dich nur runter.«

»Ich kann ihn nicht verlassen«, sagte sie.

»Wenn er weitermachen will wie bisher, dann gibt es keinen Grund, warum du und die Kinder –«

»Er hat niemanden außer mir und den Kindern.«

»Ich finde ein Haus für dich –«, versuchte er es wieder, aber er wusste, dass sein Vorhaben missglückt war. Es lief nicht so, wie er es vorher durchgespielt hatte.

»Du musst mich doch hassen.«

»Ich hasse dich nicht«, sagte Mr. Black. Aber er wusste nicht, was er noch sagen sollte.

Kate kam wieder ins Zimmer, gefolgt von der Kleinen, die ihr nachkrabbelte. Kate hatte eine Zeichnung. »Die ist für dich, Opa.« Er nahm die Zeichnung und gab dem Kind eine halbe Krone. Auch Coral gab er drei Pfundnoten. Sie lief sofort zum Lebensmittelgeschäft nebenan und kam mit Milch, Zucker und Keksen zurück. Sie saßen im warmen Zimmer und tranken Tee, während Mr. Black von einem Cousin berichtete, der nach Rhodesien gegangen war, um dort eine Outward-Bound-Schule zu leiten. Ein Onkel war Zweigstellenleiter einer Bank in Plymouth geworden. Und ein anderer Cousin war als Sportlehrer nach Kanada gegangen. Es sei Zeit aufzubrechen, sagte er. Langsam gingen sie die Straße bis zu der Shell-Tankstelle hinauf, wo sich Mr. Black ein Taxi nahm. Kate gab ihm einen Kuss. Carol ebenso.

»Mach's gut, Papa«, sagte sie.

~ ~ ~

Eine halbe Stunde lang blieb Gordon in der Wandnische im *Wimpy* sitzen und beobachtete die Leute. Dann ging er hinunter in den Waschraum. Er drehte den Warmwasserhahn auf und fing an, sich die Hände zu waschen.

»Einen Mann vom McGill erkennst du immer. Er wäscht sich die Hände *vor* dem –«

Gordon drehte sich um und blickte in ein grinsendes, knabenhaftes Gesicht. Ich kenne ihn nicht, dachte er. Laut sagte er: »Aber ja. Sie sind –«

»Nicht gerade die feine Art, dich so zu überfallen. Ich bin Hugh Finlay«, sagte der Mann noch immer grinsend.

»Hugh Finlay«, sagte Gordon. Sie gaben sich die Hand. »Was machst du denn hier?«

»Ich bin auf der Durchreise. Auf dem Weg nach Süden, nach Frankreich.«

Sie waren beide Anfang dreißig, Absolventen vom McGill, gerade in London, aber da hörte es mit der Ähnlichkeit auch schon auf. Hugh Finlay hatte blondes Haar, eine gesunde Gesichtsfarbe und strahlte körperliches Wohlbefinden aus.

»Ich habe gehört, dass du hier drüben bist«, sagte Finlay. »Ich wollte gerade in die Bank gehen und nach deiner Adresse fragen. Weißt du, dass wir ein Absolvententreffen haben?«

»Nein«, sagte Gordon, »nein, das wusste ich nicht.«

»Es ist unser zehnjähriges Jubiläum.«

Sie kehrten in die Wandnische zurück und bestellten zwei Kaffee.

»Du hast dich blendend gehalten, Hugh«, sagte Gordon.

»Der Lohn für ein gesunde Lebensweise«, sagte Finlay. »Bist du verheiratet?«

»Ja. Wir haben zwei Kinder.«

»Kenne ich sie?«

»Nein, sie ist Engländerin. Wir leben auf dem Land. Und wie steht es mit dir?«

»Ich war mit Sally Boston verlobt. Boston-Kekse. Sie spenden jedes Jahr *anonym* eine Viertelmillion. Aber sie war zu gut. Wie ein Engel. Wenn sie jemanden sah, der arm war, musste sie weinen.« Er zog ein paar bunte Schnappschüsse aus seiner Jackentasche hervor. »Das ist meine Jacht in Cannes. Auf dem Bild hier ist die Garbo drauf. Und das sind ein paar der Mädchen, die ich letzten Sommer an Bord hatte. Die hier ist erst sechzehn. Kaum zu glauben. Hast du Adressen von Mädchen?«

Die hübsche karibische Kellnerin kam mit zwei Tassen Kaffee. Gordon bestand darauf zu bezahlen.

»Wie sieht's aus, kommst du zum Absolvententreffen?«, sagte Hugh plötzlich. »Viele von der alten Truppe, die du kennst, werden da sein.«

»Meinst du, das wäre angemessen?«

»Na, und ob! Ich rufe Charlie Bishop an.«

Während er weg war, versuchte Gordon sich an Hugh Finlay am McGill zu erinnern ... doch es gelang ihm nicht.

»Ich habe mit Charlie gesprochen. Klar, sagt er, großartig. Uns bleiben noch ein paar Stunden. Wie wär's, wenn wir noch ein wenig frische Luft schnappen? Mein Leihwagen steht vor der Tür.«

Sie fuhren gerade durch den Hydepark, als Hugh Finlay sagte: »Vorige Woche habe ich eine Freundin von dir gesehen. Mary Savage. Nur heißt sie heute nicht mehr so, sondern Mary Troy. Erinnerst du dich noch an Jack? Du wirst ihn auf dem Treffen sehen.«

»Wie geht es Mary?«

»So wie immer. Sie hat irgendwas mit Sozialarbeit zu tun.«

»Und Jack, was macht er?«

»Bohnen verkaufen ... in Unmengen. Sie haben ein Haus am Fluss. Fünfzehn Zimmer, aber keine Kinder. Ich glaube, sie wollen eins adoptieren.«

Weil ihr Vater das Geld dagelassen hatte, beschloss Coral, mit den Kindern nach London zu fahren. Sie wusch die beiden und sich selbst, zog die Kinder an, nahm einen grünen Bus zum Bahnhof und von dort den Zug zum Victoria-Bahnhof.

Vom Victoria-Bahnhof nahm sie einen Bus zu den Kensington Gardens. Und ging durch den Park. Ein Mann ließ einen Drachen steigen, Enten flogen vorüber. Die Kinder jagten den Ringeltauben nach. Sie mochte London. Es war der einzige Ort, an dem sie hätte leben wollen. Doch welche Aussichten hatten sie? Sie beschloss, es im Rathaus zu versuchen. Die Empfangsdame führte sie in ein gesondertes Büro, wo eine einzelne gelbe Rose in einer schmalen Glasvase auf dem Holzschreibtisch stand. »Mrs. Troy wird jeden Moment hier sein.«

Eine große, hagere Frau mit dunklen Haaren und Brille kam herein. Die Frau war ungefähr im gleichen Alter wie Coral, vielleicht ein oder zwei Jahre älter. »Was kann ich für Sie tun«, sagte sie.

»Wir müssen aus dem Haus ausziehen, wo wir gerade wohnen ... in Sussex ... und ich dachte, Sie könnten uns eventuell behilflich sein, hier in London etwas zu finden?«

»Und Sie können nicht woanders unterkommen?«

»Nein.«

»Haben Sie denn Ersparnisse?«

»Nein. Haben wir nicht.«

»Leben Sie mit Ihrem Mann zusammen.«

»Ja.«

»Es tut mir leid. Ich fürchte, dann sind mir die Hände gebunden. Wir können nur etwas für Sie tun, wenn Ihr Mann Sie verlässt.«

Coral kam mit den Kindern heraus und ging die Kensington High Street entlang. Es schien so, als würden alle ihr helfen, wenn er sie verließe oder sie ihn. Trennten sie sich nicht, wie sah dann ihre Zukunft aus? Aus einer Mietwohnung in die nächste ziehen, von Dorf zu Dorf oder, wenn sie Glück hatten, in eine Provinzstadt. Und sie hasste es, in Häusern anderer Leute zu wohnen.

Sie nahm einen Bus zum Trafalgar Square und ging zwischen den Tauben umher. Die Kinder klammerten sich an sie. Dann liefen sie die Mall entlang. Carol kaufte Schokoladeneis, das sie sich bei einem kleinen Picknick auf einer Bank im St. James Park schmecken ließen. Sie überlegte, wo Gordon wohl sein mochte, wen er traf, was er tat. Er kehrte jedes Mal mit Geld und Lebensmitteln von diesen Ausflügen nach London zurück. Aber sie hatte den Verdacht, dass er ihr nie die ganze Wahrheit darüber erzählte, woher er es hatte.

Sie ging durch den Park – das Kleine im Kinderwagen, Kate an ihrer Hand –, als ein Lieferwagen mit einer Kamera auf dem Dach anhielt. Ein Mann und eine Frau saßen darin. »Wären Sie einverstanden, wenn Sie in einem Film auftauchen?«, sagte der Mann. »Genau so, wie Sie sind ... mit Ihren Kindern. Könnten Sie das noch einmal tun? Danke vielmals. Ganz herzlichen Dank!« Ein paar Minuten später saß sie ein Stück weiter im Inneren des Parks auf dem Rasen unter eine Buche am Wasser. Die Sonne schien. Kate fütterte die Enten, das Kleine saß im Gras und sah ihr dabei zu. Auf einmal fühlte sich Carol ausgesprochen glücklich. Sie hoffte, das Lieferwagen käme noch einmal vorbei und würde sie jetzt filmen.

Unter den herabhängenden Fahnen und an den Fenstern, die auf den Trafalgar Square hinausgingen, standen gut gekleidete Herren von Mitte bis Ende dreißig. Sie begrüßten einander überschwänglich. Sie kamen auf Gordon Rideau zu.

»He, Gordy, altes Haus.«

»Wo hältst du dich denn versteckt?«

»Hallo, Gordon«, sagte Charlie Bishop und schüttelte ihm die Hand. »Schön, dass du gekommen bist. Ist eine Weile her.«

»Zehn Jahre.«

»Du hast dich kein bisschen verändert, Gordon.«

Mike Gagnon, der energische Chef eines Verlagshauses, der schon im Grundstudium als nächster Premierminister gehandelt worden war, kam hinzu. »Verrat uns dein Geheimnis, Gordy. Wie schaffst du es nur, so schlank zu bleiben? Trägst du ein Korsett?« Mikes feine Gesichtszüge wurden langsam vom Fett aufgedehnt. »Ich gehe dreimal die Woche zum Sport, aber diesen Schwimmring werde ich einfach nicht los.« Und er schlug sich scherzhaft auf die Hüften.

Charlie Bishop klopfte mit dem Löffel gegen sein Glas und bat um Ruhe. Ein kleiner, untersetzter Mann mit Brille, fast glatzköpfig, aber kaum eine Falte im Gesicht. Er war der Direktor der Londoner Niederlassung der Teerfirma seines Großvaters.

»Wie ihr wisst«, sagte er froh gestimmt, »ist heute für uns so etwas wie ein Feiertag. Unser zehnjähriges Jubiläum. Und während die eigentliche Feier in Montreal stattfindet, gebührt es sich, dass wir, die wir hier in London sind, zusammenkommen und der Tage gedenken, als wir alle noch …«

»Unverheiratet waren«, rief jemand dazwischen.

»*Und* pleite«, erwiderte ein anderer.

Er wartete. »Die Bande, die wir am McGill geknüpft haben, sind etwas Besonderes. Es ist eine ganz andere Art von Treue, als man sie sonst kennt. Anders als die Treue zu Frau und Kindern. Und ich weiß, dass jedes Mal, wenn wir wie hier und heute zusammenkommen, diese Bande gefestigt werden.«

»Hört, hört«, kam es von mehreren Tischen.

»Dieses Jahr habe ich eine Überraschung. Und inzwischen wisst ihr sicher alle, wer diese Überraschung ist. Er sitzt hier neben mir … Jemand hat einmal gesagt, unser Jahrgang sei ein besonderer Jahrgang gewesen. Und das ist wahr. Wir haben mehr Leute in der kanadischen Ausgabe des *Time-Magazins* als irgendein Jahrgang danach. Aber der einzige Literat, den wir hervorgebracht haben, ist Gordy. Seit er uns verlassen hat, hat er in England gelebt, auf dem Land. Und er ist nur schwer zu erreichen. Aber als ich hörte, dass er heute in London sein würde, war nicht viel Überzeugungsarbeit nötig, ihn zu dieser Wiedersehensfeier zu bewegen. Liebe Kommilitonen, ich bin stolz darauf, das Wort an Gordon Rideau übergeben zu dürfen.«

Großzügiger Applaus setzte ein. Gordon stand auf.

»Zuallererst möchte ich sagen, wie froh ich bin, wieder bei euch zu sein.«

»He, wo hast du dir denn den britischen Akzent zugelegt«, rief Jack Troy aus. Charlie Bishop erkannte in Gordons Stimme noch etwas anderes und fragte sich, warum er so nervös war.

»Auch wenn dies das erste Absolvententreffen ist, an dem ich teilnehme, so habe ich doch oft an meine Zeit am College gedacht«, sagte er zögernd. »Es war wirklich eine schöne Zeit. Und ich war gerade alt genug, um mir darüber im Klaren zu sein ... Ich glaube, was unseren Jahrgang von den anderen unterschied, war die Tatsache, dass wir alle Kriegsheimkehrer waren. Und es war schwer, so zu tun, als wären wir College-Jungs, die geradewegs von der Highschool kamen ...«

Er ist kein guter Redner, dachte Charlie Bishop. Seine Stimme ist zu monoton. Aber er scheint die richtigen Gedanken zu haben. Es wird wohl eine kurze Rede werden.

»... und das angenehme Gefühl der Geborgenheit, wenn man im Winter unter den schwarzen Bäumen die Allee entlangging oder im Herbst unter der Weide im Gras saß ...«

Bei diesen Worten hatte Hugh Finlay das Gefühl, im Gras unter der Weide zu sitzen und die grauen Eichhörnchen zu beobachten, die abgefallenen Blätter auf dem Rasen, und auf die Zweiuhrvorlesung zu warten.

»Veränderungen bergen auch immer Enttäuschungen«, sagte Gordon, der zum Ende kam. »Und diese Absolvententreffen wollen etwas würdigen: die eigene Jugend, den Frohsinn, den Optimismus von damals. Als immer alles neu schien. Und das Leben ein Vergnügen war. Und alles so leicht war.«

Schnell setzte er sich unter lautem Beifall. Charlie Bishop beugte sich vor und schüttelte ihm die Hand. Mike Gagnon tat das Gleiche von der anderen Seite.

Dann stand Charlie Bishop auf und dankte Gordon für seine Rede. »Bevor wir den offiziellen Teil beenden«, sagte Charlie, »möchte ich, dass wir uns alle erheben und der Kommilitonen gedenken, die heute nicht unter uns sind.«

Sie standen auf, einige neigten ein wenig den Kopf. Charlie wartete, dann nickte er Jack Troy zu. Und Jack begann zu singen. Die anderen fassten sich an den Händen und stimmten ein. In Hugh Finlays Augen waren Tränen, als er mit den anderen *Auld Lang Syne* sang.

»Die gute alte Zeit, mein Freund,
die gute alte Zeit,
ein Glas in Freundschaft trinken wir
auf die gute alte Zeit.«

Sie lösten sich in kleine Gruppen an Einzeltischen auf. Und während der Nachmittag seinen Lauf nahm, blieben das Essen und die Getränke nicht ohne Wirkung auf Gordon Rideau, den Ehrengast. Fröhlich wechselte er von einer Gruppe zur anderen. Und er hörte sich selbst mit Dingen prahlen, die gar nicht passiert waren.

»Die Russen haben meine letzten beiden Romane herausgebracht«, platzte er mitten in die Unterhaltung einer Gruppe hinein. »Aber an die Rubel komm ich erst ran, wenn ich hinfahre.«

Und an eine andere Gruppe gerichtet: »In Irland drehen sie einen Film. Er heißt *Der Millionär*. Das Drehbuch habe ich geschrieben. Es ist ein Originaldrehbuch.«

Wenige Augenblicke später versuchte er es erneut. »Ich habe in Australien einen Preis gewonnen. Aber ich will es nicht so recht glauben. Wie kann man einem Telegramm trauen, das mit Johnny Soprano unterschrieben ist?«

Aber nach einer Weile spürte er ihr mangelndes Interesse. Und dass sie ihn aus ihren Unterhaltungen ausschlossen. Die anderen redeten einfach weiter und ließen ihn nicht dazwischenkommen. Er hatte das Gefühl, nicht länger erwünscht zu sein.

Wenn jemand dieses gesellige Beisammensein beobachtet hätte, würde er durch den Rauch von Zigaretten und Zigarren hindurch gesehen haben, wie Mike Gagnon kurz nach fünf vom Tisch aufstand und quer durch den Raum zur Toilette ging. Gordon Rideau stand auf und folgte ihm. Sie waren für ein paar Minuten drin. Dann kamen sie zusammen wieder heraus, redeten aber nicht. Etwa zehn Minuten später machte sich Charlie Bishop auf den Weg zur Toilette. Und Gordon erhob sich von seinem Stuhl, kurz nachdem Charlie verschwunden war. Sie kamen zusammen wieder heraus, Charlie mit leicht rotem Gesicht.

In der nächsten halben Stunde folgte Gordon noch drei weiteren Leuten auf die Toilette und kam mit jedem wieder heraus.

Die Unterhaltung am Tisch, wo Gordon Rideau saß, war deutlich gedämpft. Kurze Zeit später stand er auf und sagte, er müsse nun aufbrechen. »Ein gelungenes Wiedersehen«, sagte er zu Charlie Bishop. Er wollte Charlie die Hand schütteln, doch Charlie zog seine zurück. »Mach's gut ...«

Nachdem er gegangen war, saßen Charlie Bishop, Mike Gagnon, Jack Troy und Hugh Finlay stumm da. Sie sahen müde aus.

»Unser großer Schriftsteller«, sagte Mike Gagnon schließlich.

»Vielleicht hat er ja eine Pechsträhne erwischt«, sagte Jack Troy.

»Wie viel hat er dir abgeknöpft?«

»Drei Pfund.«

»Mir auch.«

»Dieser Bluffer –«, sagte Hugh, seine Stimme zitterte.

»Da seid ihr noch gut weggekommen«, sagte Charlie Bishop. »Mich hat er um fünf Pfund erleichtert.«

»*Dieser kleine Bluffer.*« Plötzlich schlug Hugh nach einem Glas, das auf dem Tisch stand. Dann sah er es in Scherben auf dem Boden liegen.

»Nimm's nicht so schwer«, sagte Charlie Bishop. »Nächstes Jahr gibt's wieder ein Treffen. Den Fehler mach ich kein zweites Mal.«

»Aber warum ...?«, sagte Hugh. »Warum musste er alles verderben?«

~ 8 ~

Obwohl ich hier meine Bekenntnisse zu Papier bringe, habe ich das Gefühl, noch immer wie ein Reiseschriftsteller zu denken. Verwende ich den Ausdruck »knapp bei Kasse sein« (das beschäftigt mich am meisten) nicht genauso wie ich zuvor »reisen« verwendet habe? Ich muss tiefer dringen, sage ich mir. Aber dringe ich wirklich tiefer vor? Oder verhalte ich mich nicht einfach wie ein Reiseschriftsteller und streiche, statt über eine Landschaft, lediglich über Emilys Leben und das meine hinweg? Sind die Dinge »tiefgründiger«, nur weil man in sich geht? Vielleicht bin ich auch gar nicht zum Schriftsteller geschaffen. Ich habe das Gefühl, dass mir bestimmt ist, unterwegs zu sein. Sobald ich mich auf Reisen begebe, beginne ich zu schreiben. Es ist beinahe ein Zwang. Und jetzt sind wir in dieser Stadt am Meer gestrandet.

Emily sagte, es sei ein Fehler gewesen, zurückzukommen. Und vielleicht hatte sie recht. Aber damals hatten wir kaum eine Wahl. Wir mussten Sussex verlassen und besaßen kein Geld. Der einzige Ort, den ich kannte, wo man etwas Billiges würde mieten können, war Carnbray, da die Saison vorüber war.

Ich war seit sechs Jahren nicht mehr in Carnbray gewesen. Und in dieser Zeit zwang mich die Notwendigkeit, mit dem Schreiben unseren Lebensunterhalt zu verdienen, zu einer gewissen Disziplin. Als wir zurückkehrten, war Carnbray zunächst bezaubernd. Nichts im Ort weckte einen Gedanken an Arbeit. Ich lief hinunter zum Hafen. Es war ein warmer, sonniger Tag. Ich betrachtete den geriffelten Sand, das Wasser in der Bucht, die Felder an der entlegenen Küste, die Möwen. Ging weiter zu einem der Stände hinüber.

Die blauen und grünen Windschutze aus Segeltuch ragten aus dem Sand. Wenn die Sonne sie traf, glitzerten sie wie bunte Glassplitter. Wie sehr doch alles an jenen ersten Sommer erinnerte. Der Ort hatte sich nicht verändert. Sondern ich mich, wie es schien. Allein war ich verführbar. Ich hätte mit den Hauptmännern, Majoren und Staffelkapitänen weiterziehen können. Nach Südfrankreich, Tanger oder sogar zurück nach Montreal. Aber Emily (die immer die Wahrheit sagt), die Kinder, die Notwendigkeit, etwas Geld zu verdienen, das war wie die Stimme des Gewissens. Ich fing an, diesen Ort und das, wofür er stand, zu hassen.

»Warum gehst du nicht mal raus?«, sagte Emily. »Du weißt schon, dass du seit über einer Woche nicht mehr vor die Tür gekommen bist.«

»Ich war am Dienstag draußen, auf der Post.«

»Ich treffe Leute auf der Straße. Alle fragen. Und, wie geht es Joseph? Was soll ich sagen? Er arbeitet. Er ist oben in seinem Zimmer. Er hat zu tun. Warum gehst du nicht mal unter Leute?«

»Unter Leute gehen kostet Geld«, sagte ich. »Wenn ich jemanden treffe, sagen sie, komm, lass uns einen trinken gehen. Fürs Schnorren bin ich zu alt.«

»Und was machen wir? Karten spielen, Zeitungen lesen und fernsehen. Ich habe keine Lust, immer nur fernzusehen.«

»Du hast auch keine Lust, wenn wir ins Bett gehen.«

»Was erwartest du – dass ich Lust bekomme, nur weil wir ins Bett gehen? Warum machst du nicht einfach einen Spaziergang? Das wird dich aufheitern. Geh zum Hafen runter oder durch die Stadt, geh in die Bücherei.«

»Ich hasse diesen Ort«, sagte ich. »Das Einzige, woran ich denke, ist, wie ich uns hier wegbringen kann. Oben in meinem Zimmer klebt ein Zettel an der Wand: *Du musst hier weg,* der mich die ganze Zeit anstarrt. Ich will mein Leben nicht in diesem gottverlassenen Küstenkaff beenden.«

Das Telefon klingelte.

»Geh du ran.«

»Jetzt willst du nicht mal mehr ans Telefon gehen«, sagte sie, verließ den Raum und ging in die Küche.

Ich ging nach oben in mein Zimmer, betrachtete die Postkartensammlung, die auf dem großen Spiegel klebte. (Wenn ich in den Spiegel schaue, um mich zu betrachten, erzeugen die Karten einen 3-D-Effekt.) Sie stammen von Leuten, die über ganz Nordamerika, Afrika und Europa verstreut sind, oder von Albert, der mir Ansichtskarten schickt, wenn er im Urlaub ist. Ich habe sie mit Tesafilm aufgeklebt und immer etwas Zwischenraum gelassen. Sogar eine Postkarte von Carnbray ist dabei. An einem Sommertag ... Palmen ... das Meer eine Nuance dunkler als das Blau des Himmels ... eine große, grün-weiße Jacht im Hafen ... Menschen am Sandstrand ...

Als Postkarte, dachte ich, könnte mir dieser Ort gefallen.

Ich ging zum Schreibtisch und warf einen Blick auf das Blatt mit den noch ausstehenden Honoraren. Alles in allem 325 Pfund. Aber ich hatte gelernt, nicht zu sehr darauf zu bauen, dass die Leute auch wirklich dann zahlten, wann sie zu zahlen versprachen.

Am nächsten Morgen erhielt Emily einen Brief von ihrer Mutter aus London, und mit diesem kam ein Scheck über zehn Pfund zu Weihnachten.

Ich kaufte einen kleinen Baum und stellte ihn im Wohnzimmer auf. Ich besorgte etwas Efeu und Emily hängte es ringsum an den Wänden unter der Zimmerdecke auf. Die ersten Weihnachtskarten trafen ein. Und ich ging mit Jimmy und noch ein paar Leuten, die ich seit einigen Monaten nicht mehr gesehen hatte, auf einen Drink in einen Pub.

Am Abend des 23. Dezember warteten wir im Wohnzimmer, das sehr schön und warm aussah. Wir hatten Feuer im Kamin gemacht. An den Leuchten hingen bunte Kugeln. Der rote Teppich passte prima dazu. Es ist ein herrliches Zimmer mit einem großen Erkerfenster, und wir benutzen es nur, wenn uns jemand besuchen kommt, oder vielleicht im Sommer, da es zu kalt ist. Emily hatte belegte Brote gemacht und ich eine Flasche Sherry besorgt, sie in buntes Papier eingeschlagen und noch ein paar Gläser gekauft. Wir warteten auf die Leute, zu denen Emily während des Krieges ausquartiert war. Sie lebten in der Nähe von Truro. Seit unserer Hochzeit schicken sie uns jedes Jahr zu Weihnachten ein Hühnchen und ich schenke ihnen eine Flasche Sherry. Wir saßen in den großen, gebraucht gekauften Sesseln mit den zerkratzten Seiten, wo die Katze ihre Krallen geschärft hat, und warteten darauf, dass sie kamen. Es war nach sieben. Sie waren spät dran, dachte ich.

»Sie müssen die Kühe reinbringen«, sagte Emily, »und eine Menge Dinge erledigen, ehe sie loskönnen.«

Ein paar Minuten später hörten wir Geräusche vor der Haustür.

»Das sind sie.«

»Nein«, sagte ich, ohne zu wissen warum. Und sie waren es auch nicht.

Es war eine schrumpelige kleine Frau mit gebeugtem Rücken, die entschlossen das Gesicht nach vorn streckte. Es war kein hübsches Gesicht, obwohl frisch blondierte Locken es säumten.

»Wohnt hier Joseph Grand?«

Es war weniger eine Frage als eine Feststellung. Und es war meine Schwester Mona aus Meridian, die sie stellte. Ich hatte sie seit zehn Jahren nicht mehr gesehen.

Später erzählte sie, ich hätte nur dagestanden, ohne ein Wort, und den Kopf geschüttelt.

Ich ging nach draußen und erblickte Oscar. Er sah aus wie ein freundlicher Ringer. Ein untersetzter kleiner Mann mit schläfrigen Augen. Ein Hut auf dem Kopf, eine Kamera um den Hals, ein nagelneuer schwarzer Mantel und schwarze Handschuhe.

Ich schüttelte Oscar die Hand.

»Warum habt ihr nicht geschrieben, angerufen oder ein Telegramm geschickt?«

»Das wollte ich ja«, sagte Oscar. »Aber deine Schwester hat mich nicht gelassen.«

Ich warf einen Blick in das Taxi und erwartete schon fast, meinen Vater und meine Mutter darin sitzen zu sehen.

»Da bist du baff, was?«, sagte Mona aufgeregt, als wir mit den Koffern ins Haus gingen und ihre Mäntel aufhängten. Oscar behielt seinen Hut auf.

»Warum habt ihr euch nicht gemeldet, als ihr in London wart?«

»Wir wollten euch keine Umstände machen«, sagte Mona.

»Ich habe jetzt eine Schmalfilmkamera – eigentlich wollte ich ja dein Gesicht filmen, wenn plötzlich deine Schwester vor dir steht.«

Ich dirigierte sie ins Wohnzimmer. Mona steckte sich eine Zigarette an.

»Du sieht ganz anders aus als auf den Bildern, Emily«, sagte Mona. »Und du hast abgenommen«, sagte sie zu mir. »Steht dir gut. Als ich dich zuletzt gesehen habe, warst du dick. Ich dachte schon, du hättest was mit dem Herz.«

Dann wurden die Kinder vorgestellt.

»Das ist Martha – das ist Ella – das ist Rebecca –«

»Wie kleine Püppchen«, sagte Mona.

»– und das sind euer Onkel Oscar und eure Tante Mona. Sie sind den ganzen Weg von Kanada hierhergekommen, aus Meridian. Wie war die Reise?«

»Schrecklich«, sagte Oscar. »Wir mussten zweimal umsteigen. Der Zug von London braucht länger bis hierher als das Flugzeug von Montreal nach England. Warum müsst ihr so weit weg wohnen?«

»Hättet ihr mal angerufen oder ein Telegramm geschickt«, sagte ich, »ich hätte euch den richtigen Zug genannt ... Dann hättet ihr nicht umsteigen müssen –«

»Ich hab's ihr ja gesagt«, verteidigte sich Oscar.

»Ich wollte euch eben keine Umstände machen – Sollen sie ihre Geschenke bekommen?«

Sie brachten ihre neuen Koffer ins Wohnzimmer und holten lustige Häschenschlafanzüge für die Kinder heraus. Emily bekam einen Skipullover mit Norwegermuster.

»Er trägt ausschließlich Schwarz«, sagte Mona. »Warum, weiß ich nicht. Also dachte ich mir, ich kaufe ihm mal einen weißen Pullover.«

Es war ein herrlicher Pullover mit Rollkragen.

»Rauchst du?«, fragte Oscar und gab mir mehrere flache rot-weiße Dosen mit zollfreien Zigaretten.

»Danke. Warum habt ihr nicht von Kanada aus geschrieben?«

»Es war unklar, ob wir überhaupt kommen würden. Du kennst doch deine Schwester. Sie hatte Angst vor dem Fliegen.«

»Alle haben uns zu Miami geraten«, sagte Mona. »Um diese Jahreszeit, sagten sie, gäbe es in England nur Smog, Nebel und Unfälle.«

»Es war bis zuletzt offen«, sagte Oscar, »ob wir nach Disneyland fahren oder hierher.«

»Hast du denn *gar keinen* Verdacht geschöpft, als ich nicht mehr geschrieben hab?«, sagte Mona.

Ich ließ die Frage offen. Ich konnte mich nicht erinnern, wann sie das letzte Mal geschrieben hatte.

»Hier«, sagte Oscar zu den Kindern und fischte seine Brieftasche aus der geknöpften Gesäßtasche. »Von eurer Großmutter und eurem Großvater in Kanada – euer Chanukkageld.« Und er gab jeder zwei Pfund. Unsere Kinder hatten noch nie so viel Geld besessen.

Meine Schwester begutachtete den Weihnachtsbaum, den Schmuck, die Karten.

»Wissen sie denn, was die Chanukka ist?«

Die Kinder schwiegen.

»Euer Papa wird euch davon erzählen.« Dann wieder zu mir mit derselben leisen, missbilligenden Stimme.

»Ihr feiert Weihnachten?«

»Wir stellen halt einen Baum auf – und am ersten Weihnachtsfeiertag verteile ich die Geschenke.«

»Ich sage immer, jeder soll so leben, wie er mag«, sagte Mona.

Die Kinder gingen nach oben auf ihre Zimmer, um die Schlafanzüge anzuprobieren.

»Was möchtet ihr trinken?«, sagte ich kühn. Es war das erste Mal in diesem Jahr, dass ich so viele Getränke im Haus hatte. »Scotch, Gin, Sherry, Bier –«

»Hast du keinen Rye?«

»Nein.«

»Dann lieber nichts.«

»Und du, Oscar, was trinkst du?«

»Ich mache mir nichts aus dem Zeug.«

»Will denn keiner was mit mir trinken?«

»Ich nehme einen Sherry«, sagte Emily.

»Lass mich mal nippen«, sagte meine Schwester. »Gar nicht übel. Ich nehme ein Gläschen.«

»Wie geht's Ma und Pa?«, sagte ich.

»Wie eh und je«, sagte sie. »Ma arbeitet noch immer im Krankenhaus.« Dann hellte sich ihr Gesicht plötzlich auf. »Wenn sie doch nur die Kinder sehen könnten – Pa muss sich untersuchen lassen, wenn wir zurück sind. Du hättest sehen sollen, wie aufgeregt er war, als wir ihm erzählt haben, dass wir herfliegen.«

Ich erinnerte mich an das letzte Mal, als ich ihn gesehen hatte. Wir warteten auf das Taxi, das mich zum Bahnhof bringen sollte. Er war im Hemd. Mit einem Handtuch um den Hals. Er war gerade dabei, sich zu rasieren. »Hoffentlich bin ich noch da, wenn du das nächste Mal kommst«, sagte er und fing an zu weinen. »Sicher doch, Pa«, sagte ich. Wie ergriffen und liebenswürdig er aussah. Dann erblickten wir uns im Flurspiegel. Er zeigte auf sein verweintes Gesicht darin. »Ich sehe aus wie ein Chinese.«

Ich sagte zu Emily, dass Mona und Oscar vielleicht gern einen Kaffee trinken würden.

Mona fiel über einen ihrer Koffer her, kramte ein Glas Pulverkaffee hervor und gab es Emily.

»Wir trinken viel Kaffee, und ich habe gehört, dass man hier drüben keinen guten bekommt.«

»Wir haben Pulverkaffee«, sagte Emily.

»Ach, habt ihr«, sagte Mona verwirrt. »Nun, wir trinken ihn gern stark.«

Kaum hatte Emily das Zimmer verlassen, sagte meine Schwester:

»Hattest du nicht gesagt, sie wäre *Halb*jüdin?«

»Das habe ich vor langer Zeit mal gesagt, wegen Ma. Sie hat mich gefragt, wo ich geheiratet habe. Wer der Rabbi war. Jetzt weiß sie es. Ich weiß, dass sie es weiß. Sie hat gesagt, wenn das zu ihrer Zeit passiert wäre, dann hätte die Familie Schiwa gesessen.«

»Ich sage immer, jeder soll so leben, wie er mag«, sagte Mona.

Emily kam mit dem Kaffee und ein paar Hamburgern zurück, die sie schon vorbereitet und nun noch einmal aufgewärmt hatte.

»Donnerwetter, die schmecken aber«, sagte Oscar.

»Die sind doch genau so, wie wir sie auch machen«, sagte Mona ein wenig erstaunt.

Ich war überrascht, wie sehr sie gealtert war. Ich wusste, dass sie zwei Jahre jünger war. Aber sie sah aus, als wäre sie weit über vierzig. Abgesehen von ihrem Körper, der sehr schlank war. Sie saß gebückt da, mit krummen Rücken, die Kinnlade vorgeschoben, und rauchte eine Zigarette nach der anderen.

Ich hörte ein Auto die Straße raufkommen. Wir wohnen auf einer Anhöhe. Mona hörte auf zu kauen.

»Was war das?«

Ich sagte es ihr.

Sie hörte das Geländer vor dem Haus klappern. Die Leute halten sich daran fest, wenn sie die Anhöhe hinaufgehen. Doch es war locker.

»Und was war *das*?«

Wir waren alle still.

»Ich habe etwas gehört – es kam von oben«, sagte sie.

Ich ging nach oben.

»Da ist nichts«, sagte ich.

»Bist du sicher?«

»Das muss ich jeden Abend machen«, sagte Oscar. »Ihr müsstet mal die ganzen Schlösser an unseren Türen sehen. Und die Riegel. Und die Ketten. Wenn ich nach dem Frühstück aus dem Haus gehe, verriegelt sie die Doppeltüren mit Doppelschlössern – das sind Spezialschlösser. Dann kommen die Ketten. Und dann die Riegel. Sie hat sogar ein Gewehr und einen Hund.«

»Aber wozu?«, sagte ich.

»Ich weiß es nicht«, sagte Mona leise.

»So warst du doch früher nicht«, sagte ich.

»Das kann ich dir flüstern«, sagte Oscar mit einem schläfrigen Grinsen. »Du hast vielleicht eine Schwester!«

Kurz vor neun kamen der Bauer und seine Frau. Und es wurde ein richtiges kleines Fest. Sie tranken mehrere Gläser Gin zu schnell hintereinander. Sie gaben uns ein Hühnchen und eine Zungenwurst. Ich gab ihnen die Flasche Sherry. Sie legten Geschenke für die Kinder unter den Baum. Sie fanden es großartig, hier Leute zu treffen, die noch vor zwanzig Stunden in Kanada gewesen waren. Die Frau des Bauern – mit strahlendem Gesicht, mollig – und Mona hatten sich gleich etwas zu erzählen.

»... mir haben sie auch die Gallensteine rausgenommen.«

»Meiner ist aufgeplatzt«, sagte Mona, »als der Chirurg ihn in die Schale legte.«

Aber sie konnten nicht bleiben, da sie zurück auf ihren Hof mussten.

Obwohl es in dem Zimmer viel wärmer geworden war, hatte Oscar den ganzen Abend über den Hut nicht abgesetzt. Von seinem Jackett, dem Pullover und der Krawatte hatte er sich befreit. Mit dem Hut auf dem Kopf schlummerte er im Sessel vor dem Kamin ein.

Sobald Mona sah, dass Oscar eingeschlafen war, sagte sie:

»Wie haltet ihr es mit der religiösen Erziehung eurer Kinder?«

»Gar nicht«, sagte ich.

»Unsere Kinder feiern Chanukka. Sie alle tragen *Magen Davids* um den Hals ... *Das* ist der Davidstern, Emily«, sagte Mona und zeigte ihr das dünne Goldkettchen um ihren Hals. »Zu Hause habe ich zweierlei Geschirr. Ich zünde die Kerzen am Schabbes an. Wir essen auch Speck – aber nicht zu Hause, nur bei anderen Leuten. Du magst das für Heuchelei halten. Zündest du die Kerzen am Freitagabend an?«

»Wenn ich das täte, Mona, käme ich mir wie ein Heuchler vor.«

»Nach wem habt ihr eigentlich Rebecca benannt?« Mona wechselte rasch das Thema.

»Nach Tante Rocheh«, sagte ich. »Du erinnerst dich vielleicht nicht mehr an sie. Das ist die, die nie geheiratet hat. Ich glaube, sie starb, als wir noch Kinder waren. Wie bist du auf Francine gekommen?«

»Wegen Fruma – Oscars Großmutter.«

»Fruma heißt Frieda oder Fanny«, sagte ich.

»Nein«, sagte sie. »Man kann alles mit F nehmen ...«

»Aber warum ausgerechnet mit F ...?«, sagte ich.

»Nun, es sollte so *ähnlich* klingen wie Fruma – Faith, Felicity oder Fawn ginge auch.«

»Die klingen für mich aber nicht wie Fuma.«

»Sie müssen auch nicht so klingen, solange der Anfangsbuchstabe derselbe ist. Eure Tochter Rebecca zum Beispiel heißt nach Tante Rocheh. Ihr hättet sie aber auch Roxana, Roxy ...«

»So heißen Kinos«, sagte ich. »Nach wem heißt Lance?«

»Nach Oscars Großvater Laybel – er hätte ebenso gut Lawrence, Lorne ...«

»Was ist mit Lou oder Lionel?«

»Die sind altmodisch.«

Mona drückte ihre Zigarette aus und steckte sich sofort eine neue an. Schon zuvor waren mir ihre nikotingelben Finger aufgefallen, doch erst, als ich ihr Feuer gab, fiel mir auf, dass ihre Hand zitterte.

»Wir lassen Francine in Meridian nicht mit englischen Jungs ausgehen. In den Ferien schicken wir sie nach Montreal. Sie lernt auch Hebräisch.«

»Mädchen in Kanada«, sagte ich, »lernen Hebräisch?«

»Warum denn nicht?«, sagte Mona in aggressivem Ton. Ich glaube an Gott. Du etwa nicht?«

»Nein.«

»Sag *das* nicht«, sagte Mona. »So etwas darfst du *niemals* sagen.«

»Glaub ihm nicht«, sagte Emily beschwichtigend.

»Ich glaube an das Schicksal«, sagte Mona, »daran, dass zwischen Rosch Haschana und Jom Kippur dein Schicksal fürs Jahr entschieden wird.«

»Ich glaube das nicht«, sagte ich.

Niemand sprach.

Dann kicherte Mona. »Bloß gut, dass Oscar schläft. Er würde mir nie verzeihen, was ich so daherrede.«

Wir überließen ihnen unser Schlafzimmer. Wir schliefen in meinem Arbeitszimmer auf einer Matratze und deckten uns mit Mänteln zu. Für eine Nacht mochte das gehen. Aber morgen würden wir die Nachbarin um ein paar Laken und Decken bitten müssen.

Emily und ich versuchten einzuschlafen. Unsere Augen waren auf Höhe des unteren Türspalts, durch den das Licht aus dem Flur schien.

»Das muss sie sich lange Zeit aufgespart haben«, sagte Emily. »Ich hatte mich eigentlich bemüht, sie zu mögen.«

»Ich weiß«, sagte ich. »Ich habe mich meiner Schwester nie besonders nah gefühlt.«

Vor fünfzehn Jahren in Montreal wurde ich einmal mitten aus einem Englischseminar geholt.

»Da ist jemand für Sie«, sagte die Sekretärin des Dekans.

Und dort, im dunklen, kühlen Flur unter der Uhr des geisteswissenschaftlichen Instituts, stand meine Mutter. Ein wenig verängstigt, aber elegant gekleidet mit einem kleinen blauen Hut, in einem neuen schwarzen Mantel und mit dunklen Handschuhen. Sie war allein von Ottawa hergekommen, um mich umzustimmen, dass ich doch noch zu Monas Hochzeit kommen würde. Ich weiß nicht mehr, welche Ausreden ich erfand, um nicht hingehen zu müssen. Und ich weiß auch nicht, warum ich mir ausgerechnet die Hochzeit meiner Schwester ausgesucht hatte, um mich querzustellen.

Meine Mutter lud mich zum Essen in ein kleines Restaurant am Boulevard Saint Laurent ein, das ich genoss. Es schmeckte nicht so gut wie bei ihr zu Hause, aber es schien eine Ewigkeit her, seit ich das letzte Mal jüdisch gegessen hatte. Und die signierten Fotografien von Max Baer und Al Jolson an der Wand; sie, fein herausgeputzt, am Tisch mir gegenüber – das Essen –, all das versetzte mich zurück in meine Kindheit in der Murray Street; die Stille des Hauses am Schabbes, in der meine Mutter, eine hübsche Frau, den ganzen Nachmittag über am Fenster saß. Sie weinte – vielleicht hat sie mir sogar ein paar Dollar zugesteckt –, und ich sagte, ich würde kommen.

Ich erinnere mich noch, wie mein Vater am Tag der Hochzeit mit Mona den Mittelgang entlang zum Traualter schritt. Er war etwa so groß wie sie, wirkte jedoch kleiner. In einem blauen Zweireiher aus Serge, den man aus einem abgelegten Anzug meines Onkels für ihn geschneidert hatte. Die Lippen fest aufeinandergepresst, den Tränen nahe, ein wenig ängstlich. Außerhalb des Hauses wirkte er stets verloren.

Dann der Empfang unten in den Gemeinderäumen. Es waren wohl um die dreihundert Gäste. Die meisten kannte ich nicht. Vielleicht hatte ich mich schon damals weiter von zu Hause entfernt, als mir bewusst war. (Wie die Kellner sich schamlos am Schnaps bedienten – wie die Leute sich vollstopften.) Mir – dank des Kriegsteilnehmergesetzes an der Universität, sechzig Dollar im Monat, weswegen ich in der letzten Woche von Erdnüssen lebte – schien es, dass meine Mutter, die für diese Hochzeit ihr Bankkonto leergeräumt hatte, eine Schar von Fremden verköstigte.

Ich erinnere mich noch an den jungen Rabbiner, der mir gegenübersaß und dessen Augen unaufhörlich hin und her wanderten. Er war neu, »von außerhalb«. Und aß sehr hastig. Dann stand er auf, um seine Ansprache zu halten. Er sprach über Mona, die er vorher noch nie gesehen hatte.

»Mona, heute sind Sie eine Prinzessin. Und Oscar, Sie sind ein Prinz.«

Anfang der Woche hatten Prinzessin Elizabeth und der Herzog von Edinburgh geheiratet.

Dann setzte er sich, murmelte rasch und unverständlich seine Tischgebete nach der Mahlzeit, schaukelte dabei ein wenig mit dem Oberkörper vor und zurück, und verschwand.

Am nächsten Morgen waren Emily, ich und die Kinder früh wach. Die Kinder waren sehr aufgeregt. Oscar und Mona kamen nach zehn herunter. Sagten, sie hätten gut geschlafen. Aßen nicht viel, tranken aber unzählige Tassen Kaffee, von dem Emily immer mehr aufbrühte, und rauchten Zigaretten.

Es war der kälteste Winter in England seit mehr als hundert Jahren. Und obwohl es in diesem Seebad schon Weihnachten gegeben hat, wo ich ohne Mantel rausgehen konnte, hatten wir diesmal in allen Zimmern geheizt. Zum Glück froren uns die Toiletten nicht ein, den Nachbarn schon.

Oscar wurde der Liebling unserer Kinder. Er konnte gut mit Kindern umgehen. Er setzte sich zwei von ihnen aufs Knie. Er erzählte ihnen Geschichten über Kanada und ihr Sommerhaus am See.

»... wir haben auch ein Motorboot, mit dem fahren wir über die Seen. Ihr könntet uns in unserem Sommerhäuschen besuchen kommen, von Monas Blaubeerkuchen essen und die Tiere beobachten. Habt ihr schon mal ein Stinktier gesehen? Sie kommen bis unters Fenster ...«

Er sprach mit schläfriger, freundlicher Stimme. Die Kinder liebten ihn.

»Warum gehst du nicht zurück?«, sagte er.

»Mal sehen – vielleicht nächstes Jahr.«

»Du bist es den Kindern schuldig«, sagte er.

Mona fing an jiddisch zu reden. »Liegt es etwa am Geld?« Emily und die Kinder guckten verdutzt.

»Es ist ein bisschen komplizierter«, sagte ich auf Englisch.

»Wie wäre es, wenn wir die Kinder mit uns nehmen?«, sagte Oscar. »Wir nehmen Martha und Ella mit. Wir werden uns um die beiden kümmern, und im Sommer können sie mit uns im Häuschen am See wohnen.«

Martha und Ella umarmten Oscar.

Ich glaubte nicht eine Sekunde, dass er es ernst meinte.

»Sieh mal«, sagte Oskar, »wir können sie mit unseren Flugtickets umsonst mitnehmen. Wir geben ihnen zu essen, kümmern uns um sie. Es geht nicht darum, sie zu adoptieren. Sie bleiben ja eure.«

»Wir werden sehen«, sagte ich zu den beiden aufgeregten Kindern. Es tat weh, dass sie einfach so von uns wegwollten.

Immer wenn Mona nicht wollte, dass die Kinder etwas verstehen, begann sie jiddisch zu reden. Bis ich schließlich beschloss, die Kinder nach nebenan zu schicken. Mit dem Ergebnis, dass Rebecca erbost zurückkam.

»Die tuscheln«, sagte sie. »Die haben Geheimnisse.«

Es war fast Mittag und wir saßen noch immer am Küchentisch. Ich schlug vor, mit ihnen rauszugehen, ihnen den Ort zu zeigen und etwas frische Luft zu schnappen, damit Emily aufräumen und ein paar Besorgungen machen konnte.

Draußen war es eisig kalt. Niemand war unterwegs. Die Pfützen in den engen Gassen waren zugefroren. Die langen feinen Sandstrände waren leer. Das Wasser in der Bucht war grau. Keine Boote im Hafen, nur ein paar Möwen kauerten, mit den Schnäbeln im Wind, an der Hafeneinfahrt.

»Ihr solltet es im Sommer sehen«, sagte ich.

»Ich kann's mir vorstellen«, sagte Mona, eingemummelt in ihren Persianermantel. »Es ist wirklich schön hier.«

Oscar filmte Mona und mich und die Kinder in Farbe. Und die leeren Straßen, die leeren Restaurants, die leeren Strände und die mit Brettern vernagelten Läden. Dann kamen wir mit rosigen Wangen zurück und setzten uns im Esszimmer um den Kamin.

»Ist gesund, das Feuer hier«, sagte Mona und zündete sich eine Zigarette an. »Nicht so stickig – wie bei uns.«

Ich ging mit dem Kohleneimer nach draußen in den Hof und brachte ihn voll bis zum Rand zurück.

»Weißt du, an wen du mich erinnerst«, sagte Mona, »wenn du so reinkommst – mit dem Kohleneimer?«

»Weiß ich«, sagte ich. »An Pa.«

Manchmal, wenn ich hinausging, um die Kohlen aus dem Schuppen im Hof zu holen, musste ich an meinen Vater denken, wie er aus dem Keller in unserem Haus in der Murray Street heraufkam, mit einem Eimer voller Kohlen für den Quebec-Ofen in der Diele. Und auch so manches Mal, wenn ich oben in meinem Zimmer eine Auflistung der ausstehenden Honorare machte, sah ich ihn und sein schwarzes Büchlein vor mir, in dem die Namen derer standen, die ihm Geld schuldeten.

»Weißt du noch, wie du mal zu mir gesagt hast, halt dir bloß die Kerle vom Leib, und zwar von *hier*«, sie zog eine Linie an ihrem Hals, »bis *da*?« Und eine weitere Line über den Knien. »Und weißt du noch, als du an der Universität warst und ich dich in Montreal besucht habe. Du hattest dieses Lied geschrieben. Als wir uns trafen, hast du mir zwanzig Dollar gegeben. Nicht doch, hab ich gesagt. Wie, hast du gesagt, nicht genug? Und hast mir noch mal zwanzig zugesteckt.«

An beides erinnerte ich mich nicht.

Dafür an etwas anderes. Ich erinnerte mich daran, als sie acht oder neun war. Als sie einen Stein aus einer Schleuder abbekam. Sie hatte eine Platzwunde am Kopf. Sie mussten ihr den Kopf rasieren. Und sie trug eine Baskenmütze. Sie trug sie in der Schule. Und die Kinder machten sich über sie lustig.

»Und erinnerst du dich noch an meine Hochzeit?«, sagte Mona. »Weißt du noch, Bettys Verlobter, Sam? Er sollte einen Film vom Empfang drehen. Aber er filmte immer nur Betty ...«

Auch daran erinnerte ich mich nicht. Ich erinnerte mich, wie Mona einmal krank war. Der Arzt kam sie untersuchen. Er schenkte ihr eine große Tafel Schokolade, weil sie so brav war. Sie gab mir etwas ab. Und wir gingen nach oben und aßen sie in ihrem Zimmer. Später sah ich dabei zu, wie ihr lange, dünne, gelblich-weiße Würmer aus dem Mund kamen und sich träge auf dem Boden kringelten.

~ ~ ~

Mona und Oscar kannten Weihnachten nur aus dem Kino. Also weihte ich sie ein.

»Es wird morgen so ablaufen. Am Morgen wachen wir auf. Wir wünschen uns alle frohe Weihnachten. Dann kommen die Kinder runter. Wir frühstücken. Dann gehen wir ins Wohnzimmer. Und ich lese die Namen vor und teile die Geschenke aus.«

Als sie das hörten, zogen sie los und kamen mit Geschenken beladen zurück, verpackten sie in ihrem Zimmer und legten sie unter den Baum.

»Ich habe für den zweiten Weihnachtstag ein Taxi bestellt«, sagte ich. »Wir fahren ein bisschen herum und sehen uns die Gegend an.«

»Hast du Ma nicht erzählt, du hättest irgend so 'ne alte Schüssel?«

»Mag sein«, sagte ich, »Ma zuliebe.«

Am Abend saßen wir beisammen und sahen fern.

»Sie haben hier dieselben Sendungen«, sagte Mona, »wie bei uns in Meridian.«

»Das sind amerikanische Shows«, sagte ich.

Wir sahen uns ein Quiz für Kinder an. »Euer Fernsehen ist so viel besser als unseres«, sagte Mona. »Es ist so bildend.«

Doch am meisten interessierten sie die Werbespots.

Nach den Nachrichten schaltete ich aus und wir saßen vor dem Kamin, tranken Kaffee und rauchten Zigaretten.

»Warum gehst du nicht zurück nach Kanada?«, sagte Oscar.

»Von hier wegzugehen kostet Geld« sagte ich. »Und vielleicht lebe ich inzwischen schon zu lange im Ausland.«

»Mit deiner Bildung hättest du Arzt werden können«, sagte Mona.

»Wirklich«, sagte sie zu Emily.

»Aber ich bin Schriftsteller«, sagte ich. »Wie viele Ärzte gibt es in Kanada – Tausende. Und wie viele Schriftsteller? Eine Handvoll. Es ist leichter, Arzt zu sein als Schriftsteller.«

»Ja, ich weiß«, sagte Mona traurig. »Aber es ist hart.«

Ich ging Whisky holen – niemand trank mit.

»Ein Jahr noch, schätze ich mal, dann habe ich genug auf der hohen Kante, um in Rente zu gehen«, sagte Oscar.

»Immer nur reden«, sagte Mona. »Das ist leicht.«

»Du wirst schon sehen«, sagte Oskar. »Ohne ihre ganzen Operationen hätte ich's schon fast geschafft. Sie hatte nämlich schon ein halbes Dutzend, musst du wissen.«

»Allerdings«, sagte Mona.

Von Oscar wusste ich, dass er im Schrotthandel tätig war. Aber er kaufte auch sonst alles, was er mit Gewinn weiterverkaufen konnte. Er stellte sein Lager voll, dann belud er einen Lastwagen, fuhr das ganze Zeug nach Montreal oder Toronto und verkaufte es.

»Wenn ich nicht in Meridian bin«, sagte Oskar, »muss ich sie *jeden* Abend anrufen.«

»Wir haben da eine Methode, bei der wir nichts bezahlen müssen«, sagte Mona. »Wenn wir uns nicht unterhalten wollen, und er mir nur sagen will, dass er in Montreal oder Toronto angekommen ist – dann meldet Oscar ein V-Gespräch an und denkt sich irgendeinen Namen aus, etwa Johnson. ›Kann ich Mr. Johnson sprechen?‹, sagt er. Und ich sage: ›Tut mir leid, Mr. Johnson ist nicht da.‹ Und ich weiß, dass er gut angekommen ist.«

»Und *das* ist noch gar nichts«, sagte Oscar. »Wir kennen eine Frau, die über Ferngespräche ihr koscheres Fleisch in Montreal bestellt. Sie ruft den Metzger an und sagt: ›Ist Henne da?‹ Und natürlich sagt der Mann, dass Henne nicht da ist. Aber er weiß Bescheid, dass sie diese Woche ein koscheres Huhn will.«

»Wir haben drei Häuser in Meridian«, sagte Mona. »Ihr könntet dort wohnen. Ich weiß, es ist ein kleiner Ort weitab vom Schuss. Aber bis ihr euch eingerichtet habt.«

»Danke«, sagte ich.

Aber ich sah keinen großen Sinn darin, eine Kleinstadt gegen eine andere einzutauschen. Ich wollte unbedingt weg aus dieser Stadt am Meer und wieder in London wohnen. Mir fehlt das Weltstädtische. Ich fahre so oft ich kann nach London, doch es ist teuer. Und trotzdem, ein paar Tage in London und ich komme zurück, als hätte man mir einen Muntermacher verabreicht. Ich bin in London einfach besser drauf. Ich gehe durch die Straßen und würde am liebsten singen. Und ich singe. Ich gehe in London ins Bett und fühle mich schlank und nicht so wie hier, wo ich das Gefühl habe, als würde ich einen großen, massigen und leblosen Körper mit mir herumschleppen.

»Ich muss uns hier wegbringen«, sagte ich ihnen. »Es gibt Zeiten, da muss ich einfach von hier entfliehen. Dann setze ich mich in den Zug nach Plymouth. Nur um einfach mal wieder durch gerade Straßen zu gehen. Bis mittags ist das großartig. Aber danach wird mir klar, dass ich hierher zurückmuss.«

»Vermisst du London, Emily?«, sagte Mona.

»Es ist meine Heimatstadt. An manchen Tagen habe ich hier das Gefühl, das Leben geht einfach vorüber – tagein, tagaus dasselbe –, und man wartet darauf, dass irgendetwas passiert.«

»Zum Beispiel, dass wir auftauchen«, sagte Oscar.

Und wir alle lachten.

Am Weihnachtsmorgen waren die Kinder früh auf den Beinen. Emily hatte ihre Strümpfe an ihren Betten gefüllt, während sie schliefen. Und als wir dann alle zum Frühstück herunterkamen, waren die Kinder ganz aufgeregt und steckten uns ein kleines bisschen mit ihrer Aufregung an. Wir wünschten alle fröhliche Weihnachten. Und nach einem Kaffee gingen wir ins Wohnzimmer. Draußen sah es kalt aus, kein Schnee, aber die Pfützen waren zugefroren. Emily hatte in jedem Zimmer ein loderndes Feuer im Kamin gemacht.

Ich begann die Geschenke auszurufen. Die Kinder zuerst.

»Das ist für Rebecca von Onkel Oscar und Tante Mona – was das wohl sein wird?« Und das aufgeregte Kind knüpfte das Päckchen auf und überhäufte Mona und Oscar mit Küsschen. »Und für wen ist das –?«

Martha, vor kurzem neun geworden, bekam von ihnen eine Toilettengarnitur. Mit verschiedenen Utensilien darin, um ihre Nägel zu machen, ihre Augenbrauen zu zupfen, Nagellack aufzutragen und etwas Parfüm. Die anderen bekamen die teuersten Puppen hier im Ort. Ich weiß es, ich habe sie im Schaufenster gesehen. Emily war es noch unangenehmer als mir. Von Emilys Verwandten gab es Schachteln mit Süßigkeiten, Bücher und Malhefte für die Kinder, Spielzeug, kleine Schmucksachen und Seife und jede Menge Taschentücher.

Gegen zwei setzten wir uns um den Esszimmertisch zum Mittagessen, alle sieben. Emily brachte den Truthahn herein. »Er wiegt fast zwölf Pfund«, sagte ich. Und alle Kinder sagten »Ah« und guckten aufgeregt.

»Ihr glaubt, der ist groß«, sagte Oscar zu den Kindern. »Wenn ihr nach Kanada kommt, werdet ihr Truthähne essen, die zweimal so groß sind. Weißt du noch«, sagte er zu Mona, »die Truthähne, die wir damals hatten?«

»Kanadische Truthähne sind etwas größer«, sagte Mona höflich.

Am letzten Abend saßen wir um den Kamin und sahen uns ein Fernsehspiel an. Ich beschloss auszuschalten. Ich ging mit dem Eimer hinaus, um noch ein paar Kohlen zu holen. Als ich zurückkam, sagte Oscar gerade:

»... eines ist uns allen sicher. Ein Plätzchen unter der Erde. Zwei Meter lang und einen Meter breit.« Er machte eine Handbewegung, als würde er es ausmessen. »Und zwei Meter tief.«

Ich sah, dass Emily rot wurde. Sie wandte den Kopf von Oscar ab. »Hör auf. Hör auf«, sagte sie leise.

»So ist es doch überall«, fuhr Oscar fort, ohne sie zu beachten. »Am Ende landen wir alle dort.«

Emily wandte sich von uns allen ab. »Entschuldigt«, sagte sie. Und stand auf und lief weinend aus dem Zimmer.

Mona und Oscar guckten verblüfft.

»Ist sie jetzt traurig?«, sagte Mona.

»Nein«, sagte ich sarkastisch.

»Sie wird sich damit abfinden müssen«, sagte Oscar. »Wegrennen nützt nichts.«

»Sie findet sich aber nicht damit ab«, sagte ich.

»Aber wir müssen doch alle sterben«, sagte meine Schwester.

»Ich glaube, du hast sie an ihren Vater erinnert«, sagte ich.

»Na und?«, sagte Oscar. »Ich habe meine Mutter beerdigt.«

»Vielleicht solltest du zu ihr gehen und mit ihr reden«, sagte Mona.

Ich ging ihr nach. Emily hatte aufgehört zu weinen, obwohl ihr Gesicht nicht danach aussah. Ich nahm sie in die Arme und küsste sie.

»Es tut mir leid«, sagte sie. Und ich küsste sie wieder.

»Es kam so vieles zusammen. Auf einmal war es, als würde mir klar, dass sie, er und sie, Juden sind. Als wäre ich eine Außenseiterin und wir uns nicht nahe, Mann und Frau, so wie wir es sind, wenn sie jiddisch spricht. Sie ist hier in meinem Haus, und ich habe plötzlich gespürt, dass wir sterben werden, und sie haben etwas, woran sie glauben können – von dem du ein Teil bist, und ich nicht. Und es gibt nichts, was ich dagegen tun könnte.«

Ich küsste sie wieder. »Lass uns wieder reingehen.«

Wir gingen hinein.

»Entschuldigt«, sagte Emily.

»Er wird uns alle noch in eine Geschichte packen«, sagte Mona, »passt mal auf.«

»Von mir aus«, sagte Oscar. Dann an mich gewandt: »Wenn du damit 'nen Schein machen kannst – mir soll's recht sein.«

Ich telefonierte nach London und buchte ihnen ein Zimmer im *Strand Palace*. »Es kostet soundso viel mit Bad und soundso viel ohne«, sagte ich.

»Wir nehmen ohne«, sagte Mona.

Sie fuhren nach London, weil Oscar einige Orte aufsuchen wollte, die er noch aus seiner Zeit als Soldat im Krieg dort kannte.

»Ich werde weinen beim Abschied«, sagte Mona. »Keine Ahnung, warum. Ich bin nicht wie er. Ich bin wie Pa. Ich weine.«

Am Bahnhof mussten wir auf den Zug warten. Mona warf Oscar einen Blick zu. Und Oscar streckte mir die Hand entgegen, um sich zu verabschieden.

Ich fühlte ein Stück Papier in meiner Hand. Ich sah hin und erkannte, dass es eine Fünfpfundnote war.

»Danke«, sagte ich und gab sie ihm zurück. Da zwei unserer Kinder dabei waren, gab es keine Szene.

»Meine Tasche ist tiefer als deine«, sagte Oscar und hielt mir den Schein immer noch hin.

Ich schob die Hand in meine Manteltasche. Dann in seine.

»Sie ist wirklich tiefer«, sagte ich.

Dann kam der Zug. Ich stieg mit ihrem Gepäck ein, suchte ihnen ein leeres Abteil und gab meiner Schwester einen Kuss. Sie weinte still, das Gesicht verzerrt. Und ich dachte, wie ähnlich sie Vater doch sah. Ich schüttelte Oscar die Hand und umarmte ihn.

Am Abend riefen sie an, um zu sagen, dass sie gut angekommen seien, das Zimmer in Ordnung wäre, das Hotel auch, und draußen ein Schneesturm tobe. Ich sagte ihnen, sie sollten ins *Blooms* in Whitechapel essen gehen.

Am nächsten Abend sprach Mona mit Emily. Sie hätten beschlossen, morgen früh heimzufliegen. London fanden sie teuer. (»Es gibt keine Schnäppchen.«) Das Wetter sei scheußlich. Und sie vermissten ihre Kinder.

Am Morgen, als sie abfliegen sollten, brachten wir unserer Nachbarin das Bettzeug zurück und räumten die Zimmer auf. Eigentlich hatte sich nichts geändert. Und wieder dieses Gefühl, abgeschnitten zu sein, und das Bedürfnis, von hier wegzukommen. Glücklicherweise traf eines der Honorare ein. Also floh ich nach Plymouth. Ich ging zu *W.H. Smith* und stöberte in den neuen Büchern und Zeitschriften. Trank Kaffee und aß Donuts im *Joe Lyons*. Sah einen schlechten Film. Aß etwas. Und fuhr zurück.

Am Montag darauf erhielten wir einen Brief von Mona. Auf der zweiten Seite schrieb sie:

> ... Pa haben sie heute Morgen operiert gottseidank denn beide Ärzte meinten dass er es keine vier Monate mehr gemacht hätte. Ich habe noch nie so einen riesigen Stein gesehen wie er ihn in der Blase hatte. Der Arzt sagt dass er es besser überstanden hat als die meisten. Wir haben ihn besucht und mit ihm gesprochen aber er hatte Schmerzen und hat seine Infusion bekommen darum sind wir lieber wieder gegangen damit er sich ausruhen konnte. Die arme Ma sie sieht schrecklich aus und es nimmt sie sehr mit. Sobald ich mehr weiß melde ich mich.«

Am 22. Januar kam ein weiterer Brief.

> Wir haben schon seit längerer Zeit nichts mehr von euch gehört und hoffen es geht euch gut. Waren gestern Nachmittag bei Pa und er hat die Fäden rausbekommen und sieht schon besser aus. Ich habe den Arzt gesehen und ihn gefragt wie Pa sich macht und er hat gesagt den Erwartungen entsprechend gut. Pa scheint aber manchmal verwirrt zu sein. Gestern haben wir die Kinder mitgebracht und er hat sich gefreut sie zu sehen. Er ist in guten Händen.

2. Februar, Meridian.

> Hoffentlich ist bei euch alles in Ordnung. In letzter Zeit war ich nicht mehr bei Pa und jedes Mal wenn ich mit Ma spreche schien

sie ganz aufgelöst deshalb habe ich gestern Nachmittag meine Putzfrau auf die Kinder aufpassen lassen und bin hin ihn besuchen. Den Arzt habe ich auch gesehen. Er sagt Pa macht gute Fortschritte aber ist verwirrt und er weiß nicht ob sich das noch bessert. Er möchte ihn in einem Altenheim unterbringen wenn er einen Platz bekommt. Neulich war er im Schlafanzug draußen und es war unter null. Ich glaube er begreift nicht dass er im Krankenhaus ist. Er erkennt uns alle aber er redet als würden wir noch in der Murray Street wohnen und bringt alles durcheinander.

25. Februar, Meridian.

Pa wurde am Freitag ins Pflegeheim gebracht und hab ihn gestern dort besucht. Er wirkt viel glücklicher und ich weiß nicht ob er mitbekommt wo er ist oder nicht. Nachts legen sie ihm Fixiergurte an damit er nicht ausreißt. Am Donnerstag fanden sie ihn frühmorgens auf dem Krankenhausparkplatz. Es war das vierte Mal dass er weg war.

10. März, Meridian.

Ich hoffe es geht euch gut und was ist los dass ich nichts von euch höre? Hab am Dienstag Pa besucht und er hat sich so gefreut mich zu sehen. Offensichtlich ist er schon wieder ausgerissen also hat mich der Heimleiter deshalb angesprochen als ich da war und darum gebeten ihm zu sagen dass er nicht weglaufen darf und er wurde böse und sagte wie soll ich denn weglaufen du siehst doch ich liege hier.

6. April, Meridian.

Vorige Woche ist er nur in Schlafsachen und Hausschuhen raus und das Pflegeheim liegt hinter dem Messegelände und er lief bis zur Bank Street und ging in ein Restaurant (er hatte kein Geld) sie haben ihm eine Tasse Kaffee gegeben und im Heim angerufen und ein Pfleger kam mit einem Taxi und hat ihn geholt.

»Aus irgendeinem Grund will er fort«, sagte ich zu Emily. »Aber sobald er draußen ist, weiß er nicht, was er tun soll. Es liegt am anderen Ende der Stadt, nicht, wo wir wohnen. Er findet von dort nicht nach Hause. Ich weiß nicht wieso, aber ich bin stolz auf ihn, dass er immer wieder ausbüxt …« Tränen traten mir in die Augen. Und ich ging mit Monas Brief hoch in mein Zimmer. *Du musst hier weg*, starrte mich der Zettel von der Wand an. Der Spiegel mit den Postkarten.

Ich trat ans Fenster. Es bot Aussicht auf kleines Tal mit kleinen Häuschen. Unten auf der Straße gab es eine Beerdigung. Der Leichenwagen mit den verglasten Seitenwänden machte vor einem kleinen Steinhaus halt. Männer in Schwarz trugen den hellen Holzsarg heraus. Und schoben ihn, mit leuchtend gelben Blumen bedeckt, in den Leichenwagen. Die Trauernden folgten ihm. Sie bewegten sich wie Aufziehfiguren.

Ich stand am Fenster, ganz an der Seite, damit sie mich nicht sehen konnten, und beobachtete, wie sie vorbeizogen.

Von diesem Fenster aus habe ich nun schon einige Beerdigungen beobachtet. Alle von Menschen, die ich nicht kannte.

~ 9 ~

Da wir hier nur selten Besuch bekommen, sind wir in der Familie sehr eng miteinander. An diesem Sonntagmorgen regnet es. Ich sitze hier oben und mache mir ein paar kleine Notizen. Ich höre, wie die Kinder *Jerusalem* singen, dann *John Brown's Body*. Dann bekommt Rebecca einen ihrer Wutanfälle. »Du bist ein Ekel«, schreit sie Emily an. »Ich hasse dich. Ständig musst du mich aufziehen. Du bist so schrecklich. Ekel. Ekel.« Und ich höre, wie sie lärmend die Treppe hinauf in ihr Zimmer stampft und die Tür zuwirft. »Ich werde mich jetzt umbringen.«

Emily kommt die Treppe hoch. »Mach die Tür auf, Rebecca.«

»Lass mich in Ruhe.«

»Würdest du bitte die Tür aufmachen.«

»Lass mich in Ruhe.«

»Rebecca, ich möchte mit dir reden.«

»Lass mich in Ruhe.«

Emily geht die Treppe hinunter. Dann höre ich Schluchzen. Ein paar Minuten später macht sie die Tür auf und kommt zu Emily und gibt ihr einen Kuss. »Es tut mir leid«, sagt sie leise. Sie kommt zu mir und gibt mir einen Kuss. »Es tut mir leid.«

Zu ihrem ersten Schultag musste sie getragen werden. Sie wollte nicht gehen. Ich musste sie hintragen, um sich tretend, unter den Blicken der Leute auf der Straße. Gestern Abend, als ich zur Toilette ging, hörte ich, dass sie weinte. Ich ging in ihr Zimmer.

»Ich kann nicht einschlafen«, sagte sie. »Ich habe Angst.«

»Warum hast du Angst? Weil du etwas gelesen hast?«

»Nein. Weil ich etwas auf dem Spielplatz gehört habe.«

»Du darfst nicht alles glauben, was andere Kinder sagen.«

»Aber wenn ich ins Bett gehe, weiß ich nicht, woran ich denken soll. Ich versuche, an etwas Schönes zu denken, damit ich fein träume. Aber dann kommen die schlimmen Gedanken. Und ich habe Angst. Ich höre Geräusche.«

»Wo?«

»Von den Wänden.«

»Das ist nur Miss Benson von nebenan.«

»Aber ich höre Geräusche von oben.«

»Das ist der Regen.«

Wir lauschten beide still dem Regen an der Scheibe.

»Du kannst jetzt gehen«, sagte sie leise. »Ich kann jetzt einschlafen.«

Ich ging aus dem Zimmer mit den Tierbildern an der Wand; der Holzkiste voller Bücher; dem Blatt Papier, auf dem stand, dass es ihr Club sei und darin die eine Regel gelte: »Sein Versprechen muss man halten.«

Einmal hatte sie wieder einen ihrer Wutanfälle. »Ihr seid so schrecklich«, schrie sie. »Ich hasse euch. Ich laufe euch allen davon.« Und schloss sich in ihrem Zimmer ein und wollte nicht mehr rauskommen. Ich schrie sie an, sie solle die Tür aufmachen. Ich versuchte, die Tür aufzubrechen. Sie hielt stand. Emily und die beiden anderen waren in Tränen aufgelöst. Wir gingen jeder in ein anderes Zimmer, sichtlich mitgenommen.

Einige Minuten lang war es still im Haus.

Dann hörte ich, wie es tüt machte ... tüt, tüt ... Ein hoher Ton drang durch das Haus. Tüt, tüt ... tüt, tüt ... Es kam aus Rebeccas verschlossener Tür. Sie besaß so einen Spielzeugmorseapparat. Sie wusste nicht, wie man Wörter tippt. Sie sendete einfach nur tüt ... tüt, tüt. Morste Nachrichten von hinter ihrer verschlossenen Tür, um zu sagen, dass es ihr leidtat.

Ella hat das liebste Wesen. Ein hübsches Kind mit blonden Haaren, schmalem Gesicht ... Sie möchte nach Afrika oder nach Indien gehen und sich um Kinder kümmern. Sie spart Pennys und schickt sie dem *Save the Children Fund.* Jeden Montag in der Schule muss sie aufschreiben, was es Neues bei ihr gibt. Sie schrieb, dass sie eine Freundin in Amerika habe. Die Lehrerin gab ihr dafür eine Eins. Sie schrieb, dass sie zu Hause ein neues Fahrrad bekommen habe. »Es ist rot. Es gefällt mir sehr. Ich fahre ganz oft damit.« Wieder bekam sie eine Eins und ihr wurde gesagt, dass sie ein einfallsreiches Kind sei. An ihrem siebten Geburtstag fragte sie Emily, ob sie dieses Jahr einen Kindergeburtstag feiern dürfe. Emily sagte: »Mal sehen.«

Als es so weit war, hatte ich kein Geld. Emily sagte: »Wir werden schön Tee trinken, die ganze Familie, aber einladen können wir niemanden.« Ella fing an, Einladungen zu basteln. Sie malte Geburtstagstorten mit vielen Kerzen und alle sahen glücklich aus. Sie verteilte die Einladungen an Emily, mich, Rebecca und Martha. Der kindliche Text lautete: »Meine Feier wird schön werden, wenn du kommst.« Sie macht bei allen möglichen Preisausschreiben mit, in der Hoffnung, ein Fahrrad, ein Auto oder ein Haus zu gewinnen. Sie hat eine neue Freundin, Catherine. Sie kam von einem bei ihr verbrachten Sonnabend zurück und beschrieb das schöne neue Haus. »Drinnen mussten wir unsere Schuhe ausziehen und in Socken laufen, damit wir die Fußböden nicht kaputtmachen.« Sie wurde mit dem Auto zurückgebracht. Nächstes Mal sind wir an der Reihe und das Mädchen kommt zu uns. Emily hofft, dass es gut geht. Nicht, dass das Kind mit unserem nichts mehr zu tun haben will, weil das Haus nicht genauso schmuck ist.

Martha ist empfindsam und bestimmend. Sie weint schnell. Sie ist außerdem sehr ängstlich. Wenn wir einmal irgendwohin müssen, fängt sie an, sich lange vor der Zeit Sorgen zu machen. Wenn Rebecca einen ihrer Wutanfälle hat, will sie ihr nachgeben, damit es keinen Unfrieden im Hause gibt. An einem heißen Sommertag sah ich sie mit einer Schulfreundin unten am Strand. Sie warfen Flaschenpost ins Meer. Sie hat zudem diese »Stimmen«, wie sie sie nennt. Es sind lediglich Akzente, die sie nachmacht. Da ist ihre tiefe Stimme – richtig tief, als wäre sie achtzig oder so. Und ihre walisische Stimme. »Du gehst also unter Tage, Kumpel.« Und ihre Liverpooler Stimme. Das bringt uns alle zum Lachen. »Ich verstelle meine Stimme, um Gesellschaft zu haben«, sagte sie. Alle drei haben Brieffreunde. In Norwegen, in Frankreich, in Kanada.

Ich höre, wie Emily Rebecca fragt: »Wie siehst du denn aus, armes Kind?«

»Ich musste niesen.«

»Mittagessen ist fertig«, rief Martha.

»Ich komme«, sagte ich.

~ 10 ~

Heute Morgen hatte ich Besuch von einem Wissenschaftler aus Kanada. Es war im Rahmen eines Stipendiums hier, um über Emily Carr zu forschen. Man hatte ihm erzählt, dass Emily Carr einst kurze Zeit in Carnbray lebte, also wollte er mal sehen, was das für ein Ort ist. Und wo er einmal hier sei, sagte er, habe er sich gedacht, er schaue mal vorbei. Er sagte, sein Name sei Frank Sincere. Schwer zu glauben, bis ich mich an einige der seltsamen Namen erinnere, mit denen ich in Kanada zu tun hatte.

Als wir an der kleinen Bücherei im Ort vorbeikamen, ging er hinein und geradewegs zum Zettelkatalog.

»Das ist das Erste, was ich tue, wenn ich eine neue Stadt komme«, sagte er und blätterte die Karteikarten durch. »Nachsehen, ob die Bibliothek irgendeines meiner Bücher hat.«

Sie hatten keins. Ich weiß nicht, wieso er davon ausgegangen war, da seine Bücher nur in Kanada veröffentlicht wurden.

Er war eine Mischung aus Arroganz (»Was meinen Sie, ob sie ein Autogramm von mir haben möchten?«) und Demut (»Zu Hause bin ich ein Großer bei den Kleinen«). Er hatte das zerfurchte Gesicht eines Nordamerikaners, einen grauen Bürstenhaarschnitt und behaarte Ohren. Er erzählte mir, dass er auf einer Konferenz in London gewesen sei. »Eine englische Wissenschaftlerin hat mich in ihre Wohnung eingeladen. Sie wollte mich verführen. Aber ich konnte es nicht. Sie hatte einen Oberlippenbart.«

»Vielleicht tragen die Mädchen das dieses Jahr so.«

Er wollte wissen, ob es hier irgendwo »was Anständiges« gebe. Ich ging mit ihm hinunter zur Strandpromenade. Vorbei an den Peepshows, den Spielautomaten, den Ansichtskarten. Es war Anfang September und die letzten Sommertouristen waren hier. Wir standen am silbernen Hafengeländer und beobachteten einige blonde Mädchen am Sandstrand.

»In London«, sagte er, »bin ich in ein Stripteaselokal gegangen und habe dort das Seltsamste gesehen, was es gibt. Sie ließen einen Blinden rein. Warum sollte jemand, der blind ist, in einen Stripschuppen gehen? Seitdem denke ich darüber nach. Das beschäftigt mich.«

Nicht weit von uns hielt ein roter Sportwagen mit laufendem Motor. Ein blondes Mädchen, in Weiß gekleidet, mit einer schönen Bräune, saß am Steuer. Während ich das Mädchen beobachtete, stellte ich mir vor, wie das Auto einen Striptease hinlegte. Zuerst warf es die Räder ab, dann fielen die Scheinwerfer, dann die Karosserie, dann das Lenkrad ...

In der Fore Street sah er im Schaufenster eines Kunstgewerbeladens einen Glasbehälter, der mit gelbem Wasser und etwas Wachs gefüllt war. Unten war ein Licht. Und wenn das Wachs sich erhitzte, stieg es langsam in der Flüssigkeit auf und nahm verschiedene Formen dabei an. Wenn das Wachs noch weiter aufstieg, kühlte es ab und sank wieder nach unten, wobei es neue Formen bildete. Dann stieg es erneut nach oben. Er war wie gebannt davon. Betrachtete es minutenlang.

»Jemand hätte damit seinen Doktor machen können«, sagte er. Es war sein größtes Kompliment.

Ich zeigte ihm noch mehr von der Strandpromenade, dann liefen wir den hinteren Pier entlang. Dann durch die engen Gassen der Altstadt, dann die Hänge hinauf zur wohlhabenden Wohngegend. Wenn wir zurückblickten, konnten wir das Blau der Bucht in der Sonne glitzern sehen, das Weiß des Leuchtturms, das zarte Gelb, Grün und Orangebraun der Felder an der entlegenen Küste.

»Ist die Welt nicht ein wundervoller Ort. Für reiche Leute. Ich wette«, sagte er, »Sie dachten, das stammt von mir.«

»Von wem dann?«

»Somerset Maugham. Ich kenne noch einen guten Spruch. Vielleicht kommen Sie drauf. Zeit seines Lebens träumt man von Rache.«

»Ich gebe auf.«

»Nietzsche«, sagte er.

Zurück nahmen wir einen anderen Weg. Vorbei an den Hotels, den großen Häusern. Ich führte ihn durch die Häuserreihen auf den Hängen und dann durch die kleinen engen Gassen zurück bis zum Strand und zur Promenade.

»Sie haben so ziemlich ganz Carnbray gesehen«, sagte ich, als wir am Hafengeländer lehnten und Sandaale beobachteten, die an der Kaimauer entlangschwammen.

»Ich habe das Gefühl, als wäre mir irgendetwas Wesentliches entgangen.«

Also erzählte ich ihm, wie es manchmal am frühen Morgen ist. Die Möwen sehr laut, während man durch leere Straßen geht. Die kühle Morgenluft. Ein roter Schimmer auf dem Wasser, das Rot in den Fenstern entlang der Strandpromenade. Ich erzählte ihm, wie es im Sommer aussieht, in der Abenddämmerung, wenn die französischen Krabbenfischerboote leuchtend und in klaren Umrissen im ruhigen, weiß-blauen Wasser der Bucht vor Anker liegen. Und die Felder an der jenseitigen Küste, die hoch gelegenen Häuserreihen, der nasse Sand, durch einen rosaroten Schleier zu sehen sind.

»Ich dachte, Sie hassen diesen Ort«, sagte er.

»Das tue ich auch«, sagte ich.

Am nächsten Morgen um halb neun kam er vorbei, um sich zu verabschieden. Er hatte große Pralinenschachteln für die Kinder dabei. Und für Emily zwei Dutzend kleine rosa Rosen mit dunkelgrünen Stielen. Ich begleitete ihn zurück zum Bahnhof.

»Haben Sie Carnbray irgendetwas abgewinnen können?«

»Hier gibt es nichts«, sagte er. »Nach außen hin sieht es hübsch aus. Aber wenn man sich's genau ansieht – hier gibt es nichts. Es gleitet dir einfach durch die Finger.«

~ 11 ~

Am deutlichsten spürt man die Trägheit dieses Ortes in den Wintermonaten. Die Sommerlokale haben geschlossen, die Geschäfte sind leer, die »Zu verkaufen«-Schilder hängen aus. Wohin man auch geht, überall spürt man, dass man an leeren Wohnungen vorbeikommt. Auch die Seitenstraßen sind leer. Frauen mit Schürzen kommen aus ihren Häuschen, um auf der Straße Tischdecken für die Vögel auszuschütteln. Und am Morgen, wenn die Kinder zur Schule gehen, ist es noch dunkel. An stürmischen Tagen hört man die Fenster. Wie auch die Bambusreihe draußen vorm hinteren Fenster. Durch das Vorderfenster kann ich weiße Wellenkämme in der Bucht sehen, die lange Dünung und einen darauf auslaufenden erdbraunen Frachter. Wenn ich zur Post gehe und den langen Weg zurückkomme – die Hauptstraße entlang, um etwas Bewegung und frische Luft zu bekommen –, erkenne ich an der Art und Weise, wie die Ladenbesitzer potenzielle Kunden beobachten, die leichten Anzeichen von Angst.*

In dieser Zeit trat Anna Likely in unser Leben. Am Nachmittag des 22. Januar stand sie mit einem kleinen Mann mittleren Alters und einem Jungen von etwa sieben Jahren vor der Haustür. Sie trug einen aprikosenfarbenen Mantel.

** Aber es gibt auch die warmen Wintertage. Wenn das Ufer drüben so nah scheint – meilenweit kann man die Küste hinunterblicken. Wenn die Leute in Scharen raus an die Sonne kommen und an einen Stein gelehnt im feuchten Sand sitzen und den Duft von Salz und Algen einatmen und am Rand der Flut entlangspazieren. Einige Kinder planschen im Wasser und es ist Januar und die Sonne ist so heiß wie im Juni. Und diese schönen, ruhigen Wintertage haben etwas, das eine schreckliche Sehnsucht weckt. Man kann sie beinahe im Bauch spüren. Alles ist ohne Hast, wie die hereinkommende Brandung.*

»Joseph Grand?«

»Ja«, sagte ich.

»Albert meinte, wir sollten mal bei Ihnen vorbeischauen«, sagte der Mann. »Ich heiße Walter Likely, das ist meine Frau Anna, und sein Name ist Leon.«

Ich bat sie herein.

Obwohl ich intuitiv auf Menschen reagiere und sowohl Anna als auch Walter auf Anhieb mochte, fiel es mir schon immer schwer, Menschen zu beschreiben. Stell mich vor eine Landschaft – ein Spaziergang an die Strandpromenade, zu den Krabbenfischerbooten in der Bucht, zum Hafen bei Flut, zu den Feldern an der entlegenen Küste – und ich fühle mich sofort heimisch. Menschen gegenüber mangelt es mir jedoch an Selbstvertrauen. (Vielleicht, weil ich weiß, dass man nie genug über eine Person sagen kann.) Natürlich gibt es die Äußerlichkeiten. Anna hatte widerspenstiges dunkles Haar, das ihr immer wieder auf einer Seite ins Gesicht fiel. Ständig strich sie es sich aus den Augen. Die Augen waren ihr hervorstechendstes Merkmal. Den Mund verzog sie leicht, wenn sie redete. Und sie hatte nur wenig Kinn, was sie zu verbergen versuchte, dabei war das eine liebenswerte Eigenheit von ihr. Sie hatte auch diese leise Stimme, die ein wenig zitterte. Man musste nah herangehen, um etwas zu verstehen. Oder sie kam nah heran. Das machte sie nicht nur bei Männern. Ich erinnere mich, wie angetan Emily von ihr war. »Ich wäre gern wie Anna«, sagte sie, nachdem sie gegangen waren – aber ich greife vor.

Ich half Anna aus ihrem Mantel. Und deutete an, dass sie ins Esszimmer kommen solle, wo Emily und die Kinder am Kamin saßen. Aber Anna wollte nicht hingehen.

»Da ist eine Katze.«

»Es ist nur ein Kätzchen«, sagte Emily.

»Ich kann Katzen nicht ausstehen«, sagte Anna. »Sie müssen sie rausbringen«, flehte sie mich an.

Ich nahm das schwarze Kätzchen hoch und brachte es hinaus in den Hof.

Danach war alles in Ordnung. Natürlich kannten sie Albert nicht. Sie hatten ihn auf einer Party getroffen. Walter erzählte ihm, dass sie in die Nähe von Carnbray kämen, um dem Londoner Winter zu entfliehen. Albert gab ihnen unsere Adresse.

»Wir haben ein Ferienhaus in Weston gemietet«, sagte Walter. »Für einen Monat. Das ist die letzte Woche.«

»Gefällt es Ihnen hier?«

»Ich fühle mich ständig müde«, sagte Anna.

»Das liegt an der Luft«, sagte ich.

Was Walter Albert erzählt hatte, war nur der eine Grund ihrer Flucht aus London. Der andere war, Anna einen Urlaub zu gönnen. Im April hatte sie mit *Der Waldschrat* Premiere. Zum ersten Mal würde Anna im West End auf der Bühne stehen.

»Ich bin Elena«, sagte sie. »Kennen Sie das Stück?«

»Nein«, sagte ich.

»Jeden Abend«, sagte Walter, »legt sie sich mit Tschechow und einer Wärmflasche ins Bett.«

Wir gingen alle in die Küche und setzten uns an den Tisch, um Tee zu trinken. Die Kinder waren genauso aufgeregt wie wir, neue Gesichter zu sehen, und so hübsche noch dazu. Sie plauderten fröhlich und laut. Über die Stimmen der Kinder hinweg erzählte mir Walter, dass er ein Immobilienbüro im Südosten von Londons besaß. Er wollte wissen, wie viel Miete wir zahlen. »Drei Pfund zehn pro Woche«, sagte ich. Er meinte, dass wir für so ein Haus in London mindestens das Fünffache bezahlen müssten.

Plötzlich rief Walter: »Alle haben Sendepause.«

Das Geplauder verstummte.

Ihr Sohn bekam einen roten Kopf. Unsere Kinder guckten uns verwundert an. Niemand sprach.

Schließlich sagte Anna: »Walter mag diese Sendepausen.«

Und ich entdeckte in ihrer Stimme eine Eigenart, die mir zuvor nicht aufgefallen war – etwas, das beinahe nach Verzweiflung klang.

»Das ist gut für die Disziplin«, sagte Walter zu mir, als ob niemand sonst zuhören würde. »Sie müssen wissen, wer das Sagen hat.«

Danach dauerte es eine Weile, bis alle wieder ungezwungen redeten. Aber sie konnten nicht lange bleiben. Sie mussten zurück nach Weston fahren. Wir luden sie für den nächsten Abend ein und schlugen vor, dass sie über Nacht bleiben sollten.

Sie kamen am Freitag um kurz nach acht. Walter hatte eine Flasche Brandy für uns und ein *Lucky-Numbers*-Spiel für die Kinder dabei. Ich sagte ihm, dass sie bereits im Bett seien. Als er wieder herunterkam, ging ich hinauf, um ihr Licht auszumachen.

»Walter hat uns so eine tolle Geschichte erzählt«, sagte Ella. »Sie handelte von einem Schmetterling, der sehr schön war.«

»Keine Süßigkeiten mehr heute Abend«, sagte ich und gab ihnen einen Kuss.

»Schlaf schön und träum was Feines«, sagte sie schnell, wie sie es jeden Abend tat.

»Du auch.«

»Danke.«

»Papa«, sagte Martha. »Sind sie nicht nett.«

»Ja«, sagte ich.

Als ich nach unten kam, war der andere Gast eingetroffen. Wir hatten Clara eingeladen, eine neununddreißigjährige Ärztin im Ruhestand, die erst vor kurzem hierhergezogen war. Ihr Mann George verkaufte Werbeanzeigen für diverse englische Zeitschriften. Acht Monate im Jahr war er nicht in England. Und nach zehn Jahren in Krankenhausunterkünften hatte er genug gespart, um ihr ein Haus in der vornehmen Gegend von Carnbray zu kaufen. Sie wollten Wurzeln schlagen. Clara würde nicht mehr arbeiten, sondern sich um ihre beiden Kinder kümmern.

Vielleicht lag es daran, dass George weg war, oder vielleicht hatte Clara zu lange in Krankenhäusern gearbeitet und gelebt. Was es auch war, Clara wusste nicht, was sie in Carnbray mit sich anfangen sollte. Ich sah sie in lila Strumpfhosen, rosa Schuhen und einem grünen

Ledermantel die menschenleere Strandpromenade entlanglaufen. Ein anderes Mal in einem dieser langen Kleider, die kurz nach dem Krieg in Mode waren, mit einem großen Hut, als wäre sie auf dem Weg zu einer Gartenparty. Emily erzählte mir, wie Clara auf der Straße zu ihr gekommen war. »Rate mal, was ich getan habe! Vor lauter Langeweile habe ich mir gestern Abend die Augenbrauen ausgezupft.«

»Hast du was von George gehört?«, fragte ich.* Und sah ihn vor mir, den einzigen Mann in Carnbray, mit seinem Kamelhaarmantel, seiner russischen Pelzmütze, seinem Spazierstock mit silbernem Knauf ... an den Reihenhäusern, den grauen Häuschen, den leeren »Zimmer mit Frühstück«-Tafeln vorbeigehen. Eine dandyhafte Erscheinung, wenn man ihn nicht kannte. So wie Clara, oder wir, hier fehl am Platz.

»Vorige Woche habe ich einen Brief bekommen«, sagte Clara. »Aus Peru.«

Ich dachte, sie und die Likelys würden sich verstehen, denn sie hatten beide in Glasgow gelebt und waren Katholiken.

»Wissen Sie was«, sagte Walter. »Sie erinnern mich an Mary MacKenzie, oder ist es Sara White?«

»Die sind abscheulich«, sagte Clara angewidert. »Mary MacKenzie ist die hässlichste Frau, die ich je gesehen habe. Sie erinnert mich an Beethoven.«

Wenn Clara sich mit Leuten nicht wohlfühlt, fängt sie an herumzualbern. Dieses Mal zerzauste sie ihr schwarzes Haar, nahm einen Bleistift, klemmte ihn sich unter die Nase und schürzte ihre Oberlippe so um ihn herum, dass er nur von der Oberlippe gehalten wurde.

Sie sagte zu Walter: »Ich wette, für Sie sehe ich aus wie Hitler.«

»Nein. Wie eine Fidschianerin.«

Das ärgerte Clara noch mehr.

** George erzählte mir, Carnbray gefalle ihm so sehr, dass er den Rest seines Lebens hier verbringen wolle. Aber er blieb lediglich einen Herbst. Ein paar Jahre später ließen George und Clara sich scheiden.*

Ich ging aus dem Wohnzimmer und die Treppe hinauf, um bei den Kindern nach dem Rechten zu sehen. Ich war im ersten Stock angekommen, ich stand auf dem Treppenabsatz, als ich sah, wie Anna leise die Tür zu dem kleinen Zimmer schloss, in dem der Junge schlief. Sie musste aus dem gleichen Grund nach oben gekommen sein. Sie sah mich. Und lief schnell zu mir herüber. Sie kam sehr nah, den Mund leicht geöffnet.

»Ich liebe dich«, sagte sie und reckte mir ihren Mund entgegen.

Wir küssten uns.

Sie öffnete die beiden Knöpfe meines Hemdes und schob eine Hand hinein und strich damit über meine Brust. Ich wusste nicht, ob sie das tat, um herauszufinden, ob ich Haare auf der Brust hatte. Da ich das Gefühl hatte, etwas Ähnliches tun zu müssen, legte ich eine Hand auf ihren Rock da, wo ihr Bauch war, und rieb ihn sanft.

»Ich wusste es«, sagte sie, »als du mir den Mantel auszogen und meine Hand gehalten hast.«

Ich erinnerte mich nicht daran, ihre Hand gehalten zu haben.

Wir küssten uns wieder.

»Ich liebe dich«, sagte sie.

Damals war ich noch nicht in sie verliebt. Ich habe festgestellt, dass Frauen, die attraktiv und auch intelligent sind, mich verunsichern. Und um sexuell erregt zu sein, empfand ich es als notwendig, mich der Frau in irgendeiner Weise überlegen zu fühlen. Anna verstand das. Denn später bemerkte ich etwas Berechnendes an ihrer Hilflosigkeit. Es lag eine sonderbare Energie darin. Aber ich greife vor. Das Einzige, woran ich mich oben auf dem Treppenabsatz erinnere, war, dass ich dachte, wie schön es war, dass ich vierzig war und sie gerade mal sechsundzwanzig, und dass sie sehr zärtlich küsste.

Wieder im Wohnzimmer benahmen wir uns, als wäre nichts geschehen. Obwohl sich unsere Blicke trafen und aneinander hängen blieben, bevor sie woandershin gingen. Ich brachte Clara nach Hause. Die Laternen waren aus. Wir liefen auf der Straße. Ich sah ständig hinauf zum Himmel, um nicht falsch abzubiegen. Clara mochte Walter und Anna nicht.

»Sie ist nur eine Landpomeranze. Solche wie sie kenne ich zuhauf.«

Ich vermutete, dass Clara eifersüchtig war.

Als ich zurückkam, war Walter nicht im Zimmer. Emily und Anna saßen am schwachen Kaminfeuer. Emily sagte zu Anna, dass sie müde sei, ob sie ihr nachsehe, wenn sie ins Bett ginge.

Ich sah, wie Anna errötete.

»Du bist so altmodisch«, sagte sie. Und nahm rasch die Hände an ihre Wangen.

Kaum war Emily aus dem Zimmer, kam Anna herüber. Wir küssten uns.

»Ich hab es kaum ausgehalten, dir hier gegenüberzusitzen.«

»Walter wird wieder herunterkommen.«

»Wir können ihn hören.«

Als wir Schritte hörten, lösten wir uns voneinander. Und als Walter das Zimmer betrat, saß Anna in einem Sessel auf der einen Seite des Kamins und ich stand auf der anderen Seite.

Walter sagte: »Es ist schon spät, Anna. Wir sollten schlafen gehen.«

Sie ging mit Walter in unser Bett. Emily und ich schliefen im Zimmer nebenan auf einer Matratze auf dem Fußboden. Als ich hereinkam, um mich neben Emily zu legen, schlief sie.

Am nächsten Morgen stand Emily früh auf und verschwand aus dem Zimmer, um für alle Frühstück zu machen.

Kaum dass Emily hinausgegangen war, kam Anna herein. Sie kniete sich auf die Matratze. Sie wollte geküsst werden.

»Meine Zähne sind nicht geputzt.«

»Was spielt das für eine Rolle«, sagte sie.

»Ich komme nach London.«

»Komm uns besuchen«, sagte sie. »Ich bringe dir das Frühstück ans Bett.«

Wir küssten uns wieder. Sie machte keine Anstalten zu gehen. Ich hielt das für verrückt. Emily könnte reinkommen. Oder eins der Kinder. »Ich ziehe mich an«, sagte ich. »Wir sehen uns unten.«

An das Frühstück habe ich keine Erinnerung. Aber ich erinnere mich, wie Anna hinterher die Kinder um ihre Taschentücher gebeten und jede Menge von ihrem *Arpège* auf die Taschentücher geschüttet hat. Dann waren wir allein in der Küche. Wir küssten uns neben dem Gasherd.

»Es kommt jemand«, sagte sie.

»Der Wasserkessel kocht.«

»Wie kochst du den Tee?«

»Ich tue die Teeblätter hinein, dann das kochende Wasser.«

»Wärmst du die Kanne nicht vor –«

»Hallo, Walter«, sagte ich. »Ich kann keinen Tee kochen.«

»Anna auch nicht«, sagte Walter.

»Weil er seine Jugend in Indien verbracht hat«, sagte sie, »glaubt Walter, er sei der Einzige, der weiß, wie man Tee kocht. Er macht eine Zeremonie daraus. Der Wasserkessel darf nur kurz zum Kochen gebracht werden. Dann schnell eingießen. Dann trägt er die Teekanne mit Handtüchern umwickelt ins Zimmer.«

Ich dachte, dass sie nicht umsonst Schauspielerin war.

Wir alle tranken Tee und aßen Kekse. Die geschlossenen Fenster beschlugen. Walter malte mit dem Finger lustige Gesichter für die Kinder auf die Scheibe. Und Anna bewunderte ein paar Schnittlauchpflanzen, die Emily in einem hohen Glas stehen hatte. Sie hatten ausgetrieben. Sie sahen sehr hübsch aus, zarte, malvenfarbene kugelförmige Blüten an langen grünen Stielen. Ich beschloss, wir alle sollten an die frische Luft gehen. Es wäre besser, einfach draußen im Freien zu sein.

Wir gingen zur Strandpromenade. Es fing an zu regen. Es war Flut. Und wo das Wasser den Sand überspülte, sah der Sand blassgrün aus. Wir gingen an der Spielhalle, den Sommercafés, den Antiquitätenläden und dem Buchladen vorbei. Nichts hatte geöffnet. Auf einem Schild vor der Heilsarmee stand:

»Schluss mit der Sinnlosigkeit der Dinge!
Auf der Suche nach etwas Lebenswertem?
Warum nicht Gott eine Chance geben.«

Der Spielzeugladen neben dem weißen Zollamt war geschlossen, aber ich konnte einen Mann sehen, der eine mit Stroh gefüllte Holzkiste umherschob. Aus einer Laune ging ich hinein und kaufte ihrem Jungen einen kleinen grünen Jeep und unseren ein paar Bauernhoftiere. Als ich herauskam, sah ich Anna. Sie sah elend aus, wie ein nasser Vogel.

Zurück im Haus bestand sie darauf, dass das Kätzchen wieder rausgebracht wurde. Ich setzte es vor die Tür. Es begann zu miauen. Einem der Kinder muss es leidgetan haben. Denn als ich in den Flur hinauskam, sah ich Anna und den Jungen gerade die Treppe herunterkommen. Und dann stehen bleiben. Anna erblickte das Kätzchen am Fuß der Treppe.

»Liebling.« Sie umarmte den Jungen an ihrer Seite. »Rette mich vor diesem *Monster.*«

Sie mochte es, ständig derartige Dinge zu tun. Aus banalen Sachen immer wieder ein Drama zu machen.

Am frühen Nachmittag brachen sie auf. Ich weiß nicht, worüber Emily und Anna gesprochen haben, wenn sie zusammen waren. Aber nachdem sie gegangen waren, sagte Emily: »Ich wäre gerne wie sie.« Dann später am Abend: »Ich mag Anna. Ich weiß, dass wir gute Freunde sein können.«

Am Sonntag nach dem Mittagessen klingelte das Telefon.

»Hallo.«

»Ist noch jemand da?«

»Es ist niemand da. Emily ist mit den Kindern spazieren gegangen.«

»Hast du mich vermisst?«

»Ja. Wo bist du?«

»Ich weiß nicht. Ich bin ganz außer Atem. Ich habe Walter gesagt, ich würde einen Spaziergang machen. Ich bin meilenweit gelaufen, um eine Telefonzelle zu finden. Hast du mich vermisst?«

»Ja. Wann kann ich dich sehen?«

»Ich werde etwas arrangieren. Aber wir müssen vorsichtig sein. Walter kann so grausam sein.«

Da mochte ich sie nicht. Vielleicht, weil mir Treue bei anderen wichtig ist. Und beinahe hätte ich etwas gesagt – ich weiß nicht, warum ich es nicht getan habe. Möglicherweise, weil ich das, was hier vor sich ging, selbst jetzt noch nicht sehr ernst nehmen konnte. Ich hielt es immer noch für eine Art Spiel. Ein wenig Aufregung (Lust und Neugierde) für mich. Und etwas Ähnliches für sie. Auch später noch, an dem Montag, als ich für ein paar Minuten mit ihr allein war und einen Spaziergang über ein paar Felsen machte ... Ich bat sie, mit mir auf den Kontinent zu ziehen. Sie sagte, das würde sie gerne, aber da gebe es den Jungen. Noch während ich sie fragte, wusste ich, dass es genau das war, was ich in diesem Moment sagen sollte. Jedenfalls sah ich ein, wie draufgängerisch es war. Ich hatte nicht mal genug Geld für ein anständiges Hotel in London, geschweige denn für den Kontinent, zu zweit.

»Kann ich dir schreiben?«

»Ja«, sagte ich. »Schreib an Barclays Bank.«

»Ich werde schreiben.«

»Wann?«

»Sobald ich zurück bin. Morgen bekommst du einen Brief. Ich habe nur an dich gedacht.«

Am nächsten Morgen ging ich zur Bank, ein Ort, wo ich ungern hingehe, weil mein Konto überzogen war.

»Ist ein Brief für mich gekommen?«, fragte ich den glatzköpfigen Schalterbeamten.

»Ja«, sagte er.

Er gab mir Annas Brief. Ich sah, dass er offen war. Die Klebelasche noch unbenutzt. Die ganze Geheimnistuerei und sie vergaß, den

Umschlag zuzukleben. Es wirkte, als triebe ein Verbrecher sein Spiel. Ich ging mit dem Brief hinunter an die Strandpromenade. Und las ihn ans Geländer gelehnt neben der Damentoilette. »Zu dir kann ich durchdringen«, schrieb sie. »Bei anderen Männern gelingt mir das nicht.«

Ich steckte den Brief in meine Gesäßtasche und ging die leere Strandpromenade entlang. Ich war aufgeregt und glücklich. Als ob ich etwas erlebte, das ich verloren glaubte. Etwas, das zu meiner Jugend gehörte.

Am nächsten Tag nahmen wir den Bus nach Weston. Sie hatten ein altes, quadratisches Häuschen gemietet. Es war ein typisches Sommermietobjekt, die Möbel bei Versteigerungen erstanden. Der einzige Funke von Fröhlichkeit war eine Postkarte mit einer Landschaft von Renoir über dem Kaminsims.

»Von einem meiner Verehrer«, sagte Anna zu Emily.

»Sie hat viele Verehrer«, sagte Walter.

Vor dem Mittagessen gingen wir zu dem kleinen Hafen, stiegen über die Steine, um Felsbecken für die Kinder zu finden. Als wir über eine Granitplatte kletterten, nahm Anna meine Hand.

»Ich habe deinen Brief bekommen«, sagte ich. »Ich werde morgen in Penzance sein.«

»Unterhaltet euch weiter«, rief Walter. Und ich sah, dass er ein Foto von uns machte.

»Ich gebe dir Bescheid, wie wir uns treffen können«, sagte sie, als wir für das Foto posierten.

Am nächsten Tag klingelte das Telefon. Emily nahm ab. »Es ist der Bankdirektor. Er will mit dir reden. Ist ein Scheck geplatzt?«

»Ich weiß nicht. Hallo.«

»Mr. Grand, hier spricht Speed. Ich hatte einen Anruf von Mrs. Likely. Sie sagte, Sie könnten sie um 19 Uhr vor der Bibliothek in Penzance treffen.«

»Danke.«

»Und hier ist ein Brief für Sie.«

»Ich bin gleich da.«

»Was wollte er?«, sagte Emily.

»Nichts. Ich habe vergessen, einen der Schecks zu unterschreiben. Ich gehe lieber gleich und mache es.«

Beim Mittagessen erzählte ich Emily, dass ich nach Penzance müsse, um meine Impfungen für die Kanadareise auffrischen zu lassen, danach zum Versicherungsvertreter, da ich mit dem Flugzeug reisen würde. Ein wenig Glück hatte sich eingestellt. Eine Zeitschriftenbeilage bat mich, vor Ende März nach Kanada zu gehen und zwei Artikel über Montreal und die Provinz Quebec zu schreiben. Die Ausgaben abgerechnet, würde ich etwa dreihundert Pfund verdienen. Ich erklärte Emily auch, dass ein französischer Film liefe, den ich mir dann gleich mit ansehen würde.

Das Nachimpfen dauerte ein paar Minuten. Die Versicherung ein wenig länger. Als ich reinkam, ergriff der Mann meine Hand auf eine komische Art. Er musste wohl Freimaurer sein. Hätte ich den Händedruck entsprechend erwidert, hätte ich wahrscheinlich einen Preisnachlass gewährt bekommen. Nach dem Freimaurer ging ich mir einen Film ansehen. Es ging um Callgirls in Paris, die unter dem Deckmantel agierten, Blumengrüße zu überbringen. Aber ich sah unentwegt nach hinten auf die Uhr. Ich ging eine halbe Stunde vor Schluss. Und machte mich auf den Weg zur Bibliothek in der Morrab Road mit der Kanone auf einer Holzlafette davor. Am unteren Ende der Straße lag das Meer, schwarz, in dem sanft das Licht eines kleinen Bootes schwankte.

Ungeduldig lief ich den Weg zurück, als ich Anna kommen sah. Sie trug den aprikosenfarbenen Mantel und eine rote Baskenmütze.

»Ich war schon früher da«, sagte ich.

»Ich auch. Ich habe mir einen Film angesehen.«

»Über Callgirls?«

»Ja.«

»Wir waren beide dort.«

Und wir lachten. Etwas, was keiner von uns zweien oft tat, während wir zusammen waren.

Ich wusste nicht, wo wir hingehen sollten. Aus irgendeinem Grund waren wir beide nervös. Ich nahm die erste Abbiegung. Ein Durchgang zwischen Häusern. Wir küssten uns. Ein Hauch von *Arpège* lag auf ihr. Dann liefen wir Arm in Arm weiter die Straße hinunter.

»Es ist dunkel«, sagte sie. »Weißt du, wo wir sind?«

»Ja. In der Nähe des Stadtparks. Hier war früher ein altes Kino.«

Wir blieben stehen und küssten uns ungeschickt. Ich überlegte, wohin wir gehen konnten.

»Ich habe Walter gesagt, dass ich mir in der Stadt die Haare machen lassen und dann einen Film ansehen würde«, sagte sie. »Ich glaube, er wird misstrauisch.«

»Ich habe Emily gesagt, dass ich mir eine Nachimpfung abholen würde. Ich glaube nicht, dass sie etwas ahnt.«

Wir kamen auf die Promenade hinaus. Und gingen in den ersten Pub. Ein kleiner Raum, in dem ein Kohlenfeuer brannte. Die Wände waren güterwagenbraun gestrichen, darauf Fotos von alten Rugby-Teams. Bis auf den Mann hinter der Theke war niemand da.

»Was möchtest du?«

»Ich nehme ein helles Bier«, sagte sie.

Ich kam mit zwei hellen Bier zurück.

»Schreib mir einen Brief«, sagte sie. »Gib ihn mir, wenn wir morgen Abend kommen.«

»Einverstanden! Ich werde nach London fahren.«

»Wann?«

»In zehn Tagen.«

»Am Dienstag?«

»Ja.«

»Wirst du bei Albert wohnen?«

»Ja.«

»Es wird ein Brief für dich da sein, wenn du ankommst. Aber wir müssen vorsichtig sein. Wenn Walter dahinterkommt, kann er so grausam sein. Das letzte Mal, als er herausfand, dass ich mich mit jemandem treffe, hat er zwei Monate lang nicht mit mir gesprochen. Ich musste zu einem Psychiater gehen. Wie spät ist es?«

»Zehn vor neun.« Und der Teil mit dem Psychiater gefiel mir nicht.

»In zwanzig Minuten muss ich los.«

»Warum so früh?«

»Der letzte Bus fährt um 21.15 Uhr. Wenn ich da nicht drinsitze, wird Walter was ahnen.«

Und die Art und Weise, wie sie es sagte, bedrückte mich.

»Ich möchte nicht gehen«, sagte sie.

Ich sagte nichts.

»Warum starrst du mich so an?«, sagte sie.

»Ich möchte einfach nur dein Gesicht betrachten.«

»Du machst mich verlegen.«

Wir hielten uns bei den Händen.

»Ich werde dich niemals vergessen – Joseph.«

Und da wusste ich, dass es aus war.

Wir tranken noch ein Glas, verließen dann den Pub und gingen Arm in Arm an einem einstigen Hafen entlang, der heute jedoch zur Hälfte zu einem Parkplatz aufgeschüttet war. In den kleinen Vertiefungen aus Kies und Sand glitzerte Wasser.

»Wir sehen uns morgen Abend.«

Wir küssten uns zärtlich.

Ich beobachtete, wie sie die Straße überquerte und in den wartenden Bus stieg. Sie saß an einem Fenster auf der mir zugewandten Seite. Sie rührte sich nicht, winkte nicht, lächelte nicht. Ich sah dem kleinen grünen Bus nach, der den Anstieg zur Market Jew Street hinauffuhr. Dann ging ich zu dem einen schwarzen Taxi vorm Bahnhof.

»Was kostet es bis Carnbray?«

»Dreißig Schilling.«

»Nehmen Sie auch einen Scheck?«

Bei meiner Rückkehr musste ich Emily nicht gleich anlügen. Eine Frau mittleren Alters, an die ich mich schwach erinnerte, saß mit

Emily am Kamin. Sie hörte, dass ich nach Kanada fahre, und wollte wissen, ob ich ihren Mann aufspüren könne. Ich sagte, dass ich dafür nicht lange genug in Kanada sein würde.

Die Likelys kamen am nächsten Abend zu einem Abschiedstrunk. Vielleicht war die Peinlichkeit nur reine Einbildung. Aber es fing schon früher an, am Morgen. Ich war hier oben in meinem Zimmer und mühte mich, einen Brief an Anna zu schreiben. Sie hatte mir ein paar »Liebesbriefe« geschrieben. Ich hatte das Gefühl, dass ich ihr auch einen schreiben sollte. Ich wusste auch, dass sich die Sache hier unten erledigt hatte. Und ich freute mich auf London. Vielleicht würde es da anders sein, wenn ich erst einmal dort war. Ich weiß nicht, warum ich nicht freiheraus sagte: »Wir haben etwas angefangen. Wir können genau da weitermachen.« Stattdessen wich ich auf einen solchen Brief aus, wie ich ihn Emily wenige Monate vor unserer Hochzeit geschrieben hatte, als sie noch bei ihren Eltern wohnte. Ich verwendete sogar die gleichen Phrasen. Sie haben einmal etwas bedeutet. Jetzt wirkten sie so peinlich romantisch und unoriginell. Den Brief hatte ich in einem Umschlag in meiner Gesäßtasche. Und früh am Abend ging ich aus dem Wohnzimmer in den Flur und steckte den Brief in eine der Taschen ihres Mantels. Dann ging ich zurück ins Wohnzimmer. Ein paar Minuten später sah ich Anna aufstehen und das Zimmer verlassen. Dann hörte ich sie die Treppe hinaufgehen.

Walter sagte: »Ihr müsst von hier weg. Man kommt hier unten viel zu leicht auf den Hund.«

»Das erzähle ich ihm schon seit langem«, sagte Emily.

Anna kam wieder ins Zimmer.

»Wenn wir zurück sind«, sagte Walter, »werde ich mal bei mir im Büro schauen. Ich versuche, euch etwas in unserer Nähe zu besorgen.«

Emily war begeistert.

Sie blieben nicht lange. Sie wollten früh am Morgen aufbrechen und sagten, sie müssten noch einige Sachen zusammenpacken. An der Tür schüttelte ich Walter die Hand. Wir blickten ihnen nach, wie sie die Vordertreppe hinunter und zu ihrem Auto gingen, als Anna stehen blieb und umkehrte. Ich dachte, sie hätte etwas vergessen. Sie kam zurück, um Emily zu küssen.

In der darauffolgenden Woche bekam ich in der Bank drei Briefe von Anna. Nachdem ich sie gelesen hatte, verbrannte ich sie. Und obwohl ich mit Emily schlief, sagte ich auch, ich wäre müde, oder gab vor, dass ich abends etwas arbeiten wolle. Und wenn ich ins Bett kam, schlief sie bereits. Ich wunderte mich über Anna und Walter. Als sie in einem Brief schrieb, wie viel besser sich Walter wegen des Urlaubs fühle und dass er »gut in Form« sei. Ich stellte fest, dass ich eifersüchtig war.

Ich wollte jemandem von Anna erzählen. Doch wen gab es hier? Nur Jimmy. Ich ging zu ihm nach Hause. Und traf ihn ganz allein an.

»Gott sei Dank bist du gekommen«, sagte er. »Ich weiß nicht, was ich mit mir anfangen soll. Lass uns spazieren fahren.«

Ich dachte, wie kann es sein, dass Jimmy sich abgeschnitten fühlt. Er gehört hierher, er ist reich, er hat ein schönes Grundstück, ein schönes Haus, zwei Autos.

Er fuhr die Küstenstraße entlang, rechts die gepflegten grünen Felder im Kontrast zum blauen Meer. Links die Heide, große Erdhügel mit Granitfelsen ragten aus dem Boden heraus. Ich wollte ihm von Anna erzählen. Aber was gab es da zu erzählen? Stattdessen hörte ich ihm zu, wie er mir von seinem Alleinsein berichtete. »Wir alle müssen diese Einsamkeit aushalten«, sagte er. »Wir alle müssen da durch.« Dann erzählte er mir von einer Reise nach Amerika, die er in sechs Wochen machen würde, und wie er sich darauf freute. Ich sagte ihm, dass ich nach London fahre. Und wenn ich dort sei, würde ich Anna treffen.

»Sie ist in Ordnung«, sagte er.

Und ich erinnerte mich, dass Jimmy am ersten Abend der Likelys in unserem Haus kurz herübergekommen war, auf ein Glas. Und wie er und Anna sich an der Tür einen Gutenachtkuss gaben, als er gegangen war.

Er stoppte den Wagen in der Nähe eines Pubs. Wir gingen den Weg entlang. Er hob einen Stein auf und warf ihn auf einen Telegrafenmast. Er verfehlte ihn, aber es ging ihm besser.

Am Montag nahm ich den Nachtzug nach London. Er kam am nächsten Morgen kurz vor sieben an. Ich wusch und rasierte mich im Zug am Bahnhof Paddington. Dann nahm ich ein Taxi zum *Lyons* in Piccadilly, aß Eier mit Speck und trank Kaffee. Dann ein weiteres Taxi zu Alberts Wohnung.

»Hallo, alter Knabe. Schön, dich zu sehen. Wie geht's Emily, den Kindern?«

»Gut.«

Er trug seine Winterwindjacke mit Pelzkragen und hatte den Reißverschluss bis zum Hals zugezogen. Albert pflegt diese kleinen Knauserigkeiten, die sich etwa darin zeigten, dass der Heizstrahler nicht eingeschaltet war, wenn man sich doch wärmen konnte, indem man ein paar Sachen überzog.

»Wo hast du gesteckt, seit ich dich das letzte Mal gesehen habe?«

»In Frankreich, Italien, Polen, Deutschland, der Tschechoslowakei. Ich werde dich wohl nicht so oft sehen können. Ich habe ein bisschen was zu arbeiten.«

»Wie war's in Polen?«

»Ich habe die Orte besucht, an denen mein Vater und meine Mutter wohnten. Da war nichts. Jemand sagte mir, wo sie die Juden der Stadt erschossen haben. Es war bloß ein Feld. Ich bin hin und hab ein paar Blumen hingebracht und ein Kaddisch gebetet. Wenn du dort noch irgendwas von alldem sehen willst, solltest du besser bald hinfahren, sonst wird einfach nichts mehr da sein.«

»Und Deutschland?«

»Viel besser als die Polen. Das Land ist voller Leben.«

»Was ist aus deinem Besuch bei diesem Nazi geworden, der davongekommen ist?«

»Reden wir nicht darüber«, sagte er leise. »Vergessen wir es einfach. Die Arbeit wartet. Ich muss los. Olga kümmert sich um dich.«

»Hallo, Sir«, sagte Olga, als sie aus der Küche kam. Sie trug ihren Winterpelzmantel. »Möchten Sie etwas essen?«

»Ich habe gerade gefrühstückt.«

»Eine Tasse Tee?«

Wir saßen an dem kleinen Tisch in der Küche und tranken Tee.

»Wie geht es Albert?«

»Er ist krank, Sir. Erst schreit er mich an. Dann tut es ihm leid, er will mir eine Pfundnote in die Tasche stecken. Sagen Sie ihm, er soll gehen zum Doktor. Er streitet mit seine Brüder.«

»Aber warum denn?«

»Weil sie nicht auf den Friedhof gehen wollen jede Woche. Er hat sie rausgeworfen aus dem Haus. Hier ist ein Brief für Sie, Sir.«

Er war von Anna.

Ich rief die Nummer an. Walter ging ran. Er lud mich für den nächsten Tag zum Mittagessen ein.

Von Charing Cross aus nahm ich einen Elektrozug und stieg in Eltham Well Hall aus. Dort gab es einige schöne Pappeln und einen formalen Garten und Tennisplätze. Ich bog in ihre Straße ein. Ich weiß nicht, warum ich enttäuscht war. Vielleicht weil ich die häusliche Seite nicht sehen wollte. Oder vielleicht weil das, was ich sah, Emilys Herkunft so ähnelte. Die Doppelhaushälfte mit dem Holztor zur Straße hin, der kleine Garten mit einer gepflegten Ligusterhecke, die zugezogenen Vorhänge an den Vorderfenstern, damit die Sonne die Möbel nicht ausblich.

Walter öffnete die Tür und bat mich herein. Er nahm das Dutzend Rosen, die ich für Anna mitgebracht hatte, und ich konnte ihn in einem anderen Raum reden hören.

Dann kam sie herein.

»Das hättest du nicht tun sollen«, sagte sie, die Rosen an ihrem Gesicht. »Du siehst chic aus, Joseph.«

»Das macht der Mantel und die Schuhe«, sagte ich. »Habe ich beides heute Morgen gekauft. Hör mal. Die Schuhe quietschen, wenn ich laufe.«

Das Mittagessen durchzustehen war schwierig. Ich konnte kein Auge von Anna lassen. Einmal, für einen kurzen Augenblick, war ich mit ihr allein, als Walter und der Junge gerade nicht im Zimmer waren. Und wir küssten uns flüchtig an der Anrichte hinter der Tür.

»Wir müssen vorsichtig sein, Liebling«, sagte sie. »Ich lasse mir was einfallen.«

Als ich ging, sagte Walter: »Ruf uns an, Joseph, wenn du nichts mit dir anzufangen weißt. Ansonsten sehen wir uns am Sonntag zum Mittagessen.«

Vögel weckten mich am nächsten Morgen. Dann die Glockenschläge einer Uhr. Ich zählte sechs. Dann schlug eine andere Uhr sechs. Dann das Geräusch eines großen Düsenjets über mir. Es fühlte sich wunderbar an, aufzuwachen und sich in London wiederzufinden. Albert war auch schon wach. Er stand an der Tür und wartete auf den Postboten. Ich dachte, es läge daran, dass ich in Carnbray lebte – aber hier stand Albert, der mitten in London wohnte und auch auf Briefe wartete.

Um 9.15 Uhr wählte ich die Nummer der Likelys.

Aber Walter nahm ab. Er sagte, Anna hätte zum Zahnarzt gemusst, aber wenn ich Zeit zum Mittagessen hätte, würde er mich in der Stadt treffen. Ich sagte, ich habe zu tun, ich sei mit dem Redakteur der Zeitschriftenbeilage verabredet.

Ich traf ihn in einem neuen Glasgebäude und ein Taxi wartete. »Wir könnten ins *Chez Victor* gehen und was essen«, sagte er. »Ich kann dafür unterschreiben. Ich komme zweimal die Woche hierher. Manchmal bringe ich meine hungrigen Freunde mit und schreibe Namen auf wie Graham Greene, Stephen Spender ...« Ich fragte mich, welchen Namen er für mich aufschreiben würde. Als die Rechnung kam, sagte er: »Ach was, Sie sind unser Autor. Das ist in Ordnung.«

Danach holte ich mir einen Scheck über zweihundert Pfund als Vorschuss auf die Kanada-Artikel ab. Einhundert Pfund schickte ich an Emily und von dem Rest beschloss ich, aus Alberts Wohnung in ein möbliertes Zimmer umzuziehen. Ein paar Straßen weiter wurde ich fündig.

Das Haus gehörte einem ehemaligen polnischen Offizier namens Grynski. Auf dem Treppenabsatz schaltete er das Flurlicht ein und führte mich hinauf ins oberste Zimmer, wohin er sich zurückgezogen hatte und wo ich ihm einen Scheck über zehn Pfund gab – die Miete für zwei Wochen im Voraus. Das Zimmer hatte einen muffigen Geruch. Hinter Glas verwahrte Sachen. Verschiedenes aus seiner Vergangenheit. Die Statue eines Erzengels, die Fotografien von polnischen Soldaten und kleine Kaktuspflanzen auf dem Büfett. An den Wänden Zeichnungen einer Provinzstadt an einem Fluss. Er war ein hochgewachsener Mann mit glattem, weißem, straff zurückgekämmtem Haar und falschem Gebiss.

»Wären Sie gern wieder dort?«

»Ja«, sagte er. »Aber ich glaube nicht, dass es mir gelingt. Nicht mit dieser Regierung.«

Es widerstrebte ihm, lange zu reden. Und ich fragte mich, was ich mit Leuten wie ihm gemein hatte. So wie ich mich das fragte, wenn ich auf einen Kaffee in die Konditorei an der U-Bahn-Station South Kensington ging und mehr Polen, ganze Familien, mit Kindern und einem Priester sah.

Ich wählte Eltham 6613.

Wieder meldete sich Walter. (Wann ging er zur Arbeit?) Ich sagte ihm, dass ich umgezogen war, und gab ihm die Adresse und die Telefonnummer. Dann lehnte ich mich zurück und wartete darauf, dass Anna anrief.

Grynski besaß das einzige Telefon im Haus und jedes Zimmer hatte seinen eigenen Summer. Ich kannte die anderen Bewohner nicht. Ich sah ihre Namen draußen an der Haustür, eine Reihe von kleinen Namensschildern mit jeweils einem schwarzen Knopf daneben.

Ich mochte nicht drinbleiben. Es trieb mich nach draußen. Wegen der Enge der vier Wände, wegen der hauswirtschaftlichen Kleinigkeiten, dass man fürs Gas einen Schilling zahlen musste, einen weiteren Schilling für Strom. Manchmal lag ich stundenlang auf dem Bett, rauchte und dachte an Anna. Und dass es hoffnungslos war. Aber ich wollte nicht nach Carnbray und zu Emily zurückkehren. Also rief ich die Nummer an. Und hatte Walter am Telefon. Ich weiß nicht, worüber wir sprachen. Ich erfand irgendeinen Grund, warum ich anrief. Etwa eine Stunde später rief ich erneut an. Wieder Walter. Er schlug vor, dass wir uns morgen zum Mittagessen im *Lyons Corner House* in Piccadilly treffen.

Beim Mittagessen sagte er: »Anna hat immer Männer um sich herum. Aber ich vertraue ihr. Sie glaubt an die Hölle. Es gibt da einen jungen Schauspieler. Er ging rüber auf den Kontinent und kam mit einer weißen Seidenbluse für Anna wieder. Ich habe dafür gesorgt, dass sie ihm die Bluse zurückgibt.«

Und während er redete, erinnerte ich mich an den Abend in Penzance. Sie hatte eine weiße Seidenbluse getragen. Mir hatte sie erzählt, dass sie sie von einem Freund bekommen habe, der sie vom Kontinent für sie mitgebracht hätte. Ich war verwirrt. Wer machte hier wem etwas vor?

Nach dem Mittagessen schlug Walter vor, dass wir uns *Hiroshima, meine Liebe* ansehen sollten. Er lief in einem Kino in Bayswater. Wir fanden es gegenüber vom *Whiteleys*. Mitten in einer Liebesszene, in der beide nackt waren, flüsterte Walter.

»Das Mädchen erinnert mich an Anna.«

Mich erinnerte es kein bisschen an Anna.

Als wir herauskamen, war es dunkel. Wir gingen ins nächstgelegene Restaurant und tranken einen Kaffee. Vielleicht war es der Film, der Walter dazu veranlasste, mir zu erzählen, dass Anna im Bett die Laken zerreißt. Es war eine Intimität. Ich vermutete, dass er etwas im Gegenzug erwartete. Ich erzählte ihm, dass Emily im Bett ein Geräusch von sich gab, als würde jemand leise sägen. Sie machte es mit ihren Zehen. Aber das klang nicht so intim wie das, was er mir erzählt hatte. Also erfand ich irgendwelche Geschichten. Von all den anderen Frauen, die ich auf meinen Reisen kennengelernt habe, wenn ich nicht bei Emily und den Kindern war. Ich bin sicher, Walter fand das nicht gut. Er war kein Mann, der mit vielen Frauen schlief. Und aus seiner Sicht erschien es mir notwendig, so zu tun, als täte ich es.

Wieder in meinem Zimmer rauchte ich eine Zigarette nach der anderen und wartete darauf, dass Anna anruft. In verzweifelten Momenten rief ich an. Und erreichte Walter. Er muss gedacht haben, dass ich einsam bin, denn er fragte mich, ob ich Lust hätte, in eine Kunstgalerie, in einen anderen Film, Mittag essen zu gehen. Ich fühlte mich wie ein Narr. Allmählich wusste ich mehr über Walter als über Anna.

Ich sah sie am Sonntag, als ich zum Mittagessen kam. Bildete ich mir nur ein, dass sie das Interesse an mir verloren hatte. Der flüchtige Kuss, als wir endlich allein waren, und das ängstliche »Wir müssen vorsichtig sein. Ich lasse mir was einfallen.« Ich vermute, es war diese Unsicherheit, die mir den größten Verdruss bereitete. Ich wusste nicht, woran ich bei ihr war. Oder fing ich nun an, alle möglichen Dinge zu befürchten.

Nach dem Mittagessen fuhr Walter uns zum Park. Und während wir vorneweg gingen und Anna mit dem Jungen Ball spielte, sagte er:

»Joseph, ich habe Angst. Ich weiß nicht, was es ist. Aber ich glaube, ich verliere Anna.«

Ich fühlte mich Walter nicht überlegen. Plötzlich waren wir Freunde, wenn man das sagen kann.

Das möblierte Zimmer wurde bedrückend. Aber nach vier Tagen hatte ich mich daran gewöhnt. Ich saß stundenlang im Sessel und rauchte eine Zigarette nach der anderen ... mit einem halben Laib Brot ... der kleinen Teekanne ... der offenen Packung *Brooke-Bond*-Tee ... den Päckchen *Gauloises.* Als ich Hunger bekam, lief ich zur U-Bahn-Station South Kensington und nahm die Linie 17 in Richtung Piccadilly. An der Shaftesbury Avenue stieg ich aus und lief zur *Nosh*

Bar und aß ein paar Sandwiches mit gepökeltem Rindfleisch und Gewürzgurke.

»Hallo«, sagte der Mann hinter der Theke. Seine gepflegten grauen Wellen glänzten. »Ich habe Ihren Auftritt letzte Woche gesehen.«

»Ich war letzte Woche nicht hier.«

»Sind Sie etwa kein Schauspieler?«

»Nein«, sagte ich.

Ich denke nicht, dass er mir geglaubt hat.

Ich rief Charles an. Er sagte, es gehe ihm nicht gut, ob ich ihn besuchen könne. Ich nahm ein Taxi. Die Tür stand offen. Ich ging die Treppe hinauf. Charles lag im Bett und trug eine dunkle Brille. »Es geht mir nicht gut«, sagte er. »Ich war gestern besoffen. Die Nacht war so furchtbar. Ich bin gestern vorm Mittagessen in ein Pub und da war dieser Junge. Wir sind hierher zurück. Er hat sein Hemd ausgezogen. Und er hatte dieses Seil um die Brust.«

Charles stand auf, ging zu seiner Kommode und holte aus der oberen Schublade ein etwa ein Meter langes Seil heraus. Er gab mir das Seil. Dann ging er wieder ins Bett. Es war ein gewöhnliches Seil, wie Emily es benutzt, um ihre Wäsche dran aufzuhängen, nur dass es zwei einzelne Knoten hatte.

»Stell dir vor, du bist so unkompliziert«, sagte Charles, »in dem jungen Alter. Dass du morgens aufstehst, dir das umbindest und rausgehst.«

»Wusste er, wer du bist?«

»Nein. Wir waren in diesem Pub. Ich hab mich mit einem Schauspieler unterhalten. Und dieser Junge sagte zu mir: Mit so einem Arschloch willst du nichts zu tun haben. Und wir sind gegangen. Er sagte, er würde anrufen – ich glaube nicht, dass er's tut. Hätte ich doch nur seine Nummer. Ich würde ihn anrufen.«

Der kleine Plattenspieler stand auf dem Tisch neben seinem Bett. Er legte Edith Piaf auf, und sie sang *Non, je ne regrette rien*. Das Telefon klingelte.

»Könntest du rangehen und rausfinden, wer es ist.«

Es war jemand namens Ron, der sagte, er sei ein Lebensretter.

»Sag, ich bin nicht da.«

Die bebende Stimme vibrierte.

»Du weißt, dass der Körper eines Mannes aus malerischer Sicht viel interessanter ist als der einer Frau. Es ist viel interessanter, wie er gebaut ist. Eine Frau ist viel zu schlaff. Sie ist eine Fehlkonstruktion.«

Bebend sang die Stimme die französischen Worte. Charles betrachtete mich, wie ich das Seil in Händen hielt.

»Joseph, ein Schwanz ist so was Kleines, um sich damit als Mann zu fühlen.«

»Hattest du jemals eine Frau?«, sagte ich.

»Einmal. Es war nicht sehr befriedigend.«

Ich legte das Seil zurück in die Kommode.

»Möchtest du, dass ich dir von draußen irgendetwas besorge?«

»Ich hätte gerne etwas Tee«, sagte er. »Könntest du in die Molkerei an der Ecke gehen und einen halben Liter Milch und einen *Evening Standard* holen.«

Als ich zurückkam, zeigte ich Charles den Artikel auf der Titelseite, in dem stand, dass Edith Piaf tot war.

Ich kochte etwas Wasser im Kessel auf dem Gasherd in der Küche und goss den Tee auf. Charles trug noch immer die dunkle Brille und seine Hand zitterte, als er die Tasse hielt. Plötzlich stand er auf und verließ das Zimmer und ging in Richtung seines Ateliers. Als er zurückkam, gab er mir eine neue schwarze Lederjacke.

»Ich will sie nicht«, sagte er. »Probier sie mal an. Mach die Knöpfe zu. Sie steht dir.«

Ich erzählte ihm ein wenig von Anna und dass ich zurück in mein Zimmer gehen müsse, da ich einen Anruf erwartete.

»Ich weiß«, sagte er traurig. »Ich weiß, wie es ist.«

Fünf Tage waren vergangen, seit ich nach London gekommen war, und es war mir nicht gelungen, mich mit Anna zu treffen. Aber an drei Tagen davon hatte ich Walter gesehen. Dabei konnte ich es nicht bewenden lassen.

Grynski erschien an der Tür. Er trug seinen Morgenmantel. »Da ist eine Dame am Telefon, die nach Ihnen fragt.«

Ich rannte die Treppe hinauf zum Telefon.

»Joseph – etwas Schreckliches ist passiert.«

»Was«, sagte ich außer Atem.

»Walter hat deinen Brief gefunden. Ich habe meine Handtasche zu Hause gelassen, als ich heute Morgen einkaufen gegangen bin. Walter hat sie durchkramt. Und deinen Brief gefunden. Er will nicht mit mir reden. Er hat den Brief an Emily geschickt. Er hat gesagt, wenn er dich noch einmal sieht, wird er dir ins Gesicht schlagen.«

»Ich rufe ihn an und rede mit Walter.«

»Wie kannst du mit jemandem reden, der sagt, dass er dir ins Gesicht schlagen will?«

Schweigen.

»Wo bist du?«

»In der High Street. Ich bin bei der ersten Gelegenheit aus dem Haus, um dich anzurufen.«

»Ich werde versuchen, den Brief abzufangen. Ich rufe dort unten an und werde sehen, ob ich ihn abfangen kann.«

»Walter will nichts mit mir zu tun haben. Er spricht kein Wort mit mir.«

»Ich werde versuchen, ob jemand den Brief abfangen kann«, sagte ich. »Wenn es nicht klappt, fahre ich hin.«

Aber wen konnte ich dort unten anrufen. Nur Jimmy. Ich rief ihn an, erzählte ihm kurz, was passiert war. Er sagte, er würde es versuchen. Aber ich dachte, ihm hing viel zu sehr die englische Privatschule an, als dass er irgendetwas Illegales täte. Ich vergeudete eine Wochenmiete bei Grynski. Und nahm den Morgenzug von Paddington und kam kurz vor fünf in Carnbray an. Schon als ich Emily sah, wusste ich, dass es Jimmy nicht gelungen war, den Brief abzufangen.

»Es ist nicht das, was du denkst«, sagte ich.

»Sie hat ihre Ohrringe liegen lassen. Ich wollte sie ihr nachschicken. Aber nachdem ich den Brief gelesen hatte, habe ich als Erstes diese Ohrringe genommen und sie in den Kamin geworfen.«

»Es ist nichts passiert«, sagte ich. Und ich klang nicht gerade überzeugend.

»Ich dachte, wir könnten Freunde sein«, sagte Emily. »Ich mochte sie. Als der Brief kam, sah ich, dass Eltham Park auf dem Umschlag stand. Ich habe mich so gefreut. Ein Brief von Anna. Sie sagte, sie würde schreiben. Und dann las ich ihn. Zuerst dachte ich, es wäre ein Brief an mich. Dann, dass es ein Witz wäre. Und sie kam noch mal zurück, um mich zu küssen.«

Inzwischen waren die Kinder im Haus. Sie wollten wissen, wie es in London war. Ich war ohne Essen und Geschenke zurückgekommen. Sie spürten, dass etwas nicht stimmte. Ich ging einen Spaziergang machen. Runter zur Strandpromenade, am Hafengeländer entlang, an der Kirche vorbei, der Damentoilette, durch schmale Nebengassen, an den geschlossenen Restaurants vorbei, dem Rathaus, dem Immobilienbüro, dem Co-op. Vor sechs Jahren hätte es noch ein halbes Dutzend Lokale gegeben, in die ich hätte gehen können.

Ich ging in die Bar des *Metropole*. Lediglich der Barmann war da, der in der Ecke mit einem Gast Domino spielte. Ich trank einen Brandy. Über ihren Köpfen zeigte ein Werbekalender ein lächelndes Mädchen nackt auf einer Schaukel. Unter ihren Beinen D. M. Harvey: »Wir fertigen Handwerkzeuge.« Ich verabredete mich mit Jimmy.

»Ich konnte den Brief nicht abfangen«, sagte er, kaum dass er hereinkam. »Der Postbote hat gesagt, er könne ihn mir nicht geben. Hängt der Haussegen schief?«

»Ja«, sagte ich.

Am nächsten Morgen ging ich zur Bank und es war ein Brief von Anna da. Sie schrieb, es tue ihr leid, was passiert sei. Aber sie sei in einer schlimmen Verfassung. Walter rede nicht mit ihr. Und ihre Proben begannen jetzt. Was war in Carnbray passiert? Konnte ich den Brief abfangen lassen? Konnte ich schreiben und ihr alles erzählen? Um nicht aufzufliegen, sollte ich an eine Freundin von ihr schreiben, eine verheiratete Frau, deren Mann Bauunternehmer in Suffolk war. Sie gab mir den Namen, Mrs. Shipjack, und eine Adresse in Woodbridge. Sie sagte, Mrs. Shipjack würde meinen Brief in einen Umschlag stecken und ihn an sie adressieren – damit Walter nichts mitbekäme.

Ich weiß nicht, ob es an Emily lag. Zu sehen, wie sie die Zeche für all das zahlen musste. Aber plötzlich wurde mir die ganze Sache leid. Diese ganze Trickserei, dieses Getue, wozu? Ich beschloss, nicht zu antworten. Drei Tage später kam ein weiterer Brief von Anna, in dem sie mich bat, ihr über Mrs. Shipjack mitzuteilen, was vor sich ging. Walter rede nicht mit ihr. Und das Leben sei schrecklich.

In mir wuchs der Verdacht, dass sie ihre Handtasche absichtlich zurückgelassen hatte, damit Walter sie findet.

Mir blieben nur noch acht Tage, bis ich zu meiner Reise nach Kanada aufbrach. Und Emily hatte so wenig wie möglich mit mir zu tun. Ich blieb sooft ich konnte weg. Oder aber ich kam hier hoch und las die Zeitung. Wenn ich Emily sah, sagte sie nichts, aber ihr Blick war ein stummer Vorwurf. Nachts schliefen wir im selben Bett, jedoch so weit auseinander, wie es nur ging.

Am sechsten Tag nach meiner Rückkehr wachte ich gegen fünf Uhr auf und lag dicht an Emily und bemerkte, dass ich sehr hart war. Sie schlief auf der Seite, mit dem Rücken zu mir. Ich befeuchtete einen Finger im Mund und führte ihn an ihre Scham und berührte sie sanft. Ich tat das noch einmal. Sie war feucht. Ich verlagerte mein Gewicht und drang von hinten in sie ein. Sie schlief weiter. Ich begann mich langsam in ihr zu bewegen. Und Emily begann im Schlaf zurückzustoßen. Möglicherweise war es nicht mehr als eine Reaktion auf eine alte Gewohnheit.

Als ich morgens zum Frühstück herunterkam, sagte sie: »Möchtest du ein Omelett?«

Es war das erste Mal, seit ich zurück war, dass sie anbot, etwas für mich zu tun.

~ 12 ~

Ich kehrte zurück in ein Land, das ich traurig finde und in dem ich mich nach einigen Wochen einsam fühle. Doch das verschneite Montreal zu betrachten, wie es unter der Tragfläche auftauchte, dann der Weg zum Flughafengebäude, dabei die kalte Luft schmeckend, schließlich die Fahrt mit dem Taxi durch vertraute eisige Straßen, all das ließ ein Gefühl des Glücks in mir aufsteigen.

Ich rasierte mich im Waschraum des Windsor-Bahnhofs. Und ließ meine Koffer dort. Dann ging ich zu *Ben's*, aß ein Rauchfleisch-Sandwich und trank einen Kaffee in einem nahezu leeren Restaurantschuppen (ganz anders als zu alten Zeiten in dem kleinen Laden gegenüber). Und kehrte zurück zum Windsor-Bahnhof (die Türen gehen noch immer von alleine auf) und stieg in den Zug.

Der entspannte Luxus, in einem beheizten, klimatisierten Wagenabteil zu sitzen, sich von der Musik berieseln zu lassen, die leise *There's a small hotel* spielt. Die Sitzlehne neigt sich nach hinten und man fährt im Warmen durch eine gefrorene Landschaft, vorbei an den Vororten und hinaus in die Provinz.

Mein Sitznachbar war ein Frankokanadier Anfang zwanzig. Er sagte, sein Name sei Howie und dass er aus Hull komme. Er sagte, er sei ein ehemaliger Pioniersoldat und habe gefeiert. Er hätte sich gerade erst freigekauft. Und keine Ahnung, was er nun anfangen würde. Die Soldaten habe er leiden können, aber nicht die Offiziere. »Sie behandeln dich, als wärst du ein Niemand«, sagte er. »Ich würde alles tun – ich würde sogar jemanden umbringen –, damit die Leute mich wahrnehmen.«

Ich sagte, ich wisse, wie er sich fühlt.

»Gestern Abend kam ein Mann zu mir und hat gesagt, du kannst meine Frau haben, die ganze Nacht, für sechzehn Dollar. Was will ich mit seiner Frau? Ich will ein Mädchen. Kann ich Ihre Zeitung haben?«

Ich gab ihm den *Star*.

Ich stand auf und ging zum Panoramawagen, die schmale Treppe hinauf, zu dem bequemen Sitzplatz, mit den verglasten Seitenwänden, dem Glasdach und der leisen Hintergrundmusik. Jedes Mal, wenn ich zurückkomme und diese feine Maschinerie sehe, den Luxus, den sie bietet, erwarte ich, dass sie auch eine andere Art von Mensch erschafft, die dazu passt.* Draußen. Weiße Birken, Wäsche auf einer Leine, Krähen, die tief über einem Schneefeld kreisten.

Als wir Ottawa erreichten, am zugefrorenen Kanal (wo ich zur Schule gegangen bin), verlangsamte der Zug die Fahrt. Unter der Bogenbrücke (wo ich mit meinem blauen C. C. M.-Fahrrad herumgefahren bin) hielt er an einem Streckensignal. Ich stieg aus dem Zug und ging in den Union-Bahnhof und nahm mir am Nebeneingang ein Taxi. Vorbei am Postamt (wo ich am Wochenende oder am späten Abend Briefe aufgegeben habe). Die Rideau Street entlang ... diese Läden, diese Straßen. Sie haben mir mehr bedeutet als an irgendeinem anderen Ort, an dem ich gelebt habe. Das Taxi bog von der Rideau ab und hielt gegenüber einem vereisten Park.

Es war ein Neubau mit einer Glasfront und einer Einfahrt. Als ich durch die Glastüren kam, spürte ich die Wärme. In der Eingangshalle standen Männer. Ich ging zur Rezeption. Der Mann hinter dem Schal-

* *Ich dachte an die anderen Züge. Mit Aussichtswagen. Die Kellner in weißem Jackett. Es gab heiße Suppe und Kaffee, Hot Dogs und Hamburger. Und im Hintergrund lief Musik:* Bitte, die Herrschaften zum Gas. *Auf dem Bahnhof spielte eine Band. Fahnen wehten und die Leute sahen fröhlich und aufgeregt aus. Eine angenehme Frauenstimme über Lautsprecher:* Bitte, die Herrschaften zum Gas. *Die Leute gingen zu den Ausgangstüren. Draußen stellten sie sich an den Taxiständen an. Es war kalt. Es lag Schnee. Eine Gruppe der Heilsarmee sang* Stille Nacht. *Die Luft war knackig.* Bitte, die Herrschaften zum Gas. *Die schwarzen Taxis füllten sich mit Menschen und fuhren davon. Abgaswolken in der kalten Luft.*

ter war in den Dreißigern, aber mit einigem Grau im Haar. Er trug ein Holzfällerhemd, das aussah wie die schlechte Nachmache eines schottischen Plaids. Auf dem Tresen ein Namensschild: J.O. Charbonneau.

»Ich möchte Mrs. Grand besuchen«, sagte ich.

»Werden Sie erwartet?«

»Sagen Sie ihr, dass ihr Sohn hier ist.«

»Mr. Grand.«

»Ja.«

»Ich schaue nach, ob sie da ist.« Er zögerte. »Sie sind aus England angereist?«

»Ja.«

Der Mann hinter dem Schalter ging durch eine weitere Reihe von Glastüren und verschwand. Und ein dünner Mann, der in der Eingangshalle stand und als Einziger einen Anzug trug, trat zu mir.

»Wie war es in England?«

»Bei meiner Abreise hat es geregnet.«

»Ich kenne Ihre Mutter. Ich habe großen Respekt vor ihr. Wie lange werden Sie hierbleiben?«

»Ein paar Tage.«

»Dann sehen wir uns. Ich bin Wilson, aus dem vierten Stock. Zimmer 412. Sie können mich besuchen kommen. Ich war früher Richter. Ich bin auch texanischer Oberst.« Er holte seine Brieftasche hervor. Dunkle Augen, ein Gesicht wie ein Spaniel, er sprach mit leiser Stimme. Aus seiner Brieftasche zog er eine Karte heraus, auf der stand, dass er Oberst der Armee von Texas war. »Ich bin in Dublin geboren. Sind Sie mal in Dublin gewesen?«

»Ja«, sagte ich.

»Kennen Sie die Haughtons dort?«

»Nein.«

Ich fühlte mich unbehaglich. Ich hatte einen anderen Empfang erwartet. Aber damals wusste ich noch nicht, welcher Art das neue Zuhause meiner Mutter war.

Eine mollige Frau mit silbergefärbtem Haar und gepudertem Gesicht kam durch die geschlossenen Glastüren in die Eingangshalle und ging dann in die Kälte hinaus. Sie trug einen Wintermantel mit einem dunklen Pelzkragen. Und unter ihrem Mantel hielt sie ein Schoßhündchen, nur der kleine Kopf mit den großen braunen Augen schaute heraus.

»Sie können hochgehen, Mr. Grand«, sagte Charbonneau. »Zweiter Stock.«

Die geschlossene Glastür öffnete sich und ich ging zum Fahrstuhl. Während ich auf ihn wartete, las ich den Aushang am Schwarzen Brett. »Geldspenden für den Blumenkranz, der zu Mrs. Clarks Beerdigung gesandt werden soll, können an der Rezeption abgegeben werden. Gezeichnet J. O. Charbonneau.«

Als der Aufzug hielt, bog ich um die Ecke und dort, am Ende des Ganges, wartete meine Mutter an der offenen Tür ihrer Wohnung.

»Hallo«, sagte ich und küsste sie.

»Hallo, mein Junge«, sagte sie. Ich hätte auch von einem Wochenende in Montreal zurückkehren können.

Sie hatte sich nicht wesentlich verändert seit dem letzten Mal. Lediglich die Blässe ihrer Haut zeugte von einer schlechten Gesundheit und ihr Haar war dünner geworden und begann hier und da zu ergrauen.

»Sehr hübsch hast du es hier«, sagte ich und betrachtete die Küche mit dem neuen Kühlschrank, dem neuen Elektroherd, dem neuen Spültisch. Das Wohnzimmer mit dem Teppich, dem Polstersofa, den Pflanzen am Fenster, kannte ich noch von früher.

»Es ist kleiner als das Haus. Aber was soll ich jetzt mit einem großen Haus? Es ist alles vorhanden. Es gibt kein Durcheinander.«

Durch das Fenster konnte ich den Park sehen, die schwarzen Bäume, den Schnee.

»Es ist für Senioren gedacht«, sagte sie. »Ich hatte Glück, dass ich einen Platz bekommen habe. Sie haben eine Warteliste.« Meine Mutter fand schon immer gern beschönigende Worte. Senioren war leichter zu ertragen als Menschen, die alt wurden und die nicht viel Geld hatten.

»Was ist das?«, sagte sie.

»Eine Lederjacke.«

Ich trug die schwarze Lederjacke, die Charles mir geschenkt hatte.

»Sie sieht nicht schön aus.«

Am nächsten Tag sollte ich erfahren, was sie meinte. Als ich am Nachmittag mit ihr zurückkam, stellte sie mich Charbonneau vor.

»Ja«, sagte er mürrisch. »Wir kennen uns.«

Als sie zu ihrem Briefkasten ging, sagte Charbonneau zu mir: »Zuerst kommt die eigene Familie.«

»Was meint er damit?«, fragte ich sie, als wir nebeneinander im Fahrstuhl standen und nach oben fuhren.

»Es ist meine Schuld«, sagte sie. »Ich habe ihm erzählt, dass du die schwarze Jacke nur deshalb trägst, weil du deinen Mantel einem armen Mann in England geschenkt hast, bevor du abgereist bist.«

»Aber warum erzählst du so was?«

»Ich weiß es nicht. Es ist mir so rausgerutscht. Ich hatte gehofft, es damit besser zu machen. Aber ich habe es nur noch schlimmer gemacht.«

»Das ist eine gute Jacke«, sagte ich.

»Ich werde es ihm später erklären.« Sie schien gekränkt zu sein.

»Du musst nichts erklären.«

Doch wann immer wir über den Flur gingen, stellte sie mich den anderen Senioren stets mit »Das ist Joseph Grand« vor. Für sie war ich jetzt ein Schriftsteller.

Draußen sagte ich: »Ich bin dein Sohn. Warum sagst du nicht, das ist mein Sohn, wenn du mich vorstellst –?« Aber kaum hatte ich es gesagt, bereute ich es auch schon. Was war ihr denn geblieben? Das Bild an der Wand, als ich neunzehn war, die paar ausgewählten Buchklubausgaben zwischen den beiden gläsernen Einhörnern, die Schreibhefte aus Schulzeiten in einem Schubfach, und Erinnerungen.

Sie sagte: »Wie geht es Emily und den Kindern?«

»Gut. Ich soll dich von allen grüßen.« Ich holte einige Kinderzeichnungen hervor; sie hatten darauf bestanden, dass ich sie mitnehme. Und eine kleine Holzschale in Form einer Blume, die ich in Penzance gekauft hatte. »Das ist für dich.«

»Das wäre doch nicht nötig gewesen.« Sie stellte die Schale in ihre Vitrine, in der ich die Keramikkrüge von *Leach*, die große Schüssel, die Flasche Brandy sah, die von früheren Besuchen stammten. Zusammen mit der zerbrechlichen Pyramide aus edlem Porzellan, die sie selten benutzte. Sie standen gegenüber der Anrichte mit dem vernickelten Samowar, den silbernen Kerzenleuchtern, die jeden Freitagabend benutzt wurden, dem Trinkbecher aus Messing, der früher zum Passahfest als Elias-Becher diente. Wenn ich das sehe – und den Gummibaum, die Schubladen voll mit aschkenasischen Gebetsbüchern, den Tallit meines Vaters –, dann weiß ich, dass es etwas gibt, wo ich mich einmal zugehörig gefühlt habe.

»Jemand hat mir hundert Dollar für den Samowar geboten«, sagte sie. »Ich habe ihn nicht verkaufen wollen. Morgen Nachmittag können wir Pa besuchen.«

»Wie geht es ihm?«

»Wirst schon sehen. Eigentlich wollte ich mir heute freinehmen, aber es ging nicht. Morgen und die beiden Tage darauf muss ich nicht arbeiten. Ich koche dir was, das du gerne magst.« Sie verschwand in der Küche, während ich mich waschen ging.*

Als ich wieder rauskam, war ein Platz für mich am Tisch gedeckt. Sie holte eine Platte mit gefilte Fisch aus dem großen Kühlschrank.

»Den Kühlschrank habe ich gekauft, nachdem Onkel gestorben war. Er hat mir etwas Geld vermacht.«

Ich ließ es mir schmecken. »Köstlich.« Nirgendwo anders habe ich jemals gefilte Fisch wie ihren gegessen. Und auch keine Salzgurken oder Latkes.

---

* *Wir reden nicht viel, Mutter und ich. Das haben wir nie.*

»Warum isst du nichts?«

»Ich muss auf mein Gewicht achten und auf meine Ernährung. Und wenn man allein ist, hat man keine Lust zu kochen. Du siehst besser aus als beim letzten Mal.«

Das letzte Mal. Das war mit einem Passagierschiff der *Greek Line*. Neun Tage hatte die Überfahrt über den Atlantik gedauert. Und der *Greyhound*-Bus von Montreal brauchte vier Stunden. Dann ein Taxi vom Busbahnhof. Aufgeregt war ich ins Haus gerannt, sagte hallo, küsste sie und sagte, draußen stünde mein Taxi. Ob sie mir zwei Dollar geben könnten, um den Fahrer zu bezahlen? Sie hatten gelacht. »Du hast dich nicht verändert.«

»Es ist Zeit, ich sollte mich anziehen«, sagte sie. »Ich habe mir einen neuen Wintermantel zugelegt.« Sie nahm einen Pelzmantel von einem Holzkleiderbügel. Ich half ihr hinein. Es war schwarzer Astrachan. Sie sah aus wie aus einem Stück von Tschechow. »Ich hatte fünf Jahre lang einen Patienten. Ein sehr reicher Mann. Dann ist er gestorben. Er hat mir etwas Geld hinterlassen. Ich habe mir diesen Mantel gekauft.«

»Er sieht gut aus«, sagte ich. »Teuer.«

Und sie darin wie eine vornehme Dame. Man hätte nie vermutet, dass sie ins Krankenhaus ging, um die ganze Nacht aufzubleiben. »Ich halte es allein zu Hause nicht aus«, sagte sie. »Ich fühle mich einsam.«

»Wie spät kommst du wieder?«

»Morgen früh gegen sieben. Im Kühlschrank ist was zu essen. Da ist der Fernseher und das *Journal*. Bis dann, mein Junge.«

Nachdem ich die Tür ihrer Wohnung geschlossen hatte, sah ich das Stück Pappe in der Metallhalterung neben der Tür. »Im Notfall Dr. Stillgoe anrufen« und eine Telefonnummer. Und darunter »Rabbi Burns« und eine weitere Telefonnummer. Es gehörte zu dem neuen Herd, dem neuen Spültisch, dem Anblick des vereisten Parks, der mal ein Friedhof gewesen war.

Ich war müde, konnte aber nicht schlafen. Es war sieben Uhr abends. Mitternacht in England. Emily und die Kinder würden schlafen. Ich zog die schwarze Lederjacke an, die warmen Handschuhe, ging zum *Canadian National* in der Sparks Street und schickte Emily ein Telegramm. Dann lief ich durch die einsamen verschneiten Straßen von Lower Town mit ihren Doppeltüren und Doppelfenstern im Winter. Aus diesen Straßen stamme ich. Aber ich war dazu verdammt, etwas anderes zu wollen. Auf der Murray Street, vor dem Haus, in dem ich aufgewachsen bin, sah ich einen Jungen mit einem Eishockeyschläger und einem Puck auf dem festgefahrenen Schnee unter der Straßenlaterne spielen. Zwei kleine Schneehügel markierten die Torpfosten. Und er spielte sich durch eine imaginäre Abwehr. Wehmütig sah ich ihm zu.

Ich hörte nicht, wie sie morgens zurückkam, aber als ich wach wurde, war es nach zehn und sie war bereits auf den Beinen und hatte den Frühstückstisch für mich gedeckt.

»Hast du gut geschlafen, mein Junge?«

Sie hatte ihre Pflanzen aus dem Zimmer geholt, in dem ich schlief. Und nun trug sie eine nach der anderen zurück an ihren Platz am Fenster. Im Zimmer herrschte trockene Luft. Meine Zahnbürste war hart, die Borsten fühlten sich an wie Kalk. Ich trug ein leichtes Hemd, aber mir war warm. Draußen sah es aus wie auf einer altmodischen Weihnachtskarte bei klirrendem Frost.

Nach dem Frühstück packte sie einen elektrischen Rasierapparat, eine Banane und einige Kekse mit Cremefüllung in eine Tasche. Ich ließ das Taxi auf dem Markt anhalten, kaufte an einem Blumenstand Dahlien und Rosen. Dann bat ich den Fahrer, ins Pflegeheim zu fahren.

»Wie geht es Mona und Oscar?«

»Sie hat ihre eigenen Probleme. Oscar muss Krähen schießen. Sie sagt, sie kämen zu nah an ihr Haus. Sie glaubt, sie bringen Unglück.«

Das Pflegeheim lag im Westen, auf der anderen Seite von Ottawa. Pflegeheim entpuppte sich als weiterer beschönigender Ausdruck. Es war ein Ort für unheilbar Kranke.

»Guten Tag, Mrs. Grand.«

»Hier kennen mich alle«, sagte Mutter, als wir den langen Flur mit dem Marmorboden, den Zimmern auf beiden Seiten, dem Krankenhausgeruch und den durcheilenden Schwestern entlanggingen.

Sie ging in ein Zimmer. Ich sah einen Mann im Rollstuhl neben einem Bett. Sein Gesicht lag auf dem Bett. Ich dachte, das müsse mein Vater sein. Aber er war es nicht.

Er saß rechts in einem Krankenstuhl, um den ein Leinenband gebunden war, damit er nicht vornüber fiel. Er sah klein und gebrechlich aus.

»Hallo, Pa«, sagte ich und drückte seine Hand.

»Es ist dein Sohn«, sagte sie.

Sein Mund öffnete sich. Sein Gesicht zog sich zusammen, als wollte er lächeln, Tränen traten ihm in die Augen. Aber kein Ton.

»Es ist dein Sohn«, sagte sie.

Er sah mich wieder an, öffnete den Mund und sagte nichts.

»Weißt du, wer das ist?«, ließ sie nicht locker. »Erkennst du deinen Sohn?«

»Was soll diese Frage.« Er sprach langsam und mit Mühe. Die Zunge schien zu groß für seinen Mund zu sein. Dann verließen uns seine Augen.

»Er ist wieder in seiner Welt«, sagte sie. Sie sprach oft von ihm, als wäre er nicht da.

»Glaubst du, er hat dich erkannt?«

»Ich denke schon.«

»Ich weiß es nicht«, sagte sie.

Sie zerbrach einen Keks und legte ihn auf die Armlehne seines Stuhls. Er griff danach und ich sah, wie zart seine Hände waren, als er ein Stück Keks zum Mund führte. Er kaute lange darauf herum. Dann schälte sie die Banane, brach sie für ihn in kleine Stücke. Er nahm ein Stück und steckte es sich in den Mund.

»Das ist alles, was ihn interessiert – Essen. Wenn ich die Banane nicht schälen würde, würde er versuchen, sie mit Schale zu essen.

Gefallen dir die Blumen? Sie sind von Joseph. Einmal haben sie ein paar Blumen in seiner Nähe stehen lassen. Er fing an, die Blumen zu essen.«

Sie schob ihn hinaus, den Flur hinunter in einen großen leeren Raum, dessen hintere Wand komplett aus Glas bestand, und wir konnten den Schnee, die dunklen Bäume, den Himmel und den zugefrorenen Fluss sehen.

Eine Schwester mit Brille kam herein. Ich wurde ihr vorgestellt, Miss Hébert. Sie war Frankokanadierin. »Sind Sie sein Sohn?«

»Ja«, sagte ich. »Wie geht es ihm?«

»Er ist unser Lieblingspatient.« Sie sprach, als wären wir alle taub. »Wir nennen ihn Mosey.« Sie beugte sich über ihn. »Letzte Woche haben wir ihn herausgeputzt. *Stimmt's, Mosey?* Ihm ein sauberes weißes Hemd angezogen und eine schwarze Krawatte umgebunden. Wir haben ein paar Kissen genommen und ihn aufrecht hingesetzt. Wir haben eine Papierkrone gebastelt. Und sie ihm aufgesetzt. Er war der König. *Stimmt's, Mosey? Das gefällt dir. Gefällt es dir, König zu sein?*«

Mein Vater grinste. Ich glaube nicht, dass er verstanden hat, was sie gesagt hatte. Ich war der Verzweiflung nah. Und ich kam noch glimpflich davon.

Miss Hébert ging hinaus. Mutter erzählte ihm, dass ich zu unserem alten Haus in der Murray Street gegangen war und der kleine Baum, den er im Vorgarten gepflanzt hatte, nun höher wäre als das Haus.

»Aus großen Dingen«, sagte er langsam, »wird Kleines entstehen.«

»Er hat es verdreht«, sagte sie. Aber es war ihr anzusehen, dass sie sich freute. »Er sagt viele Sachen so – falsch herum.«

Sie rasierte ihn mit dem Elektrorasierer. Und er saß in seinem Stuhl, rührte sich nicht und blickte durch die Scheibe der Glaswand. Wenn einer von uns seinen Arm berührte, sah er uns an. Und wenn wir ihm eine Frage stellten, öffnete er den Mund und wurde ein wenig rot im Gesicht. Dann verließ er uns und starrte wieder nach draußen auf die Winterlandschaft.

Ein plötzliches Geräusch aus seiner Kehle. Wir beide blickten besorgt. Dann sah ich, dass er ein graues Eichhörnchen auf dem Ast eines Baumes beobachtete, das mit seinem buschigen Schwanz wedelte.

»Ist irgendwas?«, fragte eine junge Schwester.

»Nein«, sagte ich, »nur das Alter.« Kaum hatte ich es gesagt, bereute ich es auch schon. Es war leicht, zynisch, witzig zu sein.

Wir ließen ihn in seinem Zimmer zurück, wo er die Tür anstarrte. Der andere Mann im Rollstuhl lag noch immer mit dem Gesicht auf dem Bett.

»Er hat noch nie so viel geredet«, sagte Mutter, sobald wir draußen waren.

Ich dachte, er wäre besser gestorben, bevor ihm das hier widerfuhr.

»Ich möchte ihn lieber so haben als gar nicht«, sagte sie.

Am nächsten Tag wurde ich von Journalisten interviewt. In England bin ich nur ein Reiseschriftsteller, der in Modeblättern für Frauen erscheint. Und wenn ich überhaupt bemerkt werde, dann wegen der »Klarheit der Sprache«. Wohl weil ich Englisch als Fremdsprache erlernen musste. Ich habe einen kleinen Wortschatz. Keine langen Wörter. Aber hier gelte ich ein bisschen mehr. Auf der Jagd nach kanadischer Literatur wird man sogar als Reiseschriftsteller berücksichtigt und ein wenig Tamtam um einen veranstaltet. Ich sollte einen Dozenten für englische Sprache in der Lounge des *Château Laurier* treffen. Es war mild. Ich beschloss, zu Fuß zu gehen. Eiszapfen hingen von den Dachkanten, und hin und wieder gibt es einen weißen Blitz, ein Geräusch, wenn ein Eiszapfen in den Schnee fällt. Er wollte einen Artikel über meine Arbeit für ein kleines Magazin schreiben. Die hochtrabenden Sätze kannte ich bereits. Die Richtung, in die der Artikel gehen würde. Ein Kanadier in England würde zu einem »Exilanten« und mit den amerikanischen Exilanten der 1920er Jahre in Zusammenhang gebracht werden. Und da ich nicht erfolgreich war, noch nicht, wäre ich jemand, der es wert war, dass man einen Artikel über ihn in dem kleinen Magazin brachte. Während die größeren Zeitschriften dir keine Zeile opfern, solange du noch nicht das große Geld gemacht hast. Er war sehr nett, sehr korrekt. Plötzlich war ich ein wenig neidisch auf ihn. Er war Kanadier in dritter Generation. Er war älter als das Land. Wir hatten nicht viel gemeinsam. »Mr. Grand, sind Sie hier, um Ihre Wurzeln neu zu entdecken?« Er war, so sah er aus, hier fest verwurzelt. Aber gleichzeitig trat da dieses oberflächlich wirkende Individuum hervor, provinziell, naiv. »Warum leben so viele unserer Schriftsteller außerhalb Kanadas?«, fragte er. »Ich weiß es nicht«, sagte ich. »Die Leute gehen aus persönlichen Gründen weg.«

Außerdem liefen mir immer wieder Leute über den Weg, mit denen ich aufgewachsen war. Rudy Marks,* der auf dem Markt Fisch- und Fleischerläden besaß und gerne spielte, rief mich von seinem Autotelefon aus an. Er wollte wissen, ob ich mit ihm Billard im *Curling Club* spielen könne. »Du bist der Einzige, den ich kenne, der um diese Zeit nicht arbeitet.« Woher wusste er, dass ich wieder da war? Aber dann erfuhr ich, dass Mutter beim *Citizen* und dem *Journal* angerufen hatte. Und es gab eine kleine Meldung in der Klatschspalte, unter der Königin und dem Herzog von Edinburgh – was sie gerade in England so machten – und dem Generalgouverneur in Quebec. Wir spielten Billard für fünfundzwanzig Cent pro Spiel, tranken Gin Tonic und unterhielten uns über Leute, die wir einst kannten. »Kannst du dich an Chief erinnern?« – »Chief?« – »Ja, Chief, er hat Baseball mit uns gespielt. Er ist tot. Und Phil Croll, er ist auf der Straße gestorben, Herzinfarkt. Weißt du, was aus Syd und Dolly geworden ist – sie haben sich scheiden lassen. Und der kleine Peewee – er ist ein toller Kerl. Er baut große Wohnblocks. Und

** Als wir sechzehn und siebzehn waren, trampten wir regelmäßig an den Wochenenden nach Montreal oder Toronto.*

Matthews ist gestorben. Weißt du noch, wie er uns beigebracht hat, wie man *nämlich* schreibt? – »Wer nämlich mit h schreibt, ist dämlich.« Während er spielte, redete Rudy manchmal mit sich selbst. »Oh, Marks, du Idiot du …«, wenn ihm ein Stoß missglückte. »Erinnerst du dich noch an das *Français*? (Für zehn Cent habe ich dort sonnabends Tom Mix, Ken Maynard, Bob Steele gesehen.) »Als es abgerissen wurde, habe ich mir einen der Sitze gekauft. Ich habe ihn in meinem Arbeitszimmer eingebaut.« Er zeigte ihn mir, als wir zu seinem schneeweißen Haus zurückfuhren. Draußen an der Tür stand sein Name in kunstvoll geschmiedeten Lettern. Seine Initialen auf seinem Auto, auf seinem Hemd, auf seinen Manschetten. Und drinnen, inmitten der neuesten Möbel und technischen Spielereien und Lampen, ein schäbiger, von Motten zerfressener, grüner Kinosessel.

Er sagte, seine Frau habe ihn verlassen und ihren kleinen Sohn mitgenommen. »Ständig hat sie versucht, mein Selbstvertrauen zu untergraben. Wir haben all das Zeugs da. Nenn mir ein neues Gerät – wir haben es. Aber weißt du was, sie verbringt ihre Zeit damit, Gutscheine auszufüllen, um *Gratis*proben zu ergattern. Cremetübchen, Parfümfläschchen, kostenlose Warenproben fürs Frühstück … Als ob sie es sich nicht leisten könnte, sie zu kaufen. Dann sagt sie mir, dass ihr langweilig ist. Und sie was tun möchte. Am nächsten Tag erzählt sie, dass sie einen Job hat, bei dem sie von Tür zu Tür geht und die Leute fragt, wie viele Tassen Kaffee sie zum Frühstück trinken? Sie wollte mich beleidigen. Ich fing an, lange wegzubleiben. Und wenn ich nach Hause kam, haben wir uns gestritten.«

Ich erzählte ihm ein paar vage Dinge über Emily, die Kinder, Carnbray, das Schreiben, das Leben, das wir führten.

»Diejenigen, die einer geregelten Arbeit nachgehen«, sagte er, »sind immer die Gewinner. Das sollten sie vielleicht auch sein.«

»Sie gewinnen nicht in allem«, sagte ich.

Wir spielten weiter Billard und tranken Gin Tonic, während draußen das Licht schwand und der Schnee auf der Straße ein wenig blau schimmerte.

Später am Abend tauchte ein Armeemajor an der Wohnungstür auf. Er sah aus wie ein Pfadfinderführer. »Ich wette, du erkennst mich nicht«, sagte er. Und zuerst erkannte ich ihn auch nicht. Es war Buck Jones. Wir gingen beide auf die Schule in der York Street. Er hatte damals ein weißes Pony und manchmal kam er darauf zur Schule geritten. Er sagte, er sei der Rekrutierungsoffizier für diesen Bezirk, und fuhr mit mir auf einen Drink in sein Kasino am Rande der Stadt.

»Das ist ein gutes Land«, sagte er. »Du solltest hier leben«, sagte er. »Du bist einer von uns.«

Bin ich das, fragte ich mich.

Er parkte den Wagen und wir stiegen aus in die Kälte und liefen über den flachen Sicherheitsstreifen, zu dessen beiden Seiten der aufgetürmte Schnee glitzerte.

Ich konnte nicht dazugehören. Ich gehöre zu einem Parlamentshügel, auf dem keine Wachablösung stattfand, zu einer Sparks Street, die voller Verkehr war, zu einer King Edward Avenue, als sie noch eine Prachtstraße mit hohen Ulmen war.

»Ich kann dich nicht verstehen«, sagte der Major.

»Ich habe nichts gesagt.«

»Mein Hörgerät ist eingefroren.«

Im Kasino tranken wir ein Glas, während wir darauf warteten, dass das Hörgerät auftaute.

»Ich habe heute schon Rudy Marks getroffen«, sagte ich laut. »Wir haben ein paar Runden Billard gespielt.«

»*Den.*« Der Rekrutierungsoffizier hatte sein Gesicht dicht an meinem Mund. »Er hat Mundgeruch.« Und ich zog mein Gesicht zurück. Er sah jemanden am anderen Ende des Raumes und entschuldigte sich. Während er weg war, hörte ich zwei jungen Leutnants zu, die sich darüber unterhielten, dass die Westküste der beste Ort sei, an dem sie nach ihrer Pensionierung leben könnten. Dann kam ein Hauptmann, den Kopf fast kahl geschoren, und stellte sich als »Al Magazine« vor. Ich nannte ihm meinen Namen. Er fragte, ob ich Kanadier sei. Ich sagte ja. Vielleicht klang mein Name für ihn genauso abwegig wie sein eigener. »Sind Sie mit den Grands in Saskatoon verwandt?« – »Nein«, sagte ich. Der Rekrutierungsoffizier kam zurück. »Tut mir leid, aber ich habe eine Nebenbeschäftigung. Ich verkaufe Versicherungen. Nimmst du noch mal das Gleiche?«

Die nächsten Tage waren sehr angenehm. Ich fühlte mich für eine Weile befreit von all den Dingen, die ich zurückgelassen hatte. Und ich mag den Winter. Ich mag den Schnee, den Frost, die knackige Luft. Und ich wurde gemocht, weil ich nicht vorhatte zu bleiben. Ich stellte für niemanden eine Bedrohung dar. Nur eine Warnung.

Aber nach einer Woche war es Zeit aufzubrechen. Ich sagte meiner Mutter, dass ich noch einmal wiederkommen würde, bevor ich zurück nach England reise. Und am nächsten Morgen, im Zug nach Montreal, durch die Vororte ... die sauberen weißen Straßen, die gemütlichen Holzhäuser mit blauen Dächern, Eiszapfen an den Wänden, Schnee auf den Rasenflächen ... Ich war davor weggelaufen,* und doch merkte ich, dass ich den Mann, der hier lebte, beneidete. Der feste Arbeitsplatz, das geregelte Einkommen, Kinder, die auf die Schulen gingen, auf denen man selber war. Hier konnte man ein Stück vom Kuchen abhaben. *Pure Spring, Esso. Player's Please.* Und die Spitze des Kirchturms, die hoch über die Häuser hinausragt. *MacDonald's Export.* Der Zug wurde schneller und ließ ein Pfeifen ertönen, ein sanftes Summen wie die Bassstimme einer Mundharmonika. Vorbei an leeren Feldern mit im Schnee zurückgelassenen

** Ich erinnere mich an meine ersten Reiseberichte über Kanada, die ich in England schrieb. Ich schrieb über die Gewaltsamkeit, die Mittelmäßigkeit der Leute, den Provinzgeist, den Stumpfsinn ... Und die ganze Zeit wünschte ich mir, dort zu sein.*

Lastwagen. Das Blenden des Schnees. Wäsche auf der Leine. Die lange Winterunterwäsche. Dann über einen unbeschrankten Bahnübergang, der rote Arm, der sich zeigte und verschwand, einem Pulsschlag gleich, auf beiden Seiten wartende Autos. Warum konnte ich mich damit nicht begnügen? Warum verkroch ich mich in einer gottverlassenen Stadt am Meer in England, die ich nicht einmal mochte?

Und ich wünschte, ich hätte die Antwort gewusst.

~ 13 ~

Ich kam gegen Mittag wieder in Montreal an, ging die St. Catherine hinunter und nahm ein Zimmer in einem kleinen Hotel über einer Taverne an der Ecke zur St. Lawrence, wo fast alle französisch sprachen, wo die Restaurants chinesisch waren und auf den Fenstern der kleinen Läden ständig mit weißer Farbe »Ausverkauf« geschrieben stand. Um das Zimmer kümmerte sich Monique, eine pummelige Französin in den Fünfzigern, Vermieter war Lucien, ebenso beleibt, mit grauem Bürstenhaarschnitt und Fliege. Lucien sagte fünfzehn Dollar die Woche. Ich sagte zwölf. Er sagte dreizehn. Ich sagte in Ordnung. Das Zimmer war neu und sauber, aber der Lärm von der St. Catherine ging hindurch, als gäbe es nichts, das ihn abhalten könnte. Vor dem Fenster ein Parkplatz und darüber eine grüne Neonreklame mit einem sich drehenden Globus, der für das Möbelgeschäft *Woodhouse* warb. Ich legte mich auf das Bett und schlief drei Stunden lang. Stand dann auf, wusch mich und ging nach draußen.

Ich bin gern wieder in Montreal. Ich spaziere durch die Gegend und sehe, was gleich geblieben ist, was sich verändert. Ich gehe in alle Restaurants, die ich kenne: Austern im *Pauze*, Rauchfleisch-Sandwiches bei *Ben's* und *Dunn's*, Steaks und Frankfurter und Pickles im *Steak House*. Ich verbringe viel Zeit in den *Honey Dews*, trinke Kaffee, lese den *Star* und die *Gazette* (sie waren voller Skandale über Friedhofsplätze) und lasse mich von den alten Melodien (nur die Musik, ohne Gesang) berieseln. Nachts höre ich die Sirenen eines Polizeiautos, eines Krankenwagens, eines Feuerwehrautos. Am nächsten Tag lese ich in der Zeitung, dass es sechs Überfälle, zwei Schießereien und ein halbes Dutzend Brände gab. Sie sind in einem Kasten aufgelistet, täglich, wie der Wetterbericht. Ich mag dieses Leben. Ich mag es, so aus meiner Isolation gerissen zu sein. Ich mag die sichtbare Welt. Und ich mag es, das festzuhalten, was um mich herum passiert.

Die ersten zehn Tage verbrachte ich damit, durch die Straßen zu streifen. Der Winter hielt noch an, vor allem in den Nebenstraßen. Nachts gefroren die Pfützen aus halb getautem Schnee und schlossen weggeworfene Zeitungen und Zigarettenschachteln ein. Morgens ließen sie sie wieder frei. Ich lief um den Mount Royal herum (es war sehr still, bis auf den Schrei eines Pfaus), durch die Sherbrooke und die St. Catherine, nach unten durch den Hafen, durch den jüdischen Teil. Notierte mir Dinge. Ich schreibe die Schilder ab. Der Damensalon mit den Preisen auf Griechisch. Die handgemachten Schilder in den Läden: »Verschicken Sie Pakete hinter den Eisernen Vorhang – zahlbar binnen zwei Jahren.« Die Plakattafeln auf Stelzen, DIEU EST NOTRE PÈRE. Ich schneide Dinge aus der Zeitung aus.

Auf 1410 FM
Seriös und ehrlich, Ihr zweisprachiger Moderator Hubert Langlois, von Montag bis Freitag auf Sendung. Wenn Sie gute Musik mögen – schalten Sie ein!

SONNABEND		SONNTAG	
9.00 Uhr:	*Zurück zur Bibel.*	*8.00 Uhr:*	*Gottesdienst auf Italienisch.*
9.30 Uhr:	*Griechisches Programm.*	*8.30 Uhr:*	*Italienisches Programm.*
13.00 Uhr:	*Ukrainisches Programm.*	*12.00 Uhr:*	*Jüdisches Programm.*
14.00 Uhr:	*Polnisches Programm.*	*14.00 Uhr:*	*Deutsches Programm.*
16.00 Uhr:	*Spanisches Programm.*	*18.00 Uhr:*	*Italienisches Programm.*
18.00 Uhr:	*Italienisches Programm.*	*21.00 Uhr:*	*Griechisches Programm.*
20.30 Uhr:	*Deutsches Programm.*	*22.00 Uhr:*	*Holländisches Programm.*
21.30 Uhr	*Irisches Programm.*	*22.30 Uhr:*	*Ungarisches Programm.*

Ich schaltete das Radio ein. Jemand in der *Herz-Jesu-Stunde* verbreitete »besinnliche Botschaften«. Auf einem anderen Sender führte gerade ein reicher Mann in ein armseliges Programm ein. Ich notierte mir die Tierhandlung mit den grün, blau, violett und rot gefärbten Küken. Das Riesenrad, das sich im Fenster des Musikladens drehte, während aus einem Lautsprecher Wiener Walzer ertönten. Die Briefe im Schaufenster eines Leichenbestatters in der Park Avenue, in denen dem Besitzer für die gezeigte Anteilnahme gedankt wurde. Sie alle begannen mit: »Lieber Mort ...« Es scheint den Leuten nichts auszumachen, mit angehefteten Schildchen durch die Straße zu gehen,* auf denen ihr Name und ihre Adresse stehen.

Dieses ganze belanglose Material, das ich sammelte, halte ich für notwendig. Erst später, in Carnbray, lese ich mir diese Notizen durch und erkenne ein Muster. Und mache daraus die Artikel. Dann geschah etwas.

Vielleicht lag es daran, dass wir abgeschnitten in Carnbray lebten. Aber nach all dem Herumlaufen und Beobachten wurde ich müde und verlor die Lust. Und plötzlich gefiel mir nicht mehr, was ich tat.

Ich wollte ein paar Hemden in die Wäscherei bringen. Monique sagte mir, die *Parkview Laundry* sei gut. Ich konnte sie nicht finden. In der St. Catherine hielt ich einen alten Mann mit einem Gehstock an, der vor mir lief, und fragte ihn. Er fing an, sich mit der Hand übers Gesicht zu streichen, sah erst in die eine, dann in die andere Richtung, wurde rot und sagte: »Mir geht's nicht so gut, mein Kopf, ich bin ein bisschen durcheinander.« Und später war da diese junge Frau mit einem Kind im Kinderwagen. Sie hatte große weiße Karten aus Karton und darauf standen in schwarzer Farbe geschriebene Wörter. »Der Schnee ist weiß, Robert«, sagte sie laut zu dem Kind, dann hielt sie eine Karte hoch, auf der stand: *Der Schnee ist weiß, Robert.* Sie ging ein

** Ich erinnere mich, wie Emily in Carnbray einmal sagte: Manchmal hätte ich Lust, hier mit einer Plakette nach draußen zu gehen, auf der steht: »Willst du mein Freund werden?«*

Stück weiter und sagte: »Das ist eine Straße, Robert.« Und hielt eine Karte hoch, auf der stand: *Das ist eine Straße, Robert.* Aber der kleine Junge hatte beide Hände vorm Gesicht, sein Kopf lag auf der Seite, als ob er schlafen wollte. Ich folgte ihr von der Sherbrooke abbiegend und sah, wie sie zur Tür eines Hauses ging. »Das ist dein Haus, Robert.« Und als sie die Tür öffnete, war drinnen ein großes Schild, auf dem stand: *Das ist dein Haus, Robert.*

In dem Moment mochte ich mich selbst nicht. Ich begann mich dafür zu schämen, ein Beobachter menschlichen Unglücks zu sein. Ich weiß noch, wie ich Emily überredete, am Nachmittag mit nach oben zu kommen. Nachdem wir uns ausgezogen hatten und ins Bett gegangen waren und ich über ihr war, sagte ich: »Warum machst du die Augen zu und hältst dir die Hand vors Gesicht?« – »Wegen dem Licht«, sagte sie. »Ich kann dein Gesicht sehen. Ich glaube, das ist nur eine weitere Sache, über die du dich mit deinem Notizbuch hermachst.«

Ich erhielt zwei Luftpostbriefe von Emily. Ich schickte ihr und den Kindern Ansichtskarten von Montreal. Und machte mir Gedanken über Anna.

Nach zwei Wochen in Montreal fuhr ich nach Quebec City. Und nahm mir ein Zimmer in einem billigen Hotel im Studentenviertel, bei dem das Holz um die Fenster herum in einer anderen Farbe gestrichen war als der Rest des Hauses, so als wollte man ihnen Kontur verleihen. Die Schäbigkeit von Lower Town kannte ich von früher. Doch es war der weiß-graue Stein, der nun dominierte. Es hatte etwas von der Gelassenheit, der Würde einer alten Universitätsstadt, aber über allem lag eine Leblosigkeit, eine Kälte. Eine gewisse Langeweile, die man manchmal braucht, um sich für eine Weile aus dem Leben zurückzuziehen. Ich dachte, Quebec City wäre ein ausgezeichneter Ort, um an einem Buch zu schreiben. Am dritten Tag ging ich nach draußen, um eine Zeitung zu besorgen, und spürte meine Beine versagen, die Straße begann sich zu neigen. So hatte ich mich noch nie gefühlt. Ich war nicht betrunken. Ich musste mich an das nächste Haus lehnen und setzte mich auf die Stufen. Dann zwang ich mich, zurück zum Hotelzimmer zu gehen, zog mich aus und legte mich ins Bett. Das Zimmer schwankte. Ich hatte Angst, die Augen zu schließen, wenn ich es tat, drehte sich alles noch mehr. Ich dachte, wie unangenehm es wäre, wenn ich hier sterbe.

Ich weiß nicht mehr, wann es an der Tür klopfte, aber eine kleine Frau mit Brille öffnete sie. »Ich habe Sie nicht tippen hören. Stimmt etwas nicht? Ich höre Sie immer tippen. Ich wohne nebenan. Sie sehen aus, als hätten Sie Fieber. Haben Sie etwas gegessen?«

»Ich habe keinen Hunger. Das Zimmer dreht sich unaufhörlich.«

»Wann haben Sie zuletzt etwas gegessen?«

Sie brachte mir Hühnersuppe, Kekse und Trauben. Und sagte mir, sie sei auch Schriftstellerin, Miss Ketchum. »Ich habe an einer Schule unterrichtet, dann hatte ich einen Autounfall. Dabei habe ich meine Stimme verloren. Jetzt ist es schon wieder viel besser, aber ganz in Ordnung ist es immer noch nicht.« Sie reiste von Küste zu Küste und schrieb für Kinder über kanadische Geschichte. »Sie wollen nicht, dass man ihnen die Geschichte so beibringt, wie es in den Geschichtsbüchern steht. Die sind so langweilig. Ich weiß, was Kindern gefällt.« Sie erzählte mir, dass sie mit ihrer Boxkamera quer durchs Land gefahren sei, Fotos von Statuen, von Flüssen, von Brücken, Gebäuden, Häusern gemacht habe. Und ein kleines historisches Skript über sie schrieb, das sie in der örtlichen Bibliothek, im Museum oder im Archiv aufpolierte.

»Ich war in allen Provinzen, sogar in Neufundland. Quebec ist die letzte.«

»Was machen Sie, wenn Sie fertig sind?«

»Ich weiß es nicht.«

In den nächsten zwei Tagen kam sie ins Zimmer und brachte noch mehr heiße Suppe, Hühnchen und Weintrauben. »Es ist falsch, dass Sie nicht bei Ihrer Frau und Ihren Kindern sind.« Sie zeigte mir die fertigen Manuskripte von Nova Scotia, Prince Edward Island, British Columbia, Manitoba, New Brunswick, alle sehr schön, mit ihren eingeklebten Fotos. Aber niemand wollte ihre Bücher haben. Weder Verleger noch Schulämter. »Sie schicken alle die Manuskripte zurück.« Trotzdem machte sie weiter. Sie hatte ihre Rente, sie besaß ein paar Wertpapiere und Anleihen. Sie hatte ihr Haus verkauft. Sie hatte ihr Auto und sie reiste. Ihre Vorgeschichte voller Tafeln und Kreide und Kinder, die um Erlaubnis fragten, den Raum verlassen zu dürfen, hatte sie auch so dabei. Ich hoffe, wir alle haben ein geheimes Leben.

Als es mir besser ging, nahm sie mich in ihrem Auto zu einem alten weißen Haus mit, das jetzt ein privates Hotel mit Blick auf den zugefrorenen Fluss war. Wir fuhren dorthin, um Tee zu trinken und den Sonnenuntergang über dem Schnee und dem Eis zu beobachten. Im Hotel gab es zwei Gäste. Zwei Schwestern, beides Witwen, Ende achtzig. Sie saßen an unserem Nebentisch. Auch sie waren gekommen, um die Sonne zu beobachten. Und jedes Mal, wenn wir da waren, führten sie dasselbe Gespräch.

»Hast du gesehen, Jenny, sie geht unter.«

»Ja, ich sehe sie.«

»Lass uns eine Minute lang nicht hinschauen.«

»Gut, ich schaue nicht hin.«

»Sie ist gleich verschwunden, Jenny, sie geht unter.«

»Ich kann sie sehen.«

»Sie geht immer noch unter, Jenny.«

»Ich kann sie immer noch sehen.«

»Lass uns eine Minute lang nicht hinschauen.«

»Kannst du sie sehen?«

»Nein.«

»Jetzt ist sie untergegangen.«

»Ja, sie ist weg.«

»Zieh den Vorhang zu! Wir gehen ins Bett.«

»Ich gehe zuerst, Jenny.«

»Ich komme gleich nach.«

Am Sonntagabend kehrte ich nach Montreal in das Zimmer in dem kleinen Hotel über der Taverne zurück. Und am Montagmorgen ging ich zum Zeitschriftenkiosk an der Ecke Guy Street und St. Catherine und kaufte alle Luftpostausgaben der britischen Zeitungen, die ich kriegen konnte. »Ein außergewöhnliches neues Talent.« – »Eine wahre Wonne.« – »Auch wenn ich inzwischen nur noch ungern einen Tipp abgebe, auf Anna Likely würde ich was wetten …« Das hatte ich nicht erwartet. Aber es überraschte mich nicht. Es gab Bilder von Anna – nicht wie ich sie in Erinnerung hatte. Und ich fragte mich, ob sie noch immer Sendepause von Walter hatte.

An diesem Abend gabelte ich ein Mädchen in der Lounge des *Mount Royal* auf.

»Möchtest du was trinken?«

»Danke«, sagte sie.

Sie war hübsch, mit einem großen Busen, einer schmalen Taille, groß, hatte kurze blonde Haare und sehr schöne Augen. Sie war wohl keine zwanzig.

»Ich bin viel älter, als ich aussehe«, sagte sie meine Gedanken erratend. »Ich bin dreiundzwanzig.«

Sie erzählte mir, ihr Name sei Louise, sie komme aus New Brunswick. Und dass sie in einer Bibliothek arbeite.

»Was arbeitest du?«

»Kellner«, sagte ich. Und kaum hatte ich es gesagt, bereute ich es auch schon. Ich wollte pfiffig sein, dabei war es gar nicht nötig. Kellner, das hatten die Leute vom Finanzamt als meinen Beruf eingetragen, als sie mir zuletzt eine Steuerforderung schickten. Ich sah, dass sie enttäuscht war. Ich denke, sie hatte mich für etwas Besseres gehalten.

»Wo arbeitest du?«

»In England«, sagte ich.

»Auf Urlaub hier?«

»Ja.«

Das schien es wiedergutzumachen.

»Ich habe eine Wohnung in der Stanley«, sagte sie. »Wenn du mitkommen möchtest.«

Wir gingen zu ihr, aber es führte zu nichts. Ich weiß nicht, ob es Anna oder Emily war, die wie ein Gewissen auf mir lastete. Ich sagte ihr, dass ich einer Frau, die ich liebe, versprochen hatte, es mit keiner anderen zu tun. Und ließ ihr einen Fünfdollarschein da, damit sie es nicht zu sehr bedauerte.

~ 14 ~

In Carnbray bin ich ein vorsichtiger Mensch. Abends kontrolliere ich zweimal, ob ich in den Zimmern das Licht ausgeschaltet habe, dass die Gashähne am Küchenherd zugedreht sind. Ich schiebe den Riegel an der Vorder- und der Hintertür vor. Ich ziehe die Stecker vom Fernseher und den Heizgeräten heraus. Ich kontrolliere die Fenster, schließe sie und verriegele sie. Ich führe Kalender über Emilys Periode. Ich habe einen Notizkalender, und wenn ich ihn durchgehe, finden sich diese Einträge: *E.s (.) ausstehend.* Vier Tage später: *In E.* Vierzehn Tage von Beginn an: *Höhepunkt der T.* Wieder vierzehn Tage später: *E.s (.) ausstehend.* Manchmal fragt mich Emily: »Ich habe meine Tage, bin ich zu früh dran?« Und ich komme hier hoch und sehe nach. Ich bewahre eine Kopie von Geschäftsbriefen auf, die ich verschicke, und von denen, die ich erhalte. Ich führe Buch über Rechnungen, Belege. Jeden Sonnabend tippe ich morgens eine neue Liste, in der steht, wo ich Artikel eingereicht habe, welche in der engeren Wahl sind und welche Zahlungen ich erwarte. Ich notiere mir, wie viele Schreibmaschinenseiten ich am Vormittag schaffe, wie viele am Nachmittag.

Doch sobald ich Emily und die Kinder verlasse, ist die ganze Vorsicht dahin. In Quebec City vergaß ich einen Wasserkessel, den ich auf dem Elektroherd stehen hatte. Das Wasser verkochte und die Heizplatte brannte Löcher in den Boden des Kessels. Als ich ihn vom Herd nahm, tropfte das geschmolzene Metall auf den Fußboden und versengte das Linoleum. Es störte mich kein bisschen. In London, bei Albert daheim, nach ein paar anstrengenden Tagen und langen Nächten – wo ich außer mich mit Leuten zu treffen und zu reden noch üppig speise und Champagner trinke –, komme ich zurück und liege den ganzen nächsten Tag auf der Couch, unfähig, etwas anderes zu tun, als aufzustehen und mich auf der Toilette zu übergeben.

Emily und die Kinder in Carnbray sind meine Basis. Ohne es geplant zu haben, hat sich herausgestellt, dass der einzige Weg, sich etwas, das man als wertvoll erachtet, zu erhalten, darin besteht, sich abzuschotten, abgeschnitten zu sein. (Oder ist es die Liebe, die mich zu so jemandem gemacht hat?) Ich kenne zu viele Leute, die sich getrennt haben oder geschieden sind. Und als ich geheiratet habe, war es fürs Leben. Wie mir allmählich, manchmal mit Verzweiflung, klar wurde. Abgesehen vom Schreiben ist es das Einzige, was ich habe. Und um es zu bewahren, führte mich meine Vorsicht dahin, es abzuschotten. Was für ein Eingeständnis. Dass der einzige Weg, an den Dingen festzuhalten, die wirklich wichtig sind, der Rückzug aus der Gesellschaft ist. Doch bei allem Wert, den ich darauf lege, das zu bewahren, was ich in Carnbray habe, halte ich dieses Leben, das wir führen, nicht zu lange aus. Nach einer Weile muss ich davor fliehen. Auch wenn es nur für die wenigen Tage in London ist oder die wenigen Wochen in Kanada. Ist das in einem drin? Ein Teil von mir will das Herkömmliche und ein anderer Teil will außerhalb der Gesellschaft sein. Dennoch kann ich mich nicht für das eine entscheiden, ohne mich nach dem anderen zu sehnen. Und so bleibt mir anscheinend kein anderer Weg, als diese zwei getrennten Leben zu führen.

Wenn mich die Leute in Montreal fragen: »Warum lebst du nicht hier?« Was kann ich ihnen schon sagen. Dass ich nicht hier leben kann, weil meine Frau sich weigert, hier zu leben. Ich habe sie und die Kinder als Geiseln zurückgelassen, um sicherzustellen, dass ich nach Carnbray zurückkehre. (Ich sage ihnen nicht, dass sie auch als Geiseln für den Überziehungskredit bei der Bank herhalten ... die unbezahlten Rechnungen.) Oder war ein anderer Grund, warum ich nicht in Kanada lebe, der, dass ich kein *kanadischer* Jude werden wollte. Ich konnte den Schritt von dem, was meine Eltern waren, zu dem, was ich sehe, wenn ich durch Montreal und Ottawa laufe, nicht gehen. Wenn es anfangs notwendig war, den Namen zu ändern, mit zwei Kalendern zu leben und kleine Lügen über sich selbst zu erzählen – ich log faustdick. (Vielleicht war auch das nur ein Weg, um sich etwas zu erhalten.) Emily war es, und dass wir in England lebten, was mich erkennen ließ, dass es unnötig war, sich eine falsche Persönlichkeit zuzulegen. Ich kenne einen Menschen in Montreal, der den Schritt mit einem gewissen Stil gegangen ist. Sein Name ist Lincoln Scott. Ich traf ihn, als ich die St. Catherine entlangging. Ich kannte ihn schon vor dem Krieg. Als er und sein Vater in Ottawa lebten. Anfang der 1940er Jahre zogen sie nach Montreal. Lincoln Scott ist groß. Dunkles, glattes Haar. Er sieht ein bisschen aus wie Cary Grant. Er fuhr mich zu seiner Wohnung am Rand vom Mount Royal. Lincoln Scotts Name täuscht etwas vor, sein Haus täuscht etwas vor, die Bilder an seinen Wänden täuschen etwas vor. Aber er hat etwas Sympathisches an sich. Er lacht über alles. Er hat sein Vermögen während des Krieges mit Textilien gemacht. Und er erzählte mir, dass er zwei Geldschränke habe und doppelt Buch führen müsse. »Das wird manchmal der B. M. Drive genannt.«

»Bank von Montreal?«

»Nein«, sagte er, »Black Market.«

Danach fuhr er mich in die St. Catherine in die Nähe der Guy Street zu einer Wohnung neben einem Tabakladen, in der sein Vater wohnte. Er stellte mich seinem Vater vor, einem netten kleinen Herrn namens Mr. Shantz. Ich hatte ihn seit über fünfundzwanzig Jahren nicht mehr gesehen. Er erinnerte mich an einen liebenswürdigen Mr. Magoo. Angenehme Stimme, sehr ruhig, ein kleiner Mann, Brille. Er trug einen maßgeschneiderten Anzug, weißes Hemd, Wollkrawatte.

»Ich habe dich nicht erkannt«, sagte er. »Das bedeutet, du wirst mal reich. Was möchtest du trinken? Ich habe Weinbrand, einen *Napoleon.*«

Er schenkte mit leicht zittriger Hand ein.

Shantz lebte getrennt von Lincoln Scott, in dieser Wohnung mit den unaufgeräumten Zimmern, voller Nacktmagazine, Zeitungen, nackter Frauen in verschiedenen Posen, europäischen Filmzeitschriften mit Standfotos von Nacktszenen und einem großen Fernseher.

Ich sagte dem alten Mann, ich sei nur kurz in Kanada und dass ich zurück nach England gehen würde.

»Ich glaube nicht, dass wir uns wiedersehen werden«, sagte er. »Hundertzwanzig Jahre alt sollst du werden.«

Als wir die St. Catherine entlanggingen, sagte Lincoln: »Ich verstehe ihn nicht. Mein eigener Vater, und er weigert sich, bei mir zu wohnen. Er macht diese Schiffsreisen. Und trifft an Bord jüdische Witwen und geschiedene Frauen. Vorwiegend Amerikanerinnen. Sie schicken ihm Fotos und Briefe. Ich weiß nicht, was er in seinem Alter machen kann, außer ein bisschen zu hüsteln. Er ist über achtzig. Aber er will nicht bei mir wohnen. Er mag seine kleine Wohnung, die Unordnung, die darin herrscht. Ständig kommen ihn Frauen besuchen. Er muss sehr großzügig sein. Er sagt, sie tun Dinge für ihn. Alles, was er will.«

~ 15 ~

Zurück in Ottawa, um Lebewohl zu sagen. Und wenn man von Uplands in die Stadt hineinfährt, ist es nicht mehr so wie früher. »Hoffentlich bin ich noch da, wenn du das nächste Mal kommst, mein Junge«, sagte Mutter. Dann fasste sie sich wieder. »Es tut mir leid. Normalerweise weine ich nicht. Ich weiß nicht, was über mich gekommen ist.«

Im Pflegeheim. Vater war allein in dem Raum mit dem großen Glasfenster. Er beobachtete, wie abgebrochene Eisbrocken den Fluss hinuntergetragen wurden. Ich stand neben seinem Stuhl und sah zu, wie die grau-weißen Eisbrocken leise vorbeitrieben. Wir redeten nicht, sondern sahen nur zu, wie eine große Scholle auftauchte, dann ganz langsam vorbeischwamm und verschwand. Das stille Auseinanderbrechen des Winters hatte mich schon immer berührt. Es hat etwas Unvermeidliches und Majestätisches, wenn diese großen Eisbrocken langsam auf dem flachen Wasser dahingleiten. Die Minuten verstrichen. Die Eisschollen zogen vorüber. Wir sagten nichts. Traurigkeit lag im Raum. Ich sagte meinem Vater, dass ich zurück nach England reisen würde.

»England«, sagte er, und sein Gesicht verzog sich und hellte sich auf. Dann betrachtete er wieder das Eis. Es war Zeit zu gehen. Ich küsste ihn auf die Stirn.

»Was soll die Küsserei?«, sagte er gereizt.

Jedes Mal, wenn ich aus Kanada nach England zurückkehre, bin ich erstaunt, wie zivilisiert England aussieht. Und wie schäbig und trist die Äußerlichkeiten dieser Zivilisation sind. Vielleicht macht das einen Teil seines Reizes aus. Ich ging die Shaftesbury Avenue entlang zu dem Laden, dessen Fenster voll mit Flaschen standen. Und kaufte eine Flasche Champagner. Dann nahm ich den Zug 12.30 Uhr ab Paddington. Bis Plymouth ist alles bestens. Nach dem Schnee und dem Schneematsch sieht es sehr grün aus. Aber nach Plymouth wird der Zug allmählich langsamer, um an jeder Station zu halten. Und man hat das Gefühl, immer weiter in die tiefste Provinz zu fahren. Eine Müllhalde. Und sobald man in Carnbray ist – das Meer, die leeren Sandstrände –, sofortige Niedergeschlagenheit. Und ich frage mich, warum zum Teufel ich hier lebe.

Nachdem ich Emily geküsst hatte, ging ich nach oben. Die Kinder, schon im Bett, schliefen noch nicht. Sie sahen alle so bezaubernd und aufgeregt aus. Ich zeigte ihnen ein paar von den Sachen, die ich ihnen mitgebracht hatte und die Mutter gekauft hatte, Kleider und so. Dann ging ich nach unten. Emily hatte abgenommen. Wir tranken Champagner und versuchten, den Kindern die Möglichkeit zu geben, einzuschlafen, bevor wir die Treppe hoch ins Bett gingen. Wir waren beide angespannt. Und als ich in sie eindrang, fühlte es sich so an wie sonst, nachdem sie ihre Periode gehabt hatte.

Am nächsten Tag, als die Kinder zur Schule waren, gingen wir wieder nach oben. Diesmal war die Nervosität ein wenig gewichen. Aber das Gefühl der Fremdheit war nach wie vor da. Ich entdeckte, dass sie allerhand kleine Kniffe beherrschte, von denen ich nicht wusste, dass sie sie kannte. Und ich fragte mich, welche Bücher sie gelesen hatte. Sie fuhr mit ihren Nägeln über die Innenseiten meiner Schenkel und meine Leiste. Sie schien auch stärker zuzudrücken, als ich in ihr war. Vielleicht entdeckte ich diese ungewohnten Dinge, weil ich weg gewesen war oder weil Anna vorbeigekommen war. Am nächsten Morgen, als ich auf die Toilette ging, ein zufriedenes, erschöpftes Gefühl, die Haut am Schwanz ist geschmeidig von der letzten Nacht, der Urinstrahl funkelte, als die Sonne auf ihn fiel, und der Geruch erinnerte mich an französisch-kanadische Erbsensuppe.

Ungefähr die ganze nächste Woche taten wir es. Wir konnten es jetzt langsam angehen und hinausziehen. Manchmal reizten wir uns mit Worten auf.

»Warum bist du so lüstern?«, sagte sie.

»Weil ich mal zeigen wollte, was ich habe.«

Wenn sie erkältet war oder es ihr nicht gut ging: »Ich fühle mich ganz verstopft.« Aus irgendeinem Grund machte mich das scharf. Und ich sagte: »Lassen Sie sich von Dr. Grand kurieren.«

»Du hältst das wohl für ein Allheilmittel.«

Es dauerte nicht lange. Wir kamen ins Schwitzen. Dann schliefen wir beide müde ein. Und am nächsten Morgen fühlte sie sich besser. Und wenn sie wieder eine Erkältung kommen spürte, sagte sie: »Ich weiß schon. Heute Abend werde ich von Dr. Grand behandelt.«

Manchmal, wenn ich tagsüber nach unten kam und sie in einem Zimmer war. Ich ging zu ihr, hob ihren Rock an und schob meine Hand zwischen ihre Beine. »Du weißt, was da ist«, sagte sie.

»Komm mit nach oben.«

»Rebecca kommt in einer Viertelstunde aus der Schule. Warte bis heute Abend.«

Manchmal gab es ein paar Anzeichen. Etwa, dass sie mir einen Apfelgriebs zu essen gab. Es fing an, als wir knapp bei Kasse waren und ich behauptete, ich würde keine Äpfel wollen. Denn alles, was wir uns leisten konnten, war ein Pfund Äpfel. Und nachdem die Kinder und Emily einen gegessen hatten – es waren normalerweise vier – blieb keiner für mich. Dann sagte Emily: »Iss den Griebs.« Ich aß den Griebs. Später, als sie unterrichten musste und abends nicht vögeln wollte, gab sie mir den Griebs nicht, wenn sie einen Apfel gegessen hatte. Sondern warf ihn ganz bewusst in den Kamin. Wenn sie wollte – dann gab sie mir den Apfelgriebs. So hat sich daraus ein intimer Austausch entwickelt, sie gibt mir einfach den Griebs eines Apfels, den sie gegessen hat. Ich nehme ihn und esse ihn. Und damit war an diesen Abend der erste Schritt ins Bett gemacht.

Manchmal haben wir unerwarteten Besuch, eine Frau. Und das genügte oft, um Emily die Treppe raufzuschicken, nachdem die Frau gegangen war. Dabei kokettierte sie mit einem gespielten Widerwillen. »Ich wette, niemand sonst kann es tagsüber tun, es sei denn, er hat eine Sekretärin.«

Ein anderes Mal kam ich nach unten, und bevor ich etwas sagen konnte, sagte sie: »Ich habe schlechte Nachrichten für dich. Ich laufe aus.«

~ 16 ~

In den ersten paar Wochen kann ich es nicht ertragen, wie wir hier leben. Ich habe es nie so schäbig empfunden wie nach der Rückkehr von einer Londonreise. Ich sehe, dass wir nur ein einziges Zimmer haben, in dem wir abends alle rings um das Kohlenfeuer sitzen. Der Fernseher steht in der Ecke gegenüber. Wir brauchen einen neuen Sessel. Diesem hier fällt der Boden raus. Aber wir bekommen keinen neuen Sessel. Weil das Haus nicht uns gehört. Diese Möbel auch nicht. Ich habe ein paar Dinge angeschafft, genau wie Emily. Aber Emily und die Kinder erinnern ständig daran, dass uns hier nichts gehört.

»Gehört der Tisch uns«, fragte Martha.

»Ja«, sagte Emily.

»Und der Fernseher?«, sagte Ella.

»Ja.«

»Und das Telefon?«, sagte Rebecca.

»Nein, das Telefon nicht.«

»Was ist mit den Tellern?«

»Einige davon gehören uns.«

»Die Matratze –«

»Meine Matratze gehört uns.«

»Was gehört uns sonst noch?«

Also habe ich diese Distanz: zum Haus, zu den Zimmern. Ich habe sogar eine Distanz zu Carnbray. Ich nehme die Apathie der Menschen hier wahr, ihre Langsamkeit. Ich laufe durch die Straßen – wie klein dieser Ort ist – und komme an die Strandpromenade oder an einen der Strände, die Bucht. Aber das habe ich schon so oft gesehen. Ich fahre mit dem Bus nach Penzance, über die Heide, nur um daran erinnert zu werden, dass ich nicht hierhergehöre. Ich ziehe mir meinen kanadischen Wintermantel an, nur um den Leuten zu zeigen, dass ich nicht hierhergehöre. Ich komme zurück und rede mit noch ausgeprägterem nordamerikanischem Akzent. Ich lese drei Londoner Zeitungen pro Tag, drei am Sonntag. Ich verfolge die Nachrichten im Radio, im Fernsehen. Auf meinem Schreibtisch habe ich diese beiden Armbanduhren. Die eine ist auf die Zeit in Ottawa und Montreal gestellt, die andere auf die Zeit hier. Wenn ich also auf die Uhr mit der kanadischen Zeit schaue, kann ich sagen – in dieser Stunde, an diesem Ort, passieren gerade bestimmte Dinge. Ich telefoniere nach London. Ich schreibe Briefe. Alles, um mich verbunden zu fühlen.

Das geht eine Weile so.

Dann baue ich die Distanz allmählich ab. Zwischen Emily und mir in ein paar Tagen. Und zu den Kindern genauso schnell. Aber ich versuche nach wie vor, die Distanz zum Haus zu wahren. Indem ich alle möglichen Dinge tue, wie Gin Tonic oder Whisky zu trinken, oder die kanadischen, in Rum getauchten Zigarren zu rauchen, die ich mitgebracht habe. Aber die kanadischen Zigarren gehen zu Ende, ich höre auf zu trinken. Wenn ich auf die Uhr mit der kanadischen Zeit schaue, dann nur noch, um zu sehen, ob die Menschen dort gerade wach sind oder schlafen. Und bald fühlt es sich so an, als wäre ich nie weg gewesen.

Ich stellte all mein belangloses Material zusammen, das ich über meinen Aufenthalt in Kanada gesammelt hatte, und schrieb die beiden Artikel ohne übermäßigen Druck. Außer dass ich keine Lust mehr verspürte, Sachen dieser Art zu schreiben. Und als ich das restliche Honorar erhielt, bezahlte ich unsere Rechnungen. Danach blieben 205 Pfund auf der Bank. Es war sehr angenehm, von der Last der Geldsorgen befreit zu sein, sich nicht enttäuscht zu fühlen, wenn der Postbote vorbeiging, obwohl ich immer noch nach Briefen Ausschau halte. Es war angenehm, mit Emily gut essen zu gehen, wenn die Kinder in der Schule waren, und hinterher nach oben ins Bett.

Emily sprach nicht über Anna, aber beide lasen wir in der *Daily Mail*, dass die Inszenierung an den Broadway gehen würde. Später las ich, dass Anna und Walter sich getrennt hatten. Und Anna nach Hollywood ging, um in einem Film mitzuspielen.

~ 17 ~

Jimmy ist zurück von einer Reise nach Amerika. Wir verabredeten uns für 14.15 Uhr in der Bar des *Metropole.* Er kam pünktlich auf die Minute herein, sah schön braungebrannt und gesund aus, und wir tranken einen Whisky.

»Wie war es?«

»Es ist ein herrliches Land«, sagte er. »Wahrlich. Angefangen habe ich mit Maine. Das Laub wechselte die Farbe. Ich habe noch nie solche Farben gesehen. Dann bin ich runter nach Florida gefahren. Dann Texas. Und Mexiko. Der Morgen war wie ein Gemälde von Chagall. Da war diese große Sonne, die Hähne krähten, und ich rannte nackt mit dieser Frau im Haus herum.«

»Wie lange warst du in Mexiko?«

»Ein Wochenende. Von dort aus bin ich rüber zur Pazifikküste gefahren, hoch bis Seattle, dann zurück nach New York. Es ist das aufregendste Land, in dem ich war. Los, trink aus. Lass uns zu mir gehen. Ich habe einen Bourbon mitgebracht.«

Als wir zu seinem Haus fuhren, sagte er: »England wird mit jedem Mal kleiner, wenn ich hierher zurückkomme. Es ist so bedrückend. Ich fühle mich hier eingesperrt.« Unten der hellgelbe Sand ... das Blau der Bucht. »Dort drüben überkommt mich ein Gefühl der Befreiung. Ich mag die Amerikaner. Sie sind erfrischend, unverfälscht, draufgängerisch, und auch hysterisch. Aber ich fühle mich da drüben viel lebendiger. Ich habe das Gefühl, dort kann ich Dinge tun, die ich hier nicht tun könnte. Und ihre Sprache. Ich bin in ein kleines heruntergekommenes Café gegangen, um einen Hotdog zu essen. Die Kellnerin in der Küche rief über das Mikrofon: Ein heißes Würstchen kommt sofort.

Fantastisch. In Florida hat mich ein Mann vor einer Frau gewarnt: Sie ist eine Schwindlerin aus Schwindelhausen.« Das gefiel ihm, denn er wiederholte es zweimal. »Die Frauen hatten Autos und saubere Unterwäsche. Und nachmittags nicht viel zu tun. Wir sind in irgendein Motel gefahren ...* Ich hab eine Schallplatte mitgebracht.« Er verschwand im Haus und legte *Midnight in Moscow* von Kenny Ball auf. Während die Musik aus den offenen Fenstern erklang, tranken wir draußen auf dem Rasen.

»Man hat mir ein Forschungsprojekt an der meeresbiologischen Station in Florida angeboten. Ich werde es wohl annehmen.«

»Wann fährst du?«

»Im Frühjahr.«

»Was ist mit Esther?«

»Sie mag dieses Haus – aber sie wird mitkommen. Wie auch immer, ich glaube, ich werde zu alt für dieses ganze Hin und Her. Ich sehne mich nach etwas häuslichem Komfort.« Er lächelte. »Ich könnte mich da drüben niederlassen ... Trink aus. Ich habe heute zweihundert Pfund mit ein paar Aktien verdient.«

Er füllte die Gläser erneut. Wir hörten noch mal *Midnight in Moscow*. Ein heißer Nachmittag. Das Grün der Bäume, das eisblaue, ebene Wasser in der Bucht, die Pastellfarben der Felder an der entlegenen Küste, der große gepflegte Rasen, das holzverkleidete weiße Haus ...

Als ich heimkam, sagte Emily: »Wie geht es Jimmy?«

»Es geht ihm gut. Er hatte ein paar schöne Tage in Amerika. Ich weiß nicht warum, aber jedes Mal, wenn ich von ihm komme – ich amüsiere mich dort gut –, aber jedes Mal, wenn ich zurückkomme, fühle ich mich niedergeschlagen und arm.«

* *Als ich ihn mit Charles bekannt machte, lud Jimmy uns zum Essen ein. Hinterher sagte Charles: »Die ganzen Frauen, die er angeblich hatte. Er ist so ein Träumer. Wenn er all diese Frauen gehabt hätte, dann würde er über sie schweigen. Er ist ein Landei.«*

~ 18 ~

Das Telefon klingelte. Es war Charles.

»Wo steckst du?«

»In London, frühstücken im *Lyons*. Ich dachte, ich komme ein paar Tage runter. Könntest du mir ein Hotelzimmer besorgen? Ich nehme den Nachtzug und komme direkt zu euch. Alle Neuigkeiten gibt's dann.«

Mit einem Mal ist es aufregend. Ich rufe im Hotel *Reviera* an und reserviere ihm ein Zimmer. Als Emily vom Einkaufen zurückkommt, erzähle ich ihr, dass Charles kommt. Und das Haus ist in heller Aufregung. Ich kenne niemanden, der eine solche Aufregung auslöst wie Charles.

Am nächsten Morgen stehen wir früh auf. Ich rolle die Zeitungen zusammen, hacke etwas Holz und mache Feuer im Wohnzimmer. Und schaue immer wieder aus dem Fenster. Und da kommt Charles die Straße herauf. In seinem langsamen, schwankenden Gang. Er hat eine kleine Reisetasche bei sich. Er trägt einen grauen Flanellanzug und einen schwarzen Rollkragenpullover. Und es ist gerade einmal 7.15 Uhr.

Er kommt herein, küsst Emily und lächelt.

»Wie war die Fahrt?«

»Bestens. Ich mag Züge.«

Wir frühstücken, dann gehen wir ins Wohnzimmer und er setzt sich in den hinteren Sessel. Er sitzt in seiner typischen Haltung, auf der Sesselkante, mit übergeschlagenen Beinen, seitlich, nach vorne gelehnt, mit einem Fuß nach oben zeigend ... wie man es auch auf seinen Bildern sieht.

»Bist du im Ausland gewesen?«

»Ich war in Griechenland. Es war schön. Aber die Sprache nicht zu sprechen, ist nicht gerade hilfreich.«

»Wir sind noch immer hier«, sagte Emily. »Wie auch beim letzten Mal schon, als du hier warst.«

Emily bringt Kaffee herein. Und er erzählt mir von den Schriftstellern, die er kennengelernt hat. »Iris Murdoch schickt mir immer wieder Postkarten, dass ich mich mit ihr in einem Pub in Earls Court treffen soll. Ich habe ein Wochenende mit Henry Moore verbracht. Er hat einen reizenden kleinen Cézanne – den wollte ich immer schon haben.«

»Wie war Moore so?«

»Ein feinfühliger Mensch. Er ist so *ungeheuer* bescheiden«, sagte Charles mit einem schelmischen Grinsen. »Kennst du Mary McCarthy? Sie hat mir ein signiertes Exemplar von *Die Clique* geschenkt.«

»Wie ist es?«

»Als ob die Mädchen ihre Handtaschen ausgeleert hätten. Wie spät ist es?«

»Es ist 8.23 Uhr«, sagte ich.

»Das sagt er immer«, sagte Emily. »Oder es ist sechzehn Minuten vor eins. Als würde die Zeit hier eine Rolle spielen.«

Dann brachte ich ihn zum Hotel. Plötzlich fühlt sich das Leben aufregend an. Emily spürt es auch. Sogar die Straße entlangzugehen fühlt sich mit ihm anders an. Wir haben uns angewöhnt, einen Satz mittendrin abzubrechen, sobald der andere verstanden hat, worum es geht. Wir ließen in unserer Unterhaltung Wörter weg, einfach weil wir freiheraus reden konnten.

»Wir haben Glück«, sagte er. »Dass wir ein solches Leben führen können. Uns ein paar Tage freinehmen, wann wir wollen.«

»Wenn ich mein Tagespensum geschafft habe, möchte ich mich einfach nur mit jemanden treffen und reden. Aber es gibt hier niemanden.«

»In zwei Monaten habe ich diese Ausstellung in Frankreich. Die Bilder gefallen mir besser als alle, die ich bisher gemalt habe.«

»Fährst du hin?«

»Vielleicht. Ich war letzten Monat dort. Ich war was trinken in einem Pub mit diesem Mann. Und er hat gesagt, lass uns nach Paris fahren. Also sind wir zum Victoria-Bahnhof gefahren und in den *Golden Arrow* eingestiegen. Es war wunderbar, auf diese Art zu reisen. Es gab ein Abteil. Wir setzten uns rein. Aber er war ein Päderast. Er stand nur auf kleine Jungs.«

Am Abend kam er vorbei, um uns in das beste Restaurant von Carnbray auszuführen. Und natürlich bestand er darauf, die Rechnung zu übernehmen. Er lässt einen nie bezahlen. Einmal in einem Pub habe ich darauf bestanden, eine Runde zu zahlen. »Aber warum denn«, fragte er. »Es ist doch nur Geld.«

Nach dem Essen begleiteten wir ihn zurück zum Hotel. Die Strandpromenade entlang. Ein paar Lichter von den französischen Krabbenfischerbooten in der Bucht. Die grünen Lichter der Felder an der entlegenen Küste. Er schien nur ungern zurück ins Hotel gehen zu wollen.

Am nächsten Tag rief er kurz nach eins an. »Ich sollte wohl zum Mittagessen da sein. Aber bei mir ist es gestern furchtbar spät geworden. Ich bin gerade erst aufgestanden. Kann ich vielleicht in einer halben Stunde kommen?«

»Gerne. Wie geht es dir?«

»Ich war gestern betrunken – ich hab's jemandem besorgt, den ich in der Bar kennengelernt habe.«

»Ich dachte, jemand müsste es dir besorgen.«

»Ich kann beides.«

Nach ungefähr einer halben Stunde kreuzte er mit einem frischen Salatkopf und Radieschen und einer Gurke in der Hand auf. Und Emily machte einen Salat. Wir wissen, dass er Salate mag. Er sah Emilys Kochbücher in dem weißen Eckregal. Er griff sich ein Paperback. »Habt ihr gewusst, dass sie hier ihren Geschmackssinn verloren hat?«

Danach machten wir einen Spaziergang. Den Hang hinauf zu den großen Häusern, mit Bäumen und Rasen, die meisten davon zu Pensionen oder Hotels umgebaut. Sehr ruhig, vornehm. Es hätte die teure Gegend einer jeden Provinzstadt sein können. Bis auf die Aussicht auf die Bucht ... die Palmen ...

»Du kannst ja jederzeit nach London kommen. Und du hast deine Arbeit. Aber für Emily muss es schwer sein.«

»Das ist es«, sagte ich. »Es gibt hier niemanden, mit dem sie reden kann. In hab in der Zeitung gelesen –«

»Wo ich angeblich das ganze Geld verdient habe?«

»Sechzigtausend Pfund.«

»Das stimmt nicht. Ich kriege gerade mal zwölf- bis fünfzehntausend. Der Rest geht für Steuern drauf.«

Von den großen Häusern aus gingen wir eine Landstraße entlang, dann über Zauntritte, über die Felder und kamen auf die Heide. Die Sonne schien. Das Wasser in der Bucht zeigte sich in zwei Farben. Ganz blau, wo keine Wolken am Himmel waren. Und ein graues Weiß dort, wo Wolken waren. Um uns herum: der leuchtend gelbe Ginster, die Buschwindröschen, die kleinen grünen Felder mit Steinmauern.

»Warum sind nicht alle hier draußen?«, sagte Charles. »Es ist so herrlich.«

Wenn er hier ist, ist es das Beste, ihn tun zu lassen, was er will, denn ich weiß, dass er es nicht mag, wenn er das Gefühl hat, von irgendwem vereinnahmt zu werden. Wir luden ihn für morgen zum Mittagessen ein. Er sagte, er würde kommen. Er sagte auch, er würde heute Abend anrufen.

Er rief nicht an. Wir vermuteten, dass er jemanden kennengelernt haben musste und es spät geworden war. Und dass er am nächsten Morgen anrufen oder einfach vorbeikommen würde. Am nächsten Morgen wartete ich. Und sah immer wieder aus dem Fenster. Kein Lebenszeichen oder Anruf. Emily sagte, sie würde einen russischen Salat zubereiten. Ich stellte einen Scheck über fünf Pfund aus und sie ging zur Bank, um ihn einzulösen. Kurz nach elf hielt ich es nicht länger aus. Ich rief im Hotel an. Emily sagte:

»Du glaubst doch nicht etwa, er wäre abgereist?«

»Natürlich nicht«, sagte ich. »Ich möchte Mr. Crater nicht sprechen«, sagte ich am Telefon. »Aber könnten Sie mir sagen, ob er noch im Hotel ist?«

»Er ist abgereist«, sagte die Empfangsdame.

»Wann?«

»Heute Morgen.«

»Ich danke Ihnen.«

Ich legte auf.

»Er ist abgereist«, sagte ich zu Emily. Wir schwiegen beide.

Dann nahm ich den Hörer wieder ab. Und wählte dieselbe Nummer.

»Ich hatte gerade wegen Mr. Crater angerufen. Um welche Uhrzeit ist er fort?«

»Gegen 8.30 Uhr.«

»Wollte er nach London?«

»Das weiß ich nicht.«

»War er letzte Nacht im Hotel?«

»Ja, das war er.«

»Irgendwelche Nachrichten?«

»Nein. Nur ein Buch für Mr. Grand.«

»Sonst nichts?«

»Nein.«

Es regnete, nicht heftig, aber ich wusste, dass es fast den ganzen Tag so weitergehen würde. Ich ging zum Hotel und holte das Buch ab, das ich ihm geliehen hatte, *Vogue's Gallery*. Dann kam ich wieder an der Bushaltestelle vorüber, am Aussichtspunkt. Es sah sehr hübsch aus, der Hafen, die Piere, die Strandpromenade.

Wir aßen schweigend den russischen Salat.

»Er schmeckt sehr lecker«, sagte ich.

~ 19 ~

Ich hörte im Radio von Jimmys Unfall, in den Lokalnachrichten, beim Frühstück. Er war auf dem Weg nach London. Sein Auto fuhr kurz hinter Salisbury in einen Lastwagen. Ich rief Esther an. Sie nahm die Sache nicht allzu ernst. Er würde eine Weile das Bett hüten, sagte sie, aber in zwei Wochen käme er wieder aus dem Krankenhaus. Ich ging runter zur Strandpromenade und sandte ihm eine Comic-Postkarte von Donald McGill – »*Wer sagt, die sind nicht echt?*«

Aber er hat sie nie bekommen. Er starb spät an jenem Abend an einem Blutgerinnsel.

Die Beerdigung wurde groß und feierlich in der Pfarrkirche abgehalten. Der Bürgermeister von Carnbray kam und alle anderen Honoratioren der Stadt und Mitglieder verschiedener Organisationen sowie einige Leute von der meeresbiologischen Station. Der Pfarrer kannte Jimmy nicht, aber er kannte die Middletons. Und er ließ sich darüber aus, was die Middletons für diesen Landstrich bedeuteten. Was sie geleistet hätten. Und dass Jimmy nun Teil der Geschichte sei. Er wurde neben seinen Eltern und Großeltern begraben, wo sein Platz sei, wie der Pfarrer sagte.

~ 20 ~

Vielleicht schreibe ich so, weil ich die Menschen vermisse. Es gibt hier niemanden, den ich besuche. Und niemand kommt uns hier besuchen. Abgesehen von Emily unterhalte ich mich nur mit Leuten, denen ich zufällig auf der Straße begegne.

Wenn ich morgens runter an die Strandpromenade gehe, um meine Zeitungen zu holen, sehe ich manchmal *Die Stimme von Kalkutta.* Er ist ein ziemlich dicker Mann mit Brille und einem kleinen schwarzen Schnurrbart. Er erhebt hier die Statistiken für verschiedene Meinungsumfragen in London. Er erzählte mir, dass er vor dem Krieg im Osten für eine englische Bank gearbeitet und nebenher Laientheater gespielt hat. Er hatte eine Sendung bei einem lokalen Radiosender, in der er das aktuelle Tagesgeschehen kommentierte und Witze erzählte. »Ich habe immer BBC-Übersee gehört, mir ihre Witze aufgeschrieben und sie dann in Kalkutta gebracht.« Er ist gegen die Regierung, gegen die königliche Familie, gegen Menschen mit Geld. »Holt die rote Flagge raus. Haben Sie gehört, dass die Studenten die Arbeiter aufwiegeln. *Die Arbeiter!* So was von konservativ. Die haben selber kein bisschen Mumm. Den Studenten geht's zu gut ... Ich würde sie alle erschießen. Gib mir ein Maschinengewehr. Ich würde die Königsfamilie abknallen. Die gesamte Oberschicht. Und die Priester und die Erzbischöfe. Die ganze verfluchte Bagage. Mein Vater und meine Mutter waren arm. Warum sollten diese Bastarde so lange ungeschoren davonkommen. Sie werden nicht mehr lange ungeschoren bleiben.« Er sah einen Arbeiter auf der anderen Straßenseite auf dem Weg zur Maloche. Er ruft ihm zu: »Hallo – gehst wohl gerade

Polo spielen?« Oder zu einem Tapezierer: »Gehst dir wohl deine Jacht angucken?«

Er kann nicht sehr schnell laufen. Wenn er mich auf der Straße sieht, sagt er: »Warum haben Sie es so eilig? Sterben werden Sie sowieso. Also bleiben Sie stehen und lachen Sie mal. Waren Sie schon mal in Gweek?«

»Nein«, sagte ich.

»Also, ein Kerl hat eine Jungfrau an Ort und Stelle. Er will gerade loslegen. Aber sie bekommt kalte Füße und will es so lange wie möglich rauszögern. Also fragt sie ihn:

›Wie heißen Sie?‹

›Brown‹, sagt er.

›Woher kommen Sie?‹

›Birmingham‹, sagt er.

›Haben Sie Geschwister?‹

›Eine Schwester – Jetzt‹, sagt er, ›stelle ich Ihnen mal ein paar Fragen. Woher kommen Sie?‹

›*Gweek*.‹« Worauf er einen spitzen Schrei ausstieß. Und loslachte.

»Hier ist noch einer. Treffen sich ein katholischer Priester, der den Arm in einer Schlinge um die Brust trägt, und zwei Beatniks. Sagt der eine Beatnik:

›Was hat er denn gemacht?‹

›Vielleicht ist er im Bad ausgerutscht‹, sagt der andere.

›Im Bad? Was ist das denn?‹

›Woher soll ich das wissen? Ich bin doch nicht katholisch.‹« Und wieder lachte er über seinen eigenen Witz. Er ist im Londoner East End aufgewachsen. Aber er hasst London. Er mag Carnbray. Einmal fragte ich ihn: »Was tun Sie, wenn Sie bedrückt sind?«

»Ich stelle mich vor den Spiegel und lache – wie ein Verrückter. Dann geht's mir besser.«

Seine Frau ist klein und gut aussehend. Sie malt Landschaften nach Zahlen. Sie hat den Dschungel, Vögel und Schmetterlinge gemalt. Eines Nachmittags kam sie auf der Straße zu mir. »Hallo, Joseph. Ich fühle mich schrecklich. Das sind die Wechseljahre. Mir ist richtig mies.«

»Wie geht's Jerome?«, sagte ich.

»Ich kann ihn nicht dazu bewegen, rauszugehen«, sagte sie. »Er sitzt die ganze Zeit zu Hause und sieht fern.«

Immer wenn ich die russische Dame treffe, bleiben wir stehen und unterhalten uns. Sie ist eine große Frau, vom Alter schon leicht gebeugt. Sie trägt einen braunen Dufflecoat mit weißen Handschuhen und einen Schleier über dem Gesicht. Und geht auf einen Stock gestützt. Das erste Mal sah ich sie an der Strandpromenade, von Katzen umringt, wie sie Miez, Miez rief. Und ihnen dann Butterstückchen aus ihrer Tasche gab. Ihr Englisch war nicht besonders. Sie fühlte sich im Französischen wohler. »Ich trage den sehr englischen Namen Anderson«, sagte sie mit diesem kehligen russischen Akzent. Oft sah ich sie, wie sie rasch die menschenleere Strandpromenade entlangging, durch die Seitenstraßen, nicht allzu gut auf den Beinen, als ob sie Angst hätte, stehen zu bleiben. Dann in einen Hauseingang trat, eine kleine Flasche hervorholte, einen Schluck trank und weiterging. »Ich weiß genau, dass die Leute denken, ich wäre eine Trinkerin. Aber es ist Medizin für mein Herz.« Sie sagte, sie habe Rasputin gekannt. Und beschrieb einen Gesellschaftsball, auf den sie als junges Mädchen in Moskau gegangen war. Und während sie erzählte, stellte ich sie mir auf dem Ball vor, mit einem Fächer und bloßen Schultern. Sie ist noch immer eine hübsche Frau. Aber sie hat Angst.

»Die Bolschewiken sind hinter mir her«, sagte sie.

»Aber in Carnbray sind Sie sicher. Hierher werden sie nicht kommen.«

»Sie werden mich finden«, sagte sie.

Wenn ich die Straße hinuntergehe, sehe ich manchmal das große dünne ältere Fräulein mit strahlendem Gesicht. Miss Edwards. An schönen Tagen steht sie an ihrer Tür. »Wann kommen Sie mal herein? Sie sagen es zwar immer, aber Sie tun es nie.«

Ich ging hinein. Ich hatte Rebecca dabei. Ihr Haus war sauber und aufgeräumt. An der Wand hing ein Bild von Henry Irving. »Wir sind verwandt«, sagte sie. Und ein paar Bilder, die präraffaelitisch aussahen. Sie wollte ständig irgendwelche Sachen verschenken. Bücher. Obst. Am Ende hatte Rebecca einen Apfel und ich eine alte Ausgabe von *Der Held der westlichen Welt*.

An kalten Wintertagen verlässt sie nur halb angezogen das Haus. Ich knöpfe ihr die Bluse zu, den Mantel, richte ihre Brosche am Hals. »Was haben Sie nur gemacht?« – »Keine Ahnung«, sagte sie. »Ich kann mich nie daran erinnern, was ich gemacht habe.« Einmal, als ich gerade den obersten Knopf ihres Mantels zuknöpfte, sagte sie: »Ich würde lieber sterben, als so weiterzuleben.«

Etwa einmal im Jahr, zufällig, treffe ich Russell Beck. Er ist Ende dreißig, ein Kanadier, sehr reich. Er hat Geld von beiden Seiten seiner Familie geerbt. Am McGill wurde er zum Architekten ausgebildet, hat aber nie als solcher gearbeitet. Er besitzt ein Haus auf der Heide. Er gehört zu jenem ersten Sommer, als ich mit den Hauptmännern und den Majoren und den Staffelkapitänen zusammen war. Damals hielt ich ihn für sehr wortgewandt, intelligent, er liebte es, über Ideen zu diskutieren. Wahrscheinlich, weil er in Montreal eine Jesuitenschule besucht hatte.

Wenn ich ihn heute sehe, dann sitzt er in einem Auto. Er nahm mich einmal darin mit zu seinem Grundstück, wo eine Frau, die ich noch nie gesehen hatte, in der Sonne einen Taschenbuchroman las. Sie sagte kein Wort. Es roch nach frisch gemähtem Gras. Das Haus wirkte offen. Ein Anblick völligen Müßiggangs. »Es ist ein Jahr her, dass ich irgendwas gearbeitet habe«, sagte er. Ich erzähle ihm von meiner Reise nach Kanada. Er ist nicht besonders interessiert. Er zeigt mir seinen Hahn und die vier Hühner. Hübsches Federvieh. Der Hahn schön bunt. Er holt ein Ei und nimmt es mit. Es ist noch warm und wir alle fassen es an. Er geht zum Zaun und pinkelt dagegen.

»Mein Bruder in Montreal ist gerade Vorstand bei der St. Lawrence Starch Company geworden.«

Eine Atmosphäre des völligen Müßiggangs im Haus.

»Siehst du die Bauern aus der Nachbarschaft oft?«

»Sie sind nicht gerade gesellig«, sagte er. »Methodisten. Haben ganz andere Ansichten. Jedenfalls lebe ich wie ein Einsiedler.«

»Wann kommt der Postbote?«, sagte ich.

»Keine Ahnung«, sagte Russell Beck. »Wir sind nie wach, wenn er kommt.«

»Er kommt morgens gegen halb elf«, sagte sie.

Es gab Nebengebäude, die alle verschlossen waren. »Das war mal mein Atelier. Aber ich habe seit einem Jahr nicht mehr gearbeitet. Tut mir leid, dass ich nichts zu trinken im Haus habe. Wir hatten gestern Abend ein paar Leute hier und es sind nur zwei leere Flaschen übrig.«

Er rief ihr zu: »Hol mal Tee und Kuchen.«

Und sie tut es, ohne ein Wort zu sagen.

Den Tee und den Kuchen gibt es draußen. Ich sehe eine Elster, dann noch eine, ganz nah. Und den herrlichen Ginster. Ganz orangegelb. Sehr heller Ginster.

»Ich war einen Monat in Irland«, sagte er. »Ich war eine Weile in London. Ich bin für zwei Wochen nach Amsterdam gefahren. Ich war in Portugal ...«

Sein Grundstück war verwildert. Nur ein Hahn und vier Hühner. Ringsherum grüne Felder. Der Geruch von frisch gemähtem Gras.

»Es ist sehr schön hier«, sagte ich.

»Das Leben vergeht sehr langsam«, sagte er.

Etwa zweimal im Jahr bekommen wir einen Anruf von unserer alten Gemüsehändlerin, die jetzt in Rente ist. Sie ist Witwe und ein wenig taub und schreit ins Telefon. »Weilt ihr noch unter den Lebenden?«

»Ja«, höre ich mich zurückschreien.

Wegen ihrer geschwollenen Knöchel verlässt sie nie das Haus. Sie ist ganz auf das Telefon angewiesen.

»Wie geht's euch allen?«

»Uns geht es gut«, sagte ich. »Und Ihnen?«

»Ich habe Hämorriden«, schrie sie. »Ich habe Mr. Stock gefragt. Er sagt, er hätte Hämorrhoiden. Und seine Frau hätte Hämorriden. Das kommt vom vielen Sitzen.«

Sie erzählt mir, dass ihr Enkel sie am Sonntag auf eine Spazierfahrt um Carnbray mitgenommen hat.

»Wohin sind Sie gefahren?«

»Oh, die Straße an den Klippen entlang.«

»War's nicht schön?«

»Mir gefällt es drinnen besser«, sagte sie leise.

Und dann gibt es da die kleine Frau, das Haar in der Mitte gescheitelt, ganz strahlendes Gesicht, weiter unten in der Straße. Nachdem ich sie zum ersten Mal gesehen hatte, traf ich sie immer, wenn ich von einem Nachmittag an der Strandpromenade zurückkehrte und sie auf einer Bank saß. »Ich habe mich köstlich amüsiert«, sagte sie. »Ich habe so viele Leute getroffen. Alle haben sich mit mir unterhalten.« Jetzt geht sie nicht mehr viel raus. Am Sonntagnachmittag wartet sie manchmal darauf, dass ich auf dem Weg zur Post vorbeikomme, und gibt mir einen Luftpostbrief an ihren Sohn in Südafrika, den ich für sie in den Briefkasten werfen soll. Es muss wohl an meinem Akzent liegen oder an ihrem, oder auch daran, dass sie nicht mehr so gut hört. Denn wir führen diese Gespräche.

»Mal wieder alles dicht«, sagte sie.

»Ich werd's schon schaffen«, sagte ich. »Der Briefkasten wird nicht vor fünf geleert.«

»So ein dicker Nebel. Man hat ja kaum noch was gesehen.«

»Ich bin sicher, der Zug fährt nicht vor fünf von der Post ab.«

»Nun ja, wir können uns nicht beklagen, wir hatten ein paar schöne sonnige Tage.«

Ein anderes Mal, als sie mir einen Brief gab, sagte ich: »Haben Sie einen Wallis?«

»Nein, wir haben einen Plattenspieler, aber der ist kaputt.«

»Falls Sie einen Wallis haben, einen brauchbaren ...«

»Nein, ich hab keinen. Ich habe den Plattenspieler.«

»Falls Sie einen brauchbaren haben, könnten Sie einen guten Preis dafür bekommen.«

»Jetzt?«

»Ja, jetzt. Im Sommer machen sie eine Ausstellung in der *Tate*.«

Im Mai öffnen die geschlossenen Sommerrestaurants wieder. Die Straßen werden ausgebessert. Die Hütten und Häuser werden frisch gestrichen. Wie auch das Geländer am Hafen. Die Ramschläden haben neuen und teureren Ramsch in den Schaufenstern. Und überall Postkartenständer. Emily und ich machten einen Spaziergang, um uns den Ort anzusehen, bevor die Saison alles abnutzte. Wir gingen die High Street entlang. Vorbei an den Obstläden, den Pubs, den Cafés, dem Gas- und Stromversorger, und sahen die hochgewachsene schwedische Besitzerin vom *Paradise*. Sie stand in der Tür ihres Restaurants, den Kopf nach oben zur Sonne geneigt. Ende September verlässt sie Carnbray und verbringt den Winter in Stockholm.

»Ihr seid wie die Vögel – ihr zwei«, sagte sie, als sie uns sah. »Ihr kommt mit dem Frühling.«

Ich kann ihr nicht sagen, dass wir diejenigen sind, die die ganze Zeit über hier gewesen sind. Also lächeln wir und sagen: »Hallo, Inga«, und gehen weiter.

~ 21 ~

Das Klingeln weckte uns alle auf. Ich ging nach unten zum Telefon. Es war Oscar, der aus Meridian anrief, während Mona am Nebenanschluss mithörte. Nachdem er sich erkundigt hatte, wie es uns allen geht (ich fröstelte, ich sagte ihm, dass es hier Sonnabend zwei Uhr morgens war), sagte er, dass Vater gestorben sei. (Ich glaube, er hat erwartet, dass ich am Telefon weine.) Die Beerdigung sei am Sonntag um 14 Uhr. Ob ich kommen könne? Ich sagte, ich würde es unmöglich schaffen, von hier aus nach London zu fahren und hinüberzufliegen, um rechtzeitig da zu sein (selbst wenn ich das Geld für das Ticket hätte).

Danach legte ich mich nicht wieder schlafen. Ich zog mich an, trank Kaffee, ging nach draußen und lief zur Strandpromenade.

Ich erinnerte mich nicht oft an den Mann im Krankenhaus. Aber ich erinnerte mich an andere Gelegenheiten. Das lebende Huhn, das er mir als Kind über den Kopf hielt und umherschwenkte. (Wofür war das jetzt wieder gut?) Den Segen, den er mir erteilte, bevor wir in die Synagoge gingen. Seine Witze, die er in angespannten Momenten erzählte ... als ich nach Europa gehen musste und wir auf ein Taxi warteten. Seine Sorge, dass wir uns verletzen könnten. »Sei vorsichtig mit der Schere. Pass auf, wie du das Messer hältst.« Die schönste Zeit, die ich mit ihm hatte, war im Sommer, wenn ich ihm dabei half, das Obst auf der Straße zu verkaufen. Der hohe rote Wagen mit dem weißen Pferd. Wir verließen den Markt an der William Street und standen vor dem Verkehr auf der Rideau. Dann, endlich, überquerten wir die Straße, wobei die Räder des Wagens in die Straßenbahnschienen gerieten. In die Nicholas Street. Am

Bytown-Museum vorbei, das immer geschlossen schien. Am Gefängnis vorbei mit seinen hohen Mauern aus kleinen grauen Steinen. Die Laurier-Brücke hinauf. Das Pferd zieht mit aller Kraft. Und oben – der Friedensturm, der Driveway, die Eisenbahnschienen, der Kanal. Und auf der anderen Seite wieder runter, das Pferd stemmt sich gegen die Last des Wagens, das lederne Zaumzeug schneidet in seinen Rumpf. Über die Elgin und in unsere erste Straße, die Gloucester. Das Pferd blieb stehen. Er rollte die Plane zurück. Eine ruhige Straße. Niemand unterwegs. Häuser mit grünen Holzveranden. Bäume. Und das graue Kloster. Jemand übt Klavier ... Das waren die glücklichsten Tage meiner Kindheit. Damals habe ich ihn kennengelernt. Und die ganze Zeit hatte ich das Gefühl, mich schämen zu müssen. Denn das war Armut.

Am Sonntag wollte ich irgendetwas tun. Ich konnte es einfach nicht dabei bewenden lassen. Ich zog mir ein sauberes weißes Hemd an, den grauen Anzug, blaue Krawatte. Emily und die Kinder sahen nur zu. Ich sagte, ich würde nach Penzance fahren.

In Carnbray und Umgebung gab es keine Synagoge. Aber ich erinnere mich, im *Cornishman* gelesen zu haben, dass Penzance einmal eine blühende jüdische Gemeinde besaß.

Aber es gab keine Synagoge in Penzance. Das Einzige, was von der jüdischen Gemeinde übrig war, war ein alter, ungenutzter Friedhof. Ich fand ihn – vom Bahnhof aus den Weg hoch, durch einen Durchgang zwischen den Rückseiten zweier Häuser, der in eine schmale Gasse führte. An ihrem Ende das scheunenartige Gemeindehaus der St.-Johannes-Kirche. Er lag eingezwängt zwischen dem Gemeindehaus und den Rückseiten von mehreren Reihenhäusern.

Von außen hätte man nie gedacht, dass es ein Friedhof ist. Es war nichts weiter als eine alte grüne Tür, mit einem Schloss und einem Riegel davor, die in eine hohe Granitsteinmauer eingelassen war, die ringsherum führte. Der Granit war über die grüne Tür hinweg gebaut, um sie noch höher zu machen, damit niemand hinübersehen konnte. Auch an den Seiten konnte man um die Mauer nicht herumsehen. Jemand hatte den Granit mit Gips verputzt. Aber der Putz war brüchig und bröckelte ab. Er hatte die Farbe von verblasstem Orange, Gelb und Grau.

Ich beschloss, zur Adresse des Friedhofswärters zu gehen, die weiß auf die grüne Tür geschrieben war. Das Haus lag in der Mount Street, eine schwarze Tür, gleich hinter einem Pub. Ich klopfte.

Der Mann, der aufmachte, war im Hemd. Ich fragte ihn, ob er der Friedhofswärter sei.

»Ja«, sagte er. »Möchten Sie ihn sich ansehen?«

»Wenn es nicht zu viel Mühe macht.«

Er ging zurück ins Haus und kam mit dem Schlüssel wieder heraus. Er schloss das Schloss auf, schob den Riegel zurück und öffnete die grüne Tür.

Dass er so klein war, hatte ich nicht erwartet. Er war nicht größer als ein Hinterhof, eingeschlossen von diesen hohen Mauern. Und innen waren die Wände noch rötlicher und stärker verblasst. Ein kleiner Pfad, ein paar Steine. Und es gab die Grabsteine. Manche aus Metall, manche zerbrochen, manche beiseite geschoben, um verloren am Rand zu stehen. Mit hebräischen und englischen Buchstaben. Ich entdeckte Hart. Die Eltern von Lemon Hart, stand drauf, aus der Rum-Familie.

Im Gras sah ich einen großen Fliegenpilz wachsen.

Der Friedhofswärter sagte, das war wohl ein Stück Brot, das jemand von den Reihenhäusern herübergeworfen hat. »Als ich hier anfing, war es so schlimm, dass ich zur Polizei gehen musste, damit sie dafür sorgen, dass keine Abfälle mehr hier rüberfliegen.«

In einer Ecke stand ein blühender Fliederbaum. Ansonsten war der Friedhof überwuchert, das Gras stand hoch.

»Wer bezahlt Sie dafür, dass Sie sich um ihn kümmern?«

»Ein paar Leute in London«, sagte er. »Ich bekomme einmal im Jahr einen Scheck. Sie stellen keine Fragen. Hier wurde seit über fünfzig Jahren niemand mehr begraben. Ich glaube nicht, dass es hier in der Gegend überhaupt noch Juden gibt.«

Ich sagte »Yisgadal v'yiskadash shmai raba« zu mir selbst. Das war alles, woran ich mich noch erinnerte. Und ich wollte nicht länger hierbleiben. Ich war wegen etwas hergekommen, das in der Vergangenheit lag. Jetzt fühlte ich mich nur noch als Tourist.

Wir machten uns auf den Rückweg. Doch die Tür ging nicht auf.

»Die Jungs müssen gesehen haben, wie wir reingehen«, sagte er, »und haben den Riegel vorgeschoben.«

Ich versuchte zu drücken. Sie ließ sich nicht öffnen. Er ging die Mauer entlang, wo die Rückseiten der Reihenhäuser waren, und rief: »Mrs. Thomas, Mrs. Warren, Mrs. Hope.« Er versuchte es noch einmal. »Sie sind wohl nicht da.«

Ich versuchte, an der Mauer hochzuklettern, rutschte aber ab, ich fand keinen Tritt. Er rief: »Hallo ... hallo ...« Wir warteten. Nichts tat sich.

»Wir kommen nicht raus«, sagte er.

Danach sagten wir nichts mehr. Wir standen da und horchten. Ich hörte Möwen, Dohlen, einen Zug, der in der Ferne rangierte. Von Zeit zu Zeit rief er. »Hallo. Hallo.« Und dann horchten wir. Es war sehr still. Jeder Laut war auszumachen. Aber wir hörten keine menschlichen Stimmen. Der Friedhofswärter fror in seinem Hemd.

Wir waren gute drei Stunden dort drin, als wir unweit eine Tür hörten, die auf und wieder zuging. Der Friedhofswärter rief von Neuem.

Eine Stimme sagte: »Wo sind Sie?«

»Auf dem Friedhof.«

»Was machen Sie da?«

»Wir kommen nicht raus.«

Der Riegel wurde zurückgeschoben. Die grüne Tür ging auf. Die beiden alten Männer unterhielten sich über die Vergehen der Kinder in diesen Tagen. Dass sie keinen Respekt den Älteren gegenüber zeigten.

Ich ging. Durch den Torbogen konnte ich die leicht geschwungene Kurve der Bucht von Mount's Bay sehen, die Insel St. Michael's

Mount, das blaue Wasser, die Felder, die Küstenlinie, die sich in der Ferne verlor.

Ich weiß, dass manche Leute, nachdem jemand gestorben ist, so vielen anderen wie möglich davon erzählen wollen oder anfangen, über den Abschluss einer Lebensversicherung nachzudenken, oder sich Gedanken darüber machen, wo sie einmal begraben werden. Meine Reaktion ist, in Emily einzudringen. In dieser Nacht im Bett erschien es mir wichtig zu betonen, dass wir lebten.

~ 22 ~

Das Telefon klingelte.

»Hallo«, sagte ich.

»Hallo, alter Knabe.«

»Albert. Wo bist du?«

»In London, in der Wohnung. Hast du einen Brief von mir bekommen?«

»Nein, hab ich nicht.«

»Wenn er ankommt, beantworte ihn nicht. Ich habe dir einen Brief aus Wien geschickt. Wäre interessant, wenn sie den Brief nicht durchgehen lassen.«

»Wer?«

»Kann ich dir am Telefon nicht sagen. Ich hatte ein kleines Abenteuer.«

»Wann hast du den Brief geschrieben?«

»Welchen Tag haben wir heute?«

»Den siebenundzwanzigsten.«

»Nein, welchen *Wochentag*?«

»Sonntag.«

»Ich hab ihn am Mittwoch geschrieben. Aber vielleicht ist er da noch nicht weg. Ich weiß, das klingt melodramatisch, aber ich kann es dir am Telefon nicht erzählen. Wenn der Brief ankommt, gib mir Bescheid.«

Am nächsten Morgen wartete ich auf den Postboten. Kein Brief aus Wien. Auch am nächsten Tag nicht. Ich dachte, ich würde ihn wohl sowieso nicht lesen können.

Am vierten Tag erhielt ich einen Brief von Albert. Er war auf Schreibmaschine geschrieben.

Lieber Joseph,
alles in Ordnung. Ich habe den Brief gefunden, den ich dir geschrieben habe. Ich wurde nämlich von der österreichischen Polizei verhaftet und war besorgt über etwas, das ich geschrieben hatte. Meine schlechte (unleserliche) Handschrift hat mich diesmal gerettet und sie haben es nicht gelesen. Verzeih, dass ich so melodramatisch bin. Ich erzähle es dir beim nächsten Wiedersehen.
Liebe Grüße an alle.
Albert

Am 25. Januar kam wieder ein Anruf. »Joseph?«

»Hallo, Albert.«

»Frohes neues Jahr.«

»Danke, dir auch.«

»Ich will nit sind dramatik, aber du waist mir nicht. *Farshtait*?'

»Ich farshtai«, sagte ich.

»Es war niemand da, der nach mir gefragt hat, oder?«

»Nein.«

Er klang enttäuscht. »Sag ihnen nicht, dass ich hier wohne.«

Eine Woche später fuhr ich nach London. Ich war neugierig wegen Albert. Aber ich brauchte auch ein paar Tage in London. Nach zehn Monaten ohne Unterbrechung in Carnbray bedrückt mich der Anblick des Wassers in der Bucht, der Möwen, der Strandpromenade nur noch. Ich muss wieder nach draußen und gerade Straßen entlanggehen können und mit jemandem reden, einfach nur reden.

Olga machte Tee, und Albert und ich saßen einander, umgeben von Büchern, Möbeln, Fotografien, im Zimmer gegenüber.

»Ich bin ein Feigling«, sagte er. »Ich habe gekniffen. Wie ich es schon mal getan habe.«

»Du hast es schon mal versucht?«

»In Frankfurt. Aber ich war damals zu feige. Und ich war auch jetzt zu feige.«

Er stand auf, schloss die Türen, damit Olga nichts hören konnte.

»Ich bin nach Österreich gefahren. Da gab's diesen Mann, Apfel. Er war dafür verantwortlich, dass Juden in Konzentrationslager geschickt wurden. In Southampton sollte ich eigentlich eine Waffe bekommen. Aber sie kam nicht. Ich hatte die Pistolenkugeln und ein Messer. Ich bin nach Wien gefahren. Habe mir ein Auto gemietet und bin raus nach Kreuze gefahren – die Adresse hatte ich von Letros –, er behält die ganzen Nazis im Auge.

Ich bin nach also Kreuze gefahren – es ist nur ein kleines Bauerndorf an einem See. Ich fand das Haus. Es war niemand da.

Gegen Abend habe ich es noch mal versucht. Ich ging hinten rum. Diesmal habe ich es an der Hintertür probiert. Sie stand offen. Ich bin die Treppe hoch. Habe geklingelt. Eine Frau kam an die Tür. Eine ganz normale Frau. Ich glaube, es war, weil ich eine Frau gesehen habe ... Sie sagte: Was wollen Sie? Ich habe ihr erzählt, ich wäre ein britischer Journalist und will Herrn Apfel interviewen. Dann habe ich diese kräftige Stimme von drinnen im Haus rufen hören.

›Nein.‹

Sie hat die Tür zugemacht. Ich bin die Treppe runter. Ich war ein Feigling. Ich hätte gleich reingehen sollen. Ich bin zurück ins Hotel gegangen und habe mich hingelegt. Ich war entschlossen, es am nächsten Tag noch mal zu versuchen. Ich schrieb einen Brief an dich, in dem stand, dass du dich bei meiner Familie melden sollst, falls du nichts mehr von mir hörst.

Ich hatte mich gerade hingelegt, um mich etwas auszuruhen, als es an der Tür klopfte. Ich sagte, wer da, und es war das Zimmermädchen. Als ich die Tür aufmachte, haben mich fünf oder sechs große Männer gegen die Wand gedrängt und durchsucht, ob ich eine Waffe dabeihatte. Sie sagten, ich soll mich anziehen und mitkommen. Ich sagte, wozu? Sie meinten, das würden sie mir später erklären.

Wir sind alle in dieses schwarze Auto gestiegen. Und das geschah mitten in Wien. Hier wurde ich weggefahren. Und da spazierten die Leute vorbei, manche machten Einkäufe. Alter Knabe, du hast keine Ahnung, was sich in den Autos abspielt, die gerade vorbeifahren.

Ich wurde drei Tage lang verhört. Ich blieb bei meiner Tarngeschichte. Ich habe ihnen erzählt, ich schreibe ein Buch.

Was für ein Buch, fragten sie.

Es heißt *Der Wunderjude.* Ich schrieb es ihnen auf. Es ist ein Wortspiel, sagte ich. Wandern. Wundern.

›Ja, ja‹, sagten sie.

Sie wollten wissen, warum ich die ganzen Kugeln dabeihatte. Wer mein Komplize war? Ich habe ihnen eine Geschichte aufgetischt, dass ich in der Tschechoslowakei jagen gehen wollte.

Sie waren alle sehr korrekt. Im Hintergrund stand ein älterer Kriminalbeamter, der durch eine Brille guckte. Er wirkte freundlich, also habe ich ihn angelächelt. Dann kam er auf mich zu und sagte: ›Warum lachen Sie mich aus? Warum machen Sie sich über mich lustig?‹

Ich war besorgt wegen dem Brief an dich, weil ich Letros' Namen darin erwähnt hatte. Nach drei Tagen hieß es, ich könne einen öffentlichen Prozess bekommen oder für zehn Jahre des Landes verwiesen werden. Ich wollte einen öffentlichen Prozess und einen Skandal machen. Aber am Ende habe ich mich für die Ausweisung entschieden. Ich bin ein Feigling. Findest du nicht, dass ich ein Feigling bin?«

»Wir alle sind irgendwo Feiglinge«, sagte ich und fühlte mich unbehaglich.

Plötzlich stand er auf, ging zum Tisch und schrieb etwas auf. »Ich muss etwas Geld verdienen. Tut mir leid, dass ich mich diesmal etwas rarmache, aber Olga wird sich um dich kümmern.«

Nachdem er gegangen war, fragte ich Olga: »Wie geht es ihm?«

»Er ist krank, Sir. Sagen Sie ihm, er soll gehen zum Doktor. Er streitet mit allen – mit seine Brüder.«

»Aber warum denn?«

»Weil sie nicht gehen wollen auf den Friedhof. Hat gegeben großen Streit. Er fragt, warum gehen sie nicht auf den Friedhof jede Woche. Sie sagen, dass sie nicht wollen. Er nimmt sie am Genick und bringt sie vor die Tür. Schmeißt sie raus. Er geht jede Woche. Zahlt viele Pfund für Blumen für die Gräber.«

»Arbeitet er?«

»Er liest Bücher und nennt es Arbeit. Er verschickt Sachen. Aber alle sagen, ist nicht gut oder kein Bedarf. Kommt alles zurück. Wir gewesen in Auschwitz. Ich sage zu Albert – Sie schreiben eine kleine Artikel, Sie haben Bilder, Sie sind gewesen dort. Dann wir kommen zurück. Ein paar Wochen später ein anderer hat geschrieben über Auschwitz, mit Bildern. Ich sage zu ihm, warum nicht Sie? Er ist ganz wirr, Sir. Er hat verkauft Geschäft. Jetzt er hat fast neuntausend Pfund. Aber was wird sein in eine Jahr? Er wird landen auf der Straße.«

»Mit neuntausend Pfund wird er länger als ein Jahr auskommen.«

»Aber er ist zusammen mit diese Frau. Diese Miststück. Liegt im Bett ganze Tag lang. Sie glauben, er geht arbeiten nach Soho. Dort er hat diese Frau.«

»Wer ist sie?«

»Eine, die er kennt aus dem Krieg. Sie hat verlassen ihren Mann. Sie haben nicht viel Geld. Albert gibt ihr Geld. Sie lässt sich machen teure Frisur. Und sagt zu mir: Olga, wie gefallen dir meine Haare? Sie sind grau, sage ich. Und Albert ist böse mit mir. Sie sagt zu mir: Wie findest du mein neues Kleid? Ich sage, Sie sind fett. Und Albert ist böse mit mir. Ich werde nicht machen Frühstück für diese Miststück.«*

* *Ich traf sie einmal in Alberts Wohnung in Soho. Ihr Name war Pat. Eine große Blondine mit schönen dunklen Augen. Sie erinnerte mich an die Helferinnen bei der Luftwaffe und der Landwehr im letzten Krieg. Sie wollte unbedingt gefallen. Nach ein paar Drinks sagte sie: »Möchten Sie sehen, wie ich Schauspieler imitiere? Das ist mein Alan Ladd. Das ist mein Gary Cooper.« Sogar in ihren Imitationen war sie altmodisch. Fünf Monate später brach im Nahen Osten der Krieg aus. Ich schrieb Albert und fragte mich wirklich, ob er nicht bereits dort war. Das schien etwas zu sein, auf das Albert sein ganzes Leben gewartet hatte. Und wieder verfolgte ich die Nachrichten im Radio, im*

Ich ging zu Charles, aber er war nicht da. Eine neue Tür war eingesetzt worden, aber ich sah, dass das obere Fenster eingeschlagen war und die Scheibe ein großes Loch hatte. Ich ging ins *Blooms* und bestellte ein paar Dinge zu essen. Ich lief die Straßen entlang. Als ich die Piccadilly überquerte, sah mich eine Frau an. Einen kurzen Augenblick dachte ich, es wäre Anna. Als ich nachts in die Wohnung zurückkam, war ich müde.

Das Telefon klingelte. Es war Albert.

»Irgendwelche Anrufe für mich?«

»Nein«, sagte ich.

»Wann fährst du zurück?«

»Morgen früh – ich nehme den Zug halb elf von Paddington.«

»Lass uns zusammen frühstücken«, sagte er. »Wir treffen uns vor der französischen Kneipe.«

Am nächsten Morgen kurz vor acht stand ich vor dem *York Minster* und da war Albert. Er brachte mich in ein schäbiges, dunkles Café. Wir aßen Käsebrötchen und tranken Kaffee mit viel Zichorie drin. Wie traurig es hier aussah, dachte ich. Doch für Albert war es ein ganz sentimentaler Ort. Aber da war er selbst schon ein sentimentaler Mann. Er erzählte mir, dass alles, was Rang und Namen hatte, in den 1940er Jahren hierhergekommen sei. Und als wir heraustraten, zeigte er auf andere triste Restaurants, schäbige Eingänge, die mir nichts sagten, und erzählte mir, was sie einmal gewesen waren.

Ein alter Mann in einem abgetragenen grünen Tweedmantel kam auf uns zu. Eine Sicherheitsnadel hielt den Mantel zusammen. »Haben Sie vielleicht ein paar Pennys für eine Tasse Tee übrig?«

Fernsehen, in den Zeitungen. Als ich drei Tage lang nichts von ihm hörte, rief ich an. Olga nahm ab. Sie sagte, Albert sei »mit dieser Frau« in Frankreich. Drei Wochen später rief Albert zurück. Er war wieder in London. Er klang traurig und enttäuscht. Er sagte, er sei in Frankreich auf einem abgelegenen Bauernhof gewesen. Hätte nichts vom Krieg gewusst. Als er zurückkam, war alles vorbei.

»Ganz schön unverschämt«, sagte Albert mit einem Lächeln. Und gab ihm einen Schilling.

»Ich werde enden wie er«, sagte er, »wenn ich nicht aufpasse.«

Er sah aus wie ein glücklicher Mann in einem grauen Anorak mit Pelzkragen, dachte ich, der an der Ecke Dean und Old Compton Street stand und dem der Wind durch die verbliebenen grauen Haare wehte.

»Grüß Emily und die Kinder von mir«, sagte er. »Kinder? Wahrscheinlich sind sie alle schon fast erwachsen. Wenn sie mich sehen, werden sie sagen: Wer ist denn der alte Mann.«

~ 23 ~

Heute Morgen rief Charles an. Er würde gerne für ein paar Tage herkommen. Ob ich ihm ein Zimmer »für zwei« besorgen könne?

Unmittelbare Aufregung und Neugierde. Und am nächsten Morgen sehe ich ihn mit einem jungen Mann Ende zwanzig, den er als Arthur vorstellte, die Straße heraufkommen.

Am Anfang war es wie immer mit Charles, der uns erzählte, welche Leute er getroffen hatte, wo er gewesen war, was er gemacht hatte. Und Arthur saß still da, in einem dunkelblauen Anzug, weißen Hemd, mit schlichter dunkler Krawatte und dem Haar sehr kurz, aber keine Bürste. Wenn er etwas sagte, sprach er mit einem Cockney-Akzent, den er zu verbergen versuchte.

Ich bringe sie zum Hotel *Riviera*, und sobald wir drin sind, nimmt Charles die Sache in die Hand, unterschreibt die Anmeldung, übernimmt das Reden, während Arthur stumm dasteht.

An diesem Abend kamen sie vorbei, um uns zum Essen einzuladen. »Arthur gefällt es in Carnbray«, sagte Charles. »Ich denke, wir bleiben vielleicht ein paar Tage länger.«

»Es ist sehr schön«, sagte Arthur schüchtern.

Nach dem Abendessen spazierten wir die Strandpromenade entlang. Arthur ging mit Emily. Und ich mit Charles. Charles erzählt mir, dass er Arthur auf einer Party kennengelernt habe, dass er Gehilfe eines Buchmachers sei und aus Elephant and Castle komme. »Er ist sehr nett«, sagte Charles.

Das blaue Licht am Ende des Piers; die Reihe weißer Lichter auf der anderen Seite; und dazwischen die Hütten und Häuser, die, von innen erleuchtet, im Dunkeln wie Kürbisse aussehen.

»Wie du siehst, sind wir immer noch hier«, sagte ich. »Ich glaube nach wie vor, dass ich uns hier wegbringen werde.«

»Es spielt eigentlich keine Rolle«, sagte er. »Du lebst hier draußen genauso gut wie anderswo.«

Von irgendwo aus der Dunkelheit auf den Klippen kreischten Möwen.

»Ich bin fünfundvierzig«, sagte Charles. »Es dauert nicht mehr lange. Aber Maler, die ins Alter kommen, machen ihre besten Bilder.«

»Denkst du oft an den Tod?«

»Jeden Tag.«

Ich fragte ihn, ob er Anna gesehen habe. In der Klatschspalte einer der Zeitungen hatte ich gelesen, dass sie in London war, um einen Film zu drehen.

»*Sie*«, sagte Charles angewidert. »Sie schleppt alles ab. Schwarze, Homos. In einer europäischen Filmzeitschrift hatten sie Auszüge aus ihrem Tagebuch. ›Heute Morgen wachte ich noch immer mit dem Geschmack von Sperma im Mund auf‹, fing es in etwa an.«

Ich dachte, wie unschuldig wir waren.

Am nächsten Tag sahen wir Charles und Arthur nicht. Aber am Tag darauf tauchten sie mit einem orangen Topf von *Le Creuset* für Emily auf. Nachdem sie gegangen waren, sagte ich: »War das nicht nett?«

»Sie müssen über uns gesprochen haben«, sagte sie.

Diesmal war es ein etwas anderer Charles. Er war verhaltener.

»Carnbray ist so ein schöner Ort«, sagte Arthur. »Hätte ich doch nur eine Kamera.«

»Wenn wir zurück sind, kaufe ich dir eine«, sagte Charles.

Drei Monate später rief Arthur an. Er wollte gern runterkommen. Er fragte, ob ich ihm ein Zimmer im selben Hotel besorgen könne. Was ich tat. Er sagte, Charles würde malen und er könne nicht weg.

Emily und ich standen früh auf, wie immer, aber ohne große Begeisterung. Es war die falsche Person, die herkam. Keiner von uns beiden wollte Arthur unbedingt sehen.

»Er ist spät dran«, sagte ich. »Es ist halb neun.«

Um neun klingelte das Telefon. Es war Arthur, der vom Bahnhof aus anrief. Er wusste nicht, wo wir wohnen.

Ich sagte es ihm.

»Was soll ich mit unserem Koffer machen?«

»Lass ihn im Hotel und dann komm her.«

»Das ist eine gute Idee.«

Er kam und stellte uns einen großen Jungen mit hellem Haar namens Terry vor.

Emily machte ihnen Eier mit Speck und Tee.

»Die Zugfahrt war schrecklich. Wir saßen gestern Abend kurz nach zehn im Zug und sind jetzt erst angekommen. Charles lässt euch grüßen. Er arbeitet. Er wollte nicht runterkommen. Er malt für diese Ausstellung in einem Jahr in Paris.«

»Wie geht es ihm?«

»Er geht nicht mehr ins Pub. Er mag keine Pubs mehr. Er trifft sich kaum noch mit Leuten.«

Ich sagte, ich würde sie zum Hotel zurückbringen. Und unterwegs begegnete uns *Die Stimme von Kalkutta.*

»Das sind Arthur und Terry«, sagte ich.

»Guten Tag«, sagte er. »Habe ich Ihnen von den beiden Schwulen erzählt. Sie standen Rücken an Rücken und bekamen Arschsausen.«

Er lachte und ging weiter.

Ich sah, wie Arthur errötete.

»Er ist dumm«, sagte ich.

Der Zimmerpreis im Hotel war auffällig gestiegen. Auf sich allein gestellt, wusste Arthur nicht, was er tun sollte. Er besaß keinerlei Autorität. Ich fragte ihn, ob er in ein billigeres Hotel möchte. »Nein«, sagte er. »Sie waren zuletzt sehr nett.«

Sie kamen gegen acht zu uns und wir gingen etwas trinken. Terry sagte, Carnbray gefalle ihm. Arthur sagte, ihm gefalle es auch. Aber ich fragte ihn vor allem über Charles aus.

»Wenn er arbeitet«, sagte Arthur, »verausgabt er sich, um etwas zu Ende zu bringen. Er schindet sich richtig ab. Und mich schickt er immer wieder mit Leuten weg. Er kauft die Eintrittskarten. Ich war schon überall.«

»Wo warst du zuletzt?«

»Ich habe eine Rundreise durch den Nahen Osten gemacht. Charles hatte mich gefragt, ob ich Lust hätte, diesen Fotografen zu begleiten, den er aus dem Krieg kennt. Er hat dem Fotografen neue Sachen gekauft, er hat unsere Tickets bezahlt und jedem von uns hundert Pfund gegeben. Aber dieser Mann. Weißt du, was er macht? Er isst Pfundnoten. Er gab einem Mädchen einen Zehnpfundschein. Und sie gab ihm sieben Pfund und etwas Kleingeld wieder. Und er stand da und kaute die Scheine. Er sagte, sie schmecken nach nichts.«

Als Arthur eine Runde Getränke holen ging, sagte Terry: »Er lebt für Charles. Sie rufen sich morgens an, jeden Tag.«

»Und was tut Arthur?«

»Wenn Charles arbeitet – nichts. Er verbringt eine Menge Zeit im Battersea-Park. Er geht ins Kino. *Meine Lieder, meine Träume* hat er acht Mal gesehen. Dann wird's Abend, er geht zu Charles und sein Tag beginnt.«

Arthur kam mit den Getränken zurück. »Du hast großes Glück«, sagte er, »mit Emily und den Kindern.«

Am nächsten Tag kamen sie am frühen Morgen, um sich das Surfbrett zum Surfen auszuleihen. Ich brachte sie runter zum Strand. Es war sehr lustig. Arthur war noch nie gesurft. Ich zeigte ihm, wie man das Brett hält. Aber er surfte in die falsche Richtung. Anstatt auf einer Welle zum Strand zu kommen, traf er mit der Spitze des Brettes auf die Welle. Er versuchte, aufs Meer hinauszusurfen. Die Leute lachten. Ich sagte, wir würden uns später sehen.

An diesem Tag riefen sie nicht an. Ich hielt es so, wie ich es mache, wenn Charles da ist. Sollen sie sich die Zeit allein vertreiben. Vielleicht wollten sie für sich sein. Zuletzt hatte Arthur gesagt, dass es ihm hier gefiel und er zehn Tage bleiben wollte.

Am nächsten Abend erschien Terry fein herausgeputzt in einem guten Anzug.

»Haben Sie und Emily Lust, auf einen Drink mit Arthur ins Hotel zu kommen? Er hat beschlossen, morgen abzureisen.«

»Wieso das denn?«

»Er hatte Ärger im Hotel. Sie wollen nichts für ihn tun. Sie behandeln ihn wie Dreck. Er wollte etwas Wäsche gewaschen haben. Sie dachten nicht einmal daran, bis er ihnen ein üppiges Trinkgeld gab. Sie wollten seine Schuhe nicht putzen. Sie beachten ihn gar nicht.«

»Was habt ihr die letzten zwei Tage gemacht?«

»Er hat sich mit Champagner betrunken. Die ganze Zeit. Wir waren kaum am Strand.«

Wir kamen im Hotel an. Arthur saß allein in der Lounge neben der Glasfront mit Blick auf die Bucht und trank Champagner. Es war sehr schön draußen. Die Abendstunde, wenn das Meer heller ist als der Himmel. Und die französischen Krabbenfischerboote haben gerade ihre Lichter angezündet.

»Warum habt ihr so lange gebraucht«, lallte er seine Worte mehr als dass er sie sprach. »Kommt und setzt euch. Trinken wir noch eine Flasche Champagner. Noch eine Flasche. Sie sind so langsam. Sie beachten mich gar nicht.«

Es war eines dieser Hotels für die englische Provinz-Mittelklasse. Voller matronenhafter Frauen und rotgesichtiger Männer. Sie tranken Sherry und Flaschenbier. Und blickten missbilligend in unsere Richtung.

»Ich dachte, es gefällt dir hier«, sagte ich. »Warum willst du so schnell wieder weg?«

»Hier kann man nichts unternehmen«, sagte Arthur. »Es gibt kein Nachtleben. Wir fahren weiter nach Brighton. Ich schicke euch eine Karte.«

Weiter nach Brighton, so wie er nach Mallorca gegangen war, nach Tanger, nach Marseille, nach Zypern, Monaco. Und während Arthur trank, wurde er dem Bild, das Charles von ihm gemalt hatte, immer ähnlicher. Er löste sich vor unseren Augen auf. Und er sprach mehr Cockney als je zuvor. Ich sah die abfälligen Blicke all dieser Mittelständler, mit denen sie Arthur beim Trinken bedachten, den Champagner, den betrunkenen Arthur. Plötzlich mochte ich Arthur. Zum Teufel mit ihnen.

Terry saß neben mir und gegenüber saßen Emily und Arthur.

»Er hat diese wunderbare Wohnung, die Charles ihm gekauft hat«, sagte Terry. »Mit allerlei Schnickschnack – aber nichts zu essen. Nur Milch.«

»Warum habt ihr euch so rausgeputzt«, sagte Arthur. »Wozu der Anzug und die Krawatte?«

»Wir haben es für euch angezogen.«

»Für uns? Wir sind nur zwei Stricher.«

Aber er hatte zu viel getrunken. Und er beschloss, nach oben zu gehen. Terry ging mit ihm. Wir saßen da mit einer halben Flasche Champagner. Als Terry zurückkam, sagte ich, ich würde morgen kommen, um sie zu verabschieden.

Am nächsten Morgen stand ich früh auf. Und leistete Arthur und Terry am Frühstückstisch Gesellschaft. »Ich glaube, ich habe mir ein paar Worte von Charles angewöhnt«, sagte er. »Er sagt immer, riesig nett. Oder es sind riesig nette Leute. Und das sage ich jetzt auch.«

Was er nicht erkannte, war, wie abhängig er von Charles war. Mit Charles zusammen war er in den großen Hotels untergekommen. Aber wenn er dasselbe ohne Charles versuchte, klappte es nicht. Es gab nur die kleinen Demütigungen.

»Von der Galerie habe ich eine Aktentasche aus Leder bekommen«, sagte Arthur. »Für Arthur, stand drauf, der Charles zu so vielen Gemälde inspirierte. War das nicht nett?«

Ich sagte, das stimmt. Ich sagte auch, dass wir bei Charles eine Veränderung bemerkt hätten, seit sie zusammen waren. Charles schien ausgeglichen zu sein.

»Das freut mich sehr«, sagte er.

Er ging an die Rezeption, um die Rechnung zu bezahlen, und fand einen Brief von Charles vor. Er schrieb, dass die Arbeit gut voranginge, und ließ grüßen: »Wenn es dir in Carnbray gefällt, warum bleibst du dann nicht noch eine oder sogar zwei Wochen länger. Ich hoffe, du gehst ein bisschen an den Strand. Die Sonne wird dir guttun.«

Wir gingen zum Haus, um Emily und den Kindern auf Wiedersehen zu sagen.

Er wollte etwas Geld hervorholen. »Sei kein Dummkopf, Arthur –«, setzte Emily an. Was sie sagen wollte, war: »Sei kein Dummkopf in Brighton.« Er aber dachte, es bezog sich darauf, dass er den Kindern etwas geben wollte. Armer Arthur. Ohne Charles war er verloren.

»Wie viel Miete zahlt ihr für das Haus?«

»Drei Pfund und zehn Schilling die Woche«, sagte ich.

»So viel bezahle ich für meine Putzfrau. Ihr wisst, dass Charles sich nicht darum schert. Geld bedeutet ihm nichts. Oder irgendwelche Dinge. Aber mir schon.« Er sah unseren Fernseher. »Der ist schön. Wie viel habt ihr dafür bezahlt?«

»Fünfundsiebzig Guineen.«

»Ihr könnt von Glück reden«, sagte er. »Du und Charles, ihr habt eure Arbeit.«

Das hätte auch von Emily kommen können. So wie ich gestern Abend an Emily denken musste, als Arthur von den kleinen Demütigungen im Hotel erzählte. Ich erinnerte mich daran, wie sie heimkam und sagte, der Lebensmittelhändler sei unhöflich zu ihr gewesen, der Mann im Elektroladen, die Verkäuferin bei *Woolworths*. Wie sie mir erzählte, dass sie auf der Straße eine Frau gegrüßt hat, die sie vor einiger Zeit kennengelernt hatte. Und die Frau sagte: »Ich fürchte, ich weiß nicht, wer Sie sind.«

»Ich habe diese schönen bunten Farben im Kopf«, sagte Arthur. »Aber ich würde sie nie malen. Und wenn, würden sie nichts taugen. Mir bleibt nichts anderes, als mich zu betrinken.« Und Emily sagt: »Mein Problem ist, dass ich nichts richtig gut kann.«

»Du hast drei Kinder bekommen.«

»Oh, das kann jede«, sagte sie verächtlich.

Am Ende der eingleisigen Nebenstrecke stiegen wir aus dem Zug und liefen am windgepeitschten Bahnhof entlang zu dem anderen Bahnsteig und warteten auf den Zug nach London.

»Ich denke, wir werden uns wohl frühestens in sechs Monaten oder in einem Jahr wiedersehen«, sagte Arthur.

»Ich denke nicht«, sagte ich.

»Was für eine Welt«, sagte er.

»Wer weiß, bis dahin sind wir vielleicht schon nach Brighton gezogen. Kommst du uns in Brighton besuchen?«

»Ich werde euer erster Gast sein«, sagte Arthur.*

* *Beim nächsten Mal in London erzählte ich Charles von Arthurs Besuch in Carnbray. Ich sagte: »Sie haben ihn im Hotel gar nicht beachtet. Ohne dich existiert er überhaupt nicht.« Charles war zynisch. »Es wäre besser, er geht wieder dahin zurück, wo er hergekommen ist.« Ich konnte ihm nicht sagen, dass es für Arthur inzwischen unmöglich war, zurückzugehen. Dass Charles dafür gesorgt hatte, dass er nie mehr zurückgehen konnte.*
»Ich habe versucht, ihn dazu zu bewegen, etwas zu tun«, sagte Charles. »Aber er bringt nichts zu Ende. Ich wollte eine Party für einen Freund geben. Und Arthur sagte, er würde Selbstmord begehen.«
»Hast du Arthur zu der Party eingeladen?«
»Natürlich. Ich bin zu ihm nach Hause gegangen, um nachzusehen. Und er hatte noch nicht mal das Seil. Ich habe ihn gefragt, wie er ohne Seil Selbstmord begehen will. Ich bewahre ein bisschen Geld hier auf. Arthur nahm es und rief mich an, um mir zu sagen, dass er das Geld gestohlen hat.«
Sieben Monate später nahm Arthur sich das Leben.

~ 24 ~

Nun wird mir bewusst, dass ich wohl einen falschen Eindruck von unserem Leben in Carnbray vermittelt habe. Ich habe es viel ereignisreicher erscheinen lassen, als es eigentlich ist. Es gibt Tage, die gehen vorüber, ohne dass irgendetwas passiert. Wenn uns wochenlang oder noch länger niemand besuchen kommt. Wenn niemand anruft. Dann gehe ich höchstens mal in den Hof und mache den Abfluss frei und fühle mich besser. Oder ich stehe früh auf und laufe runter zur Strandpromenade. Der Duft der Rosen und des Geißblattes aus den Vorgärten entlang der Straße. Und die frische Morgenluft, das blaue Wasser des Meeres, die Vögel, die sich ausruhen und umherfliegen, und das Gefühl, wie eine Vielzahl von Kreaturen ihr unbedeutendes Leben verbringt. Aber das ist nicht genug.

»Wir brauchen andere Leute«, sagte Emily, »um herauszufinden, wie wir sind.«

Manchmal komme ich hier rauf und fühle mich bedrückt. Der Wind rüttelt an den Fenstern. Vom Spielplatz kommen Kinderstimmen. Es ist elf Uhr – Pause – und ich sitze hier und denke, warum beende ich das Ganze nicht einfach. Warum weitermachen? Was für eine Augenwischerei, dieses Sichkümmern um Frau und Kinder. Ich frage mich, worüber ich schreiben soll, um etwas Geld zu verdienen. Vielleicht war ich für das »freie Leben« nicht geschaffen. Wenn man diese Art zu leben als frei bezeichnen kann. Vielleicht habe ich den falschen Beruf. Ich hätte Professor an einer Provinzuniversität in Kanada werden können. Hinter mir hätte ich Bücher in Regalen stehen. Ich hätte einen Ort, wo ich Bücher studieren und meine nächste Vorlesung vorbereiten könnte. Ein Büro und eine Sekretärin.

Jeden Tag würden mir vervielfältigte Zettel unter der Tür hindurchgeschoben, auf denen steht, was so los ist. Ich hätte Kollegen. Einen Gehaltsscheck am Ende eines jeden Monats. Um elf würde ich in den Klub der Fakultät gehen und Kaffee trinken und Donuts essen. In den dunklen Ledersesseln sitzen. Auf eine gefrorene Landschaft blicken. Über eine Rezension, einen Artikel oder Bücher sprechen oder über Leute tratschen, die nicht anwesend waren. Studenten, denen ich auf dem Campus begegne, würden mir guten Tag sagen. Und die Leute in der Stadt würden mir einen gewissen Respekt entgegenbringen. Wie gerne würde ich einer Gemeinschaft angehören. Irgendeine Funktion ausüben im Ort. Ich mag diese Art von Gleichgültigkeit nicht, die ich gegenüber der Lokalzeitung, dem Geschehen hier vor Ort habe. Es gibt Zeiten, da habe ich das Gefühl, wie ein Krimineller zu leben.

Vielleicht leben wir so, weil ich kein Reiseschriftsteller mehr bin. Und schuld an dieser Veränderung ist diese Isolation. Oder vielleicht war es Emily. Ich weiß noch, wie verärgert ich war, als Emily, schon vor einer Weile, anderen Leuten erzählte, dass wir pleite sind.

»Ich kann nicht lügen«, sagte sie.

Sie hatte sich auf der Straße mit einer anderen Hausfrau unterhalten. »Für Ella dürfte es der Mantel noch tun. Was wir mit Martha machen sollen, weiß ich nicht.«

»Warum erzählst du den Leuten, dass wir kein Geld haben«, sagte ich. »Du hast kein Recht dazu, mit fremden Leuten zu reden, um ihnen zu erzählen, dass wir pleite sind.«

»Du darfst über alles eine Geschichte schreiben. Aber ich habe kein Recht dazu«, sagte sie.

Was sollte ich sagen. Ich konnte nichts Falsches daran finden, darüber zu schreiben, weil das Schreiben für mich etwas anderes war als das Leben. Ich meine, ich sage die Wahrheit auf dem Papier. Aber im Leben lebe ich sie auf andere Art und Weise, mit anderen Menschen, voller Ausflüchte. Aber jetzt ist es 11.10 Uhr am Morgen, die Luftschutzsirene hat ein Feuer gemeldet, und Rebecca kommt erst in einer Stunde zum Mittagessen nach Hause. Solange Emily die Schreibmaschine hört, glaubt sie, ich arbeite. Ich lege ein neues Blatt Papier ein und tippe. Es ist ein herrlich heißer Sommertag – und ich sitze hier oben und schreibe darüber, wie unglücklich ich bin.

Ich denke an eine Freundin von Martha. Sie ist viel weiter entwickelt. Und sie ist älter, siebzehn. Ich sah sie letzte Woche von der Schule kommen, in ihrem Sommerschulkleid. Ich denke, wie schön es wäre. Ich sitze hier und denke daran. Dann gehe ich nach unten zu Emily. Sie ist in der Küche.

»Komm mit nach oben.«

»Na gut.«

Ich überlege, ob sie mich fragen wird, was mich plötzlich so scharf gemacht hat. Und was ich antworten werde. Aber sie fragt nicht. Sie zieht sich aus. Und es gibt keine Mätzchen. Nach zehn Minuten ist es vorbei. Und ich komme wieder hier herauf.

Oder als ich eines Nachts aufwachte und bemerkte, dass Emily weinend auf dem Kissen lag.

»Was hast du?«

»Ich kann nicht mehr«, sagte sie.

»Wieso nicht?«

»Warum kannst du uns nicht hier wegbringen?«

»Wir könnten nach Kanada gehen.«

»Du weißt, dass ich da niemals hingehen werde«, sagte sie. »Warum kannst du uns nicht näher an London bringen. Gegen Brighton hätte ich nichts. Dort wären wir auch am Meer. Und nach London ist es nur eine Stunde mit dem Zug.«

»Ich versuch's«, sagte ich.

»Ich hatte einen Traum«, sagte sie. »Wir waren auf einem Pier – zumindest ich und die Kinder –, dann wurde mir klar, dass der Pier versinkt. Und es wurde schwarz. Und wir gingen alle unter. Ich bin aufgewacht und habe geweint.«

Ich küsste ihre Wange.

»Ich halte es hier nicht mehr aus. Niemand kommt uns besuchen. Wir haben keine Freunde. Ich kann nicht mehr länger nur auf einen Anruf aus London hoffen, dass Charles runterkommt.«

»Ich lass mir was einfallen«, sagte ich.

»Und du sagst das nicht nur, um mich zu besänftigen, wie sonst immer?«

»Nein, ich werde etwas unternehmen«, sagte ich. Und sie schlief ganz schnell wieder ein.

~ 25 ~

Seit zwölf Jahren leben wir nun Carnbray.* Ich bin älter geworden und rede nicht mehr so viel wie früher. Martha ist nach London auf ein College gegangen, sie will Englisch unterrichten. Ella und Rebecca gehen noch immer hier zur Schule. Anna ist nach wie vor in Hollywood. Manchmal läuft einer ihrer Filme in einem der Kinos hier. Ich schaue mir draußen die Filmbilder an, aber ich gehe nicht rein. Einmal stand ich auf der großen Waage vor dem Busbahnhof, um mich zu wiegen. Auf der Rückseite des Kärtchens, das herauskam und auf dem mein Gewicht und mein Glückshoroskop standen, war ein Bild von Anna: »Nr. 3 in der Liste der Filmstars – Anna Likely.« Charles lebt in der Schweiz. Immer wenn er eine neue Ausstellung hat, sehe ich farbige Wiedergaben in den Bildbeilagen. Ich war seit über zwei Jahren nicht mehr in London. Als ich Albert das letzte Mal sah, wartete er auf einen Brief. Als er eintraf, hielt er ihn ungeöffnet in der Hand und sagte: »Ich habe mich um eine Stelle als Redaktionsassistent für *Die Geschichte des 20. Jahrhunderts* beworben. Hoffentlich bekomme ich sie nicht. Ich war zum Vorstellungsgespräch. Und die ganze Zeit habe ich gedacht: Will ich das wirklich machen? Natürlich nicht.« Er machte den Brief auf. »Tja, so viel dazu. Ich habe sie nicht bekommen. Es ist, als hätte das Schicksal mir die Entscheidung abgenommen.« Der Rasen vor dem Haus des älteren Fräuleins die Straße hinunter ist überwuchert. Ich habe sie seit Monaten nicht mehr gesehen. So wie man auch die russische Dame nicht mehr die Strand-

---

* *Und der erste Sommer mit den Hauptmännern, Majoren und Staffelkapitänen liegt zwanzig Jahre zurück ...*

promenade entlangspazieren sieht. Auch *Die Stimme von Kalkutta* nicht mehr. Menschen verschwinden. So ist es nun mal. Das Leben scheint eine Reihe von zusammenhanglosen, kurzen Begegnungen zu sein.

Wenn ich auf die Straße gehe, lüften einige ältere Leute in Carnbray ihren Hut und sagen: »Guten Morgen, Sir.« Ich schreibe jetzt ausschließlich Kurzgeschichten. Sie werden hier und in Kanada veröffentlicht. Und damit verdiene ich durchschnittlich 1500 Pfund im Jahr. Wir haben kein Auto. Aber wir bezahlen unsere Rechnungen pünktlich. Und ich rauche Zigarren, lange, dünne holländische.

Ich war seit sechs Jahren nicht mehr in Kanada. Obwohl noch immer die beiden Armbanduhren auf meinem Schreibtisch laufen, von denen eine die dortige Zeit anzeigt. Mutter schreibt etwa einmal im Monat. »Hier gibt es nichts Neues«, steht in jedem ihrer Briefe. Manchmal erwähnt sie Mona und Oscar. Oscar hatte einen Herzinfarkt und kann nicht mehr arbeiten, aber er sitzt am Fenster und puzzelt. Mona arbeitet in einem kleinen Kleiderladen in Meridian. Ihre älteste Tochter ist Krankenschwester.

Es macht mir mittlerweile nichts mehr aus, wenn Emily die Zahnpastatuben offen lässt – die Marmeladengläser am Rand stehen. Vielleicht tut sie es seltener. Es spielt keine Rolle. Ich betrachte diese Dinge jetzt als Teil meines Lebens. Emily hat noch immer Hoffnung, von hier wegzukommen. Sie sucht weiter in der *Times* nach Mietobjekten. Geht dann in die Bücherei, zu einem Nachschlagewerk, in dem alle Grafschaften Englands abgebildet sind, und sieht nach, wo diese Grundstücke liegen. Sonntags macht sie mit mir und Ella und Rebecca Spaziergänge. Hinauf um die großen Häuser und Hotels herum, in den kleinen Wald, auf die Heide mit den Wildblumen und den grünen Feldern. »Nur, damit wir schöne Bilder von hier mitnehmen können«, sagte sie. Außerdem hat sie angefangen, in verschiedenen Dingen Zeichen zu erkennen. Sie erzählte mir von diesem französischen Krabbenfischerboot, das sie in der Bucht gesehen hatte. Die meisten französischen Krabbenfischerboote sind den Winter über weg und es sind nur noch diese beiden da. Das eine hat die üblichen zwei Grüntöne. Aber das andere ist leuchtend rot. So eins habe sie zuvor noch nie gesehen. Ich auch nicht. Sie geht regelmäßig zur Teezeit hinunter, um es hereinkommen zu sehen. Sie sieht alle möglichen Bedeutungen in diesem Boot.

»Ich weiß, dass es nicht hierhergehört. Es sieht so fröhlich aus. Und ich weiß, dass ich eines Tages runtergehen werde, und es ist nicht mehr da.

Der Gedanke gefällt mir«, sagte sie.

~

Norman Albert Levine (1923–2005), am 22. Oktober 1923 in Rakow (Polen) als Sohn orthodoxer Juden geboren, wuchs in Ottawa, Provinz Ontario, auf. Im Krieg war er Bomberpilot bei der kanadischen Luftwaffe, danach studierte er Anglistik an der McGill-Universität in Ottawa. 1949 ging er nach England und ließ sich mit seiner Frau Margaret und den drei Töchtern in St. Ives in Cornwall nieder, einem damals als Künstlerkolonie bekannten Küstenstädtchen, wo er dreißig Jahre lang lebte. 1978, nach dem Tod seiner Frau, lebte er eine Zeit lang in Toronto, ehe er schließlich nach Europa zurückkehrte, wo er am 14. Juni 2005 in Darlington, Durham, im Alter von 81 Jahren starb. Levine schrieb Gedichte, Kurzgeschichten und zwei Romane. 1969 und 1971 erhielt er den *Canada Council Arts Award*; 2001 verlieh ihm der Writers' Trust of Canada den *Matt Cohen Award* für sein Lebenswerk.

Levine zählt zu den großen Erzählern der kanadischen Literatur. Die Fähigkeit, die vielseitigen Erscheinungen des Alltags mit schlichten, jedoch das Wesentliche treffenden Worten auf knappem Raum wiederzugeben, hat er sich, wie er selbst sagte, von Malern abgeschaut, insbesondere von seinem Freund Francis Bacon, der seine Sehweise nachhaltig beeinflusst hat.

Levine – wegen seines Stils oft mit Hemingway verglichen – wurde vornehmlich durch sein Kurzgeschichtenwerk bekannt, auch hierzulande dank seinen ersten Übersetzern, dem Literaturnobelpreisträger Heinrich Böll und dessen Frau Annemarie. Levines stark autobiografischer Roman *From a Seaside Town* von 1970 musste allerdings lange auf seine deutsche Übersetzung warten. Fünfzig Jahre nach seinem Erscheinen ist er nun auch für das deutschsprachige Lesepublikum zu entdecken.

Die Originalausgabe erschien 1970 unter dem Titel »From a Seaside Town« im Verlag Macmillan and Co. Ltd., London, England.

Das Buch wurde gefördert vom Canada Council for the Arts, der Verlag dankt hierfür. We acknowledge the support of the Canada Council for the Arts. Nous remercions le Conseil des arts du Canada de son soutien.

Canada Council for the Arts Conseil des arts du Canada

Deutsche Erstausgabe 2020

Translated from the English language: FROM A SEASIDE TOWN
First published in UK by Macmillan

Gesamtherstellung: Mitteldeutscher Verlag, Halle (Saale)
Lektorat: Sabine Franke, Leipzig
Umschlagabbildung: St Ives and Carbis Bay, signed »Herbert Truman« (1883–1957); from a 1939 GWR Poster of St Ives, Licensed under the Open Government License 3.0 (www.nationalarchives.gov.uk/doc/open-government-licence)

OGL

ISBN 978-3-96311-268-3

Printed in the EU